U0032617

聯經經典

愛德華二世
Edward II

馬羅（Christopher Marlowe）◎原著
張靜二◎譯注

國科會經典譯注計畫

譯序

　　英美戲劇的經典名著中譯者不多。目前較多的，英國(包括愛爾蘭)只有莎士比亞(William Shakespeare, 1564-1616)、王爾德(Oscar Wilde, 1854-1900)、蕭伯納(George Bernard Shaw, 1856-1950)、葉慈(William Butler Yeats, 1865-1939)、高爾斯華斯(John Galsworthy, 1867-1933)、歐立德(T. S. Eliot, 1888-1965)、貝克特(Samuel Beckett, 1906-1989)、奧斯本(John Osborne, 1929-1994)、品特 (Harold Pinter, 1930-)，而美國也只有奧尼爾(Eugene O'Neill, 1888-1953)、懷爾德(Thornton Wilder, 1897-1975)、郝爾曼(Lillian Hellman, 1906-1984)、威廉斯(Tennessee Williams, 1911-1983)、亞瑟·米勒(Arthur Miller, 1915-)、艾爾比(Edward Albee, 1928-)等寥寥數人而已。其中當然還是以莎劇中譯者最多，像安德森(Maxwell Anderson, 1888-1959)等家則為少數。至於不曾中譯者更多。事實上，光就英國戲劇來說，值得譯介給國人者實難罄計。再以英國文藝復興時代為例。英國文藝復興時代號稱西洋戲劇史上的第二個黃金時代。當時名家輩出，傑作無數。但這段時期的中譯本坊間可見者除莎劇外，

少有出自其他作家手筆的作品。馬羅（Christopher Marlowe, 1564-1593）筆下的這齣《愛德華二世》（*Edward II*）也一直未獲譯者的青睞。

本書屬「譯」「注」性質，「譯注」部分當然成為本書的核心。《愛德華二世》一劇的戲文多屬詩行，譯文也盡量依序逐行迻譯。同時，由於這些詩行概以無韻詩（blank verse）寫成，譯文亦不押韻。迻譯的過程中，除注重詩行的節奏外，也力求兼顧精確與順暢二者，而這也正是翻譯過程中的困難之處，特別是在碰到多於三個字以上的人名與地名等專詞時，更為棘手。「注」的部分則逐筆處理。由於《愛德華二世》係四百多年前的作品，戲文涉及的典故、雙關語以及史實背景者相當不少，不加注明，恐難甚解。為期收到輔助閱讀之效，譯者盡量參酌相關資料，詳加注釋。同時，為了便於參酌，注文一律採取腳注方式。

除了譯注外，本書還在全書開頭提供〈導讀〉。孟子說：「頌其詩，讀其書，不知其人可乎？」本書因以馬羅個人的生平事蹟為〈導讀〉之首。〈導讀〉部分總共分成（1）馬羅其人其事，（2）愛德華二世其人其事，（3）歷史劇與《愛德華二世》，（4）《愛德華二世》的版本問題，（5）《愛德華二世》的撰作時間，（6）《愛德華二世》的戲台演出史，（7）《愛德華二世》的翻譯問題，以及（8）《愛德華二世》的劇情解說等八個部分。各個部分都在提供背景資料，以利閱讀文本之便。書末附有重要參考書目，可以作為進一步研究的參考。

為了這齣戲的翻譯工作，譯者曾於1999年7月1日偕妻陳麗

桂教授同赴英倫參訪。依照史籍的載述，馬羅生在坎特伯里
(Canterbury, 1564-1580)，受教於劍橋(Cambridge, 1580-1587)，
活躍於倫敦(London, 1587-1593)，而死於德普特津(Deptford, 1593)。本次參訪的行程也依此次序進行。其中，除前往劍橋大
學基督聖體學院(Corpus Christi College)與布爾太太(Dame
Eleanor Bull)經營的酒館外，還參觀了法學協會(Inns of Court)
以及倫敦當地劇場，一方面實地了解馬羅生前活動的種種，另
一方面亦親自考察英倫劇場狀況與演出情形。當然，趁便選購
相關書籍，也在活動範圍內。整個行程至7月15日告一段落，結
束了一趟知性的參訪。這些活動對於〈導讀〉的內容與戲文的
翻譯都大有助益。

　　翻譯本身是一種無可奈何的「必要之惡」。對譯者來說，
是一件吃力不討好的工作；對讀者來說，也可能是一種考驗。
儘管如此，中外古今對譯品的需求從未因而稍減。譯者從事翻
譯工作多年，一向只為興趣，不多求報償。只要讀者在讀完譯
文之後，有分享喜悅的感覺，便於願足矣。嚴復說：「我罪我
知，是存明哲。」尚望有道之士，不吝賜正。目前這齣戲坊間
並無譯本流傳。今獲行政院國家科學委員會補助，得以順利譯
完，再經國立臺灣師範大學中國文學系陳麗桂教授細心潤飾，
送交聯經出版有限公司印行，以饗讀者。

張靜二 謹識

目　次

導讀

　　在英國戲劇史上，馬羅(Christopher Marlowe, 1564-1593)是莎士比亞(William Shakespeare, 1564-1616)以前最出色的劇作家。當時，英國在伊莉莎白女王(Queen Elizabeth I, 在位1558-1603)的統治下，國勢蒸蒸日上。特別是在擊潰西班牙無敵艦隊(the Invincible)後，儼然成為海上強權。從亨利八世(Henry VIII, 在位1509-1547)起，英國就已擺脫了羅馬公教的束縛，政教得以定於一尊。伊莉莎白女王繼位後，更以穩健的手腕，勵精圖治。儘管當時的清教徒反對戲劇，但由於女王的喜愛與支持，戲劇的黃金時代終於來臨。在文藝復興的風潮下，戲劇活動漸趨頻繁，學校與法學協會(Inns of Court)等處所一時都成了戲劇發展的重鎮。馬羅的戲劇生涯便在這種大時代展開。他的創作生涯雖然不長，卻是英國文藝復興時代劇壇的中堅，也與其他作家同樣合力為英國劇壇播下了黃金時代的種籽。他的劇作當中，《愛德華二世》(*Edward II*)是相當特出的一齣，值得再三玩味。本書即針對這齣戲而分成導讀與譯注兩部分。譯注是本書的主體，導讀則分成下面幾項討論。

一、馬羅其人其事

馬羅在思想上、行動上與人生態度上,都可稱為典型的「文藝復興人」(man of the Renaissance),是「繆司女神的寵兒」(the Muses' darling),是「大學才子」(University Wits)中最出色的一位,也是莎翁之前最重要的劇作家,更是西洋劇場最浪漫的一位戲壇鉅子。

馬羅生在坎特伯里(Canterbury),於1564年2月26日受洗,比莎士比亞早生了兩個月左右。在他生前,馬羅家族已從西元1414年起在坎特伯里住了一百多年。父親約翰·馬羅(John Marlowe, c1535-1605)是一名鞋匠,母親凱撒琳(Catherine Arthur, ?-1605)是一名教士之女。凱撒琳共生四女五男,其中三子夭折,馬羅為長男。一家八口,家境不算寬裕。父親生性好動、好鬥、又好訴訟,兩個姊妹在左鄰右舍則以善詐潑辣出名,家中的氣氛並不融洽[1]。當時的英國已進入了文藝復興時代,人文研究(*studia humanitatis*)日益獲得重視,世俗的氣氛漸濃。而重商主義抬頭,全國上下競相追求卓越。在馬羅童年時期,宗教改革之風已隨著亨利八世的政策吹進了坎特伯里。當時在歐陸遭受迫害的胡巨拿教徒(Huguenots)來此(特別是在1572年以後)從事紡織業,帶動了當地的繁榮。不過,中世紀的宗教氣氛依舊相當

---

[1] 有關馬羅的家庭生活狀況,可參見William Urry, "Marlowe and Canterbury," *Times Literary Supplement* 13 February 1964, 136.

濃厚，教會的影響依舊不可小覷。馬羅何時進入坎特伯里國王
學校(King's School)就讀，無稽可考。我們只知道他在15歲(1579)
那年的正月14日獲得每年4英鎊獎學金。這所會學校每班50人，
在校生由9歲至15歲不等。在校生活全以修道院的規矩嚴格管
教，課程包括拉丁文、希臘文、希伯來文、演說術、邏輯學、數
學、哲學、神學與辯證法等科目。馬羅在獲得獎學金後一年畢業，
時年16。

　　同年冬天，馬羅進入劍橋大學基督聖體學院(Corpus Christi
College)就讀。當時的大學入學年齡通常爲14歲；因此，馬羅算
是「高齡」學生。1581年5月間，他獲得坎特伯里大主教帕克
(Archbishop Matthew Parker, 1504-1575)獎學金(Matthew Parker
Scholarship)。基督聖體學院是當時教會儲備神職人才的養成
所，而帕克獎學金則是爲準備擔任神職的學生而設的。經過四
年的「訓練」，終於在20歲(1584)那年取得學士學位。三年(1587)
後，又完成了碩士學位。馬羅在六年半的大學生涯期間，認識
了國務大臣華興漢(Sir Francis Walsingham, 1530?-1590)的姪兒
湯姆士(Thomas Walsingham, 1568-1630)。華興漢替伊莉莎白女
王主持密探工作，經常透過湯姆士招募人手。馬羅或許就是在
這種情況下參與了當局的間諜活動，時間長達兩年(1584-
1586)。由於曠課過多，與學校當局關係惡劣。倖經樞密院(Privy
Council)出面，表示馬羅「效忠女王」去從事「有利國家」的工
作，不該遭受無知之徒「污衊」[2]，學校當局才勉強頒授學位[3]。

---

　②　*Ms. Acts of the Privy Council Register*, vol. VI, June 29, 1587; 引見John

馬羅到底擔任何種任務，不得而知。不過，樞密院既然願意出
具信函袒護，想來必定相當重要。

　　馬羅在取得碩士學位的同年，移居倫敦（1587-1593）。他到
倫敦後兩年，住處不詳。至第三年（1589）九月間才與詩人華特
遜（Thomas Watson, 1557?-1592）同住。他在劍橋期間的表現不
惡，但在倫敦則否。他在倫敦七年光憑寫劇本並不足以維持生
活。但到底靠甚麼別的收入糊口，無從得知。只曉得當時除華
特遜外，還結識了習德尼爵士（Sir Philip Sidney, 1554-1586）、拉
萊爵士（Sir Walter Raleigh, 1552-1618）、數學家兼天文學家哈利
亞特（Sir Thomas Harriott, 1560-1621）；另外又與劇作家葛林
（Robert Greene, 1560?-1592）、散文家拿虛（Thomas Nashe, 1567-
1601）、喜劇作家皮爾（George Peele, 1558?-1597?）、散文家羅吉
（Thomas Lodge, 1558?-1625）、詩人羅伊敦（Matthew Royden, fl.
1580- 1622）、詩人德瑞頓（Michael Drayton, 1563-1631）、詩人兼
劇作家丹尼爾（Samuel Daniel, c1562-1619）、詩人華諾（William
Warner, 1558-1609）、悲劇作家齊德（Thomas Kyd, 1557?-1594）、
翻譯家喬普曼（George Chapman, 1559?-1634）與名演員亞連
（Edward Alleyn, 1566-1626）等人交往，其中葛林與齊德都是劍橋
校友。然而，馬羅為人傲慢、叛逆、暴躁、易怒、好鬥、心地

Bakeless, *The Tragical History of Christopher Marlowe* (Cambridge, MA:
Harvard UP, 1942), I, 77.

③ 說見 A. D. Wraight, *In Search of Christopher Marlowe: A Pictorial
Biography* (Chichester, Sussex: Adam Hart [Publishers], Ltd., 1965), pp.
87-88.

殘忍、生活放蕩,口碑不好。儘管他受過十年的教會「訓練」,卻抱持著無神論(atheism)觀點,也因而遭人指為危險人物[4]。

25歲(1589)那年的9月18日,馬羅因街頭打鬥涉案被捕,關進紐蓋監獄(Newgate Gaol),初嚐鐵窗風味。同年10月1日,以40英鎊交保,至12月3日才以無罪開釋。三年後(1592)的5月9日,馬羅被控行為不檢(disorderly conduct)。隔年(1593)春天,馬羅搬進華興漢在鄉間的宅邸。這年5月12日,齊德被捕,有的人說是齊德涉嫌誹謗法蘭德斯新教徒(Flemish protestants)難民,有的則說是因他在教堂庭院牆上張貼「淫亂叛逆」的海報。而樞密院派員搜查齊德的住處時,找到了一份「異端文件」(heretical tract)。但齊德辯稱文件為馬羅所有,供稱馬羅遊說上階層人士前往依附蘇格蘭王,並且說馬羅的言行異端瀆神。樞密院因於5月18日發出拘票,又於5月20日通知馬羅在鄰近地區待命。不料,5月30日當晚,馬羅就在倫敦附近泰晤士河彼岸德普特津河濱馬路(Deptford Strand)上一家由寡婦布爾太太(Dame Eleanor Bull)經營的酒館喪命。

馬羅遇害的經過載在驗屍報告書[5]上。依據驗屍報告的說法,事發當天早上10點左右,馬羅應符利澤(Ingram Frizer)之邀,到酒館赴宴。隨後,波利(Robert Poley)與史克利斯(Nicholas

---

④ 說見Roma Gill, ed., *The Plays of Christopher Marlowe* (Oxford: Oxford UP, 1971), p. xx; 又參見 Wraight, p. 295.

⑤ 這份由驗屍官丹比(William Danby)寫好的報告書埋沒了332年之久,至1925年間才由哈特森(J. Leslie Hotson)在不列顛公立檔案局(British Public Record Office)的卷帙中找出;見 Wraight, pp. 292-293.

Skeres)兩人也到。四人午餐後,就在酒館的花園中散步。至6點,
又回館內一面共進晚餐,一面密商有關間諜活動的情事。飯後,
為了帳單(*le recknynge*),馬羅與符利澤發生爭吵。當時,馬羅
躺在床上,符利澤背對著馬羅躺著的床,正與史克利斯與波利
兩人同坐桌邊。馬羅因被符利澤的話激怒而抽出符利澤腰間匕
首刺去,傷及符利澤的頭部兩處。符利澤閃過馬羅的突襲後,
先是躲到史克利斯與波利兩人中間,隨即奪回匕首,反手刺中
馬羅的右眼,傷口深兩吋,寬一吋。馬羅中劍後,當場斃命[6],
時年29。據推測,這樁兇殺案實為有意安排的「政治謀殺」[7],
為的是避免馬羅被捕後對拉萊爵士不利。馬羅到倫敦僅七年,
才在劇壇上初露鋒芒,就如巨星般殞落,似乎一如《浮士德博
士》(*The Tragical History of Doctor Faustus*,1604,1616)一劇收場
白上所說的:

> 原可筆直長成的樹枝被砍折,
> 阿波羅的月桂樹枝枒遭焚燬⋯⋯

　　由於當時為防瘟疫流行,屍體通常匆匆埋葬。馬羅的屍體
也在這種情況下,在死後兩天(即6月1日)就匆匆葬於德普特津

---

[6] *Chancery Miscellanea*, Bundle 64, File 8, No. 2416; 又見 Bakeless, I, 156.

[7] Wraight, p. 296; 又,S. A. Tannenbaum, *The Assassination of Christopher Marlowe* (Hamden, CT: Shoe String Press, 1962)一書即以此為前提,探討馬羅之死。

聖‧尼古拉斯(St. Nicholas)教堂墓園。符利澤則因堅稱當時全然出於自衛，於6月28日在16人組成的陪審團公決下，獲判無罪。據悉，三人都是狡黠之徒。其中，波利與史克利斯都是女王的密探[8]。無論如何，馬羅的死，樞密院表示欣慰，有些衛道之士甚至認為這是天意懲罰瀆神放蕩的一例[9]。

　　儘管如此，馬羅死因的謎團未釋。馬羅因何與這些行為不端、顯然都有「案底」的人來往？他們聚會到底所為何事？為何兇殺發生才一個月，兇手就無罪開釋？種種揣測甚囂塵上。符利澤的說詞經過哈特森(J. Leslie Hotson)找出驗屍報告書比對後，已經不攻自破[10]。主張陰謀論的認為這場政治謀殺係由湯姆士在幕後主導一切。但不相信馬羅已死的也大有人在。這些人認為，馬羅沒有真的被殺，而是被人偷偷運走。早在1898年間即有柴格勒(W. G. Zeigler)發表〈確為馬羅〉("It Was Marlowe")一文啟疑，再經史拉特(Gilbert Slater)進一步質疑，終於成為美國文學考證家霍夫曼(Calvin Hoffman)23年來一直堅持的主張。霍夫曼本人專攻伊莉莎白時代戲劇；為了證明自己的主張，他曾遠赴丹麥、英倫各地搜尋證據，然後在《被謀殺的莎士比亞其人》(*The Murder of the Man Who Was Shakespeare*, 1955)[11]

---

[8]　見Wraight, p. 96.

[9]　說見Thomas Beard, *Theatre of God's Judgements* (London, 1597), Chap. xxv.

[10]　見J. Leslie Hotson, *The Death of Christopher Marlowe* (London: The Nonsuch Press, 1925), p. 40.

[11]　見 Calvin Hoffman, *The Murder of the Man Who Was Shakespeare* (New York: Grosset & Dunlap, 1955), pp. 76-98.

一書上指出：1593年「被殺」的馬羅是個「替死鬼」（substitute），真正的馬羅在1598年間仍舊「健在」，馬羅之死純屬「捏造的騙局」；雖然因異端被迫隱居，實則署名「莎士比亞」繼續寫作[12]。其他像史密斯（William Henry Smith, 1825-1891）、羅倫斯（Sir Edwin Durning-Lawrence, 1837-1914）、波特（Henry Pott, 1862-1957）、狄奧巴德（B. G. Theobald）等人，也都有同樣的看法。他們認為，當年的馬羅為了逃避迫害而經法蘭西與義大利，遠赴西班牙；等事件漸趨平息，才返回英倫，繼續寫戲。他們又說，在1623年初版的《莎士比亞全集》上，莎士比亞的肖像頗似馬羅。為此，梁實秋據霍夫曼的研究指出：《十四行詩集》內充滿罪惡、欺騙、流亡與絕望，正是馬羅「詐死之後的內心生活的寫照」[13]。不過，由於資料不足，加上莎士比亞的手稿在1613年間環球劇院（the Globe）大火時燒去，論者雖然言之鑿鑿，卻苦於文獻不足而無法證實。馬羅的死，迄今依舊聚訟紛紜，莫衷一是。

馬羅有相當深厚的古典文學素養。除了亞里士多德（Aristotle, 384-322 B.C.）、維吉爾（Vergil, 70-19 B.C.）、奧維德（Ovid, 43 B.C.- A.D.17？）與拉姆斯（Pietrus Ramus, 1515-1572）外，馬羅對古典戲劇早已耳濡目染。他在國王學校期間就唸過了德倫斯

---

[12] 說見〈文壇消息〉，《文壇》，第6卷第5期（1959年9月），頁28；又見馬森，〈真假莎士比亞〉，《聯合文學》，第1卷第8期（1985年6月），頁140-143；任慶華，〈莎士比亞侵犯著作權!?〉，《中國時報》，1994年6月14日，第35版（寰宇）。

[13] 梁實秋，《梁實秋論文學‧莎翁之謎》（台北市：時報文化事業公司，1978年），頁591。

(Terence, 185?-159 B.C.)的喜劇。當時,劇場頗為活躍。大學內
重視羅馬戲劇、仿作的古典戲劇,也常有劇團搬演。在他大一
期間,劍橋就演過雷吉(Thomas Legge, 1535-1607)的《李察德
斯‧特爾提爾斯》(*Richardus Tertius*)以及許多學校劇(school
plays),耶誕期間當然也演了不少喜劇與插間劇(interlude)。由
此可知,馬羅的確有不少劇場經驗。他的戲劇創作生涯在離開
劍橋前就已開始,在倫敦的六年間更積極投入,成就令人激賞。
期間曾為公共劇場寫過《帖木兒》(*Tamburlaine the Great*, Parts I
& II, 1587-1588)、《浮士德博士》、《愛德華二世》(*Edward II*,
1594)以及《馬爾他的猶太人》(*The Jew of Malta*, c1592)等四齣
無韻詩劇。他在劇壇上的地位在推出《帖木兒》一劇後奠定。
其中,除《愛德華二世》由彭布羅克伯爵劇團(Earl of Pembroke's
Men)演出外,其餘各劇都由海軍大臣劇團(Lord Admiral's Men)
搬上戲臺,由亞連領銜主演。

　　馬羅筆下的人物,個性突出、活力充沛,十足展現文藝復
興時代的精神。他的戲以主角為中心,由此展開情節,顯現人
物的複雜動機。《帖木兒》描述一名牧羊人以無比的征服慾來
滿足無涯的權力慾與榮耀心,展示所謂的「雄渾詩行」(the mighty
line)[14],為流行於十八世紀的英雄劇(heroic plays)開啓了先河。

---

[14] Ben Jonson, "To the Memory of My Beloved the Author, Mr. William
　　Shakespeare: And What He Hath Left Us," *The Complete Poems of Ben
　　Jonson*, ed. George Parfitt (New Haven: Yale UP, 1975), pp. 263-264.
　　按:所謂「雄渾詩行」係指節奏鏗鏘而韻律和諧的詩行,特別見於《帖
　　木兒》一劇。

《浮士德博士》以追求知識為主題，以文藝復興時代的精神重
新詮釋了流傳於中世紀歐洲的浮士德傳說，為一齣典型的悲
劇；《愛德華二世》擷取英國史上的一段史實來建構前後一貫
的故事，對編年史劇(chronicle plays)的發展特別重要。《馬爾
他的猶太人》以復仇為原動力，用野心與慾望編織劇情，為繼
齊德《西班牙悲劇》(*The Spanish Tragedy*, c1584)後一齣典型的
復仇劇。《愛德華二世》中的莫提摩(Mortimer)與《馬爾他的猶
太人》中的巴拉柏斯(Barabas)都展現了所謂的「權謀詐術」
(Machiavellianism)。當時的英詩尚未成熟，馬羅則在運用無韻
詩塑造特出人物的同時，使之向前邁進了一大步。馬羅在這些
戲中展現無比的詩才、眼界與感性，將無韻詩操作至出神入化
的地步，為莎翁樹立了楷模。

　　馬羅的作品並不止於此。他還寫過《希羅與李延達》(*Hero
and Leander*, 1593?)等抒情詩、《迦太基女王戴朵》(*Dido, Queen
of Carthage*, 1594)與《巴黎大屠殺》(*The Massacre at Paris*, 1593)
等兩齣戲。《希羅與李延達》馬羅生前不曾寫完，死後由喬普
曼續成，由馬羅在倫敦的友人古董蒐藏家布朗特(Edward Blount,
c1565-c1632)印行，全詩採用十音節雙行體敘事詩行，顯示馬羅
無可倫比的詩才，可說是伊莉莎白時代最典雅的非戲劇性長
詩。《迦太基女王戴朵》係將維吉爾史詩《伊尼亞德》(The *Aeneid*)
第六篇編譯成戲劇形式。《巴黎大屠殺》約寫在《馬爾他的猶
太人》的同時，題材具政治性與話題性，故事本身或許是馬羅
在童年時代從胡巨拿徒眾聽來的，惟因傳下的本子受損，無法
窺見全豹。這兩齣戲都與拿盧合寫，也都未完成。另外就是馬

羅在劍橋期間分別從羅馬詩人奧維德《情詩》(*Amores*)與魯坎
(Lucan, A.D. 39-65)《法爾莎莉雅》(*Pharsalia*)迻譯的作品。儘
管他筆下的七齣戲都無法十分確知其寫作時間,但他的成就在
戲劇文類。而他雖然不必是「英國悲劇之父」[15],七齣戲當中,
光是《帖木兒》等四齣,就已足以使他成爲莎翁前最偉大的劇
作家了。

二、愛德華二世其人其事

　　愛德華二世(Edward II, 1284-1327)係愛德華一世(Edward I,
在位1274-1307)的第四子。1284年4月生於卡納凡(Carnarvon),
因別名卡納凡市愛德華(Edward of Carnarvon)。愛德華一世在
遠征蘇格蘭途中感染痢疾,一病不起。臨危時,原本期盼其子
愛德華帶著他的屍骨繼續北進,以竟征蘇全功。但愛德華違拗
遺命,反而班師返國,隨即於同年7月繼位,是爲愛德華二世(在
位1307-1327)。愛德華二世一反乃父政策:一方面中止蘇格蘭
的戰事、囚禁前朝首相,另一方面則在登基後三天就召回佞臣
葛符斯頓(Piers Gaveston, ?-1312),並賜以康華爾伯爵(Earl of
Cornwall)的領地。葛符斯頓雖然精明能幹,卻恃寵而驕,因而
引發諸侯、舊臣與其他中間派人士的不滿。1311年間,貴族委
員會起草「法令」(Ordinances),要求放逐葛符斯頓,並大大

---

[15] Swinburne語;但T. S. Eliot不以爲然,見所著*Elizabethan Dramatists*
(London: Faber & Faber, Ltd., 1962), p. 58.

限制王權。愛德華迫於情勢，雖將葛符斯頓送往國外，但旋即召回。1313年6月間，貴族忿而將葛符斯頓俘獲處決，以茲報復。愛德華為了廢除上述「法令」，前後隱忍了11年。

期間，由於蘇格蘭企圖擺脫英格蘭的控制，導致戰端重啟。1314年間，愛德華御駕親征，不幸於6月間發生的班諾克斯本戰役（Battle of Bannocksbourn）中敗在布魯斯（Robert the Bruce, 1274-1329）手下。此後只好聽任藍卡斯特（Lancaster）一派的貴族擺佈。至翌年（1315年），藍卡斯特總攬政權。班諾克斯本戰役後，蘇格蘭乘虛大舉南下寇邊，適逢英格蘭本身饑饉與內亂，民不聊生。1315年間，愛德華寵信德施賓塞（Hugh le Despenser）父（1262-1326）子（?-1326）兩人。國王支持小德施賓塞在威爾斯取得領地的野心，藍卡斯特因將他們父子放逐。此時，藍卡斯特與其同黨發生齟齬。愛德華趁機反擊，藍卡斯特在失去友軍的支援下，於1322年間被俘，並遭處決。愛德華既已解除貴族的控制，於是廢除貴族委員會起草的「法令」，大肆鏟除異己。然而，由於政治腐敗，導致局勢動盪、民怨四起。

在此同時，愛德華對施家父子百依百順的做法，引發了王后伊莎蓓菈（Isabella, 1187-1246）的不滿。王后卿命赴法交涉奎茵（Guinne）期間（1325年），與莫提摩（Roger Mortimer, 1287-1330）過往甚密。翌年（1326年）9月24日，兩人率軍登陸歐威爾（Orwell），受到各方擁護，倫敦市民群起響應。愛德華在眾叛親離的窘況下，原擬渡海逃往愛爾蘭，惜因適逢逆風，只好藏身威爾斯南部格拉莫根（Glamorgan），於同年11月16日被擒。施家父子旋遭處決，愛德華則被關進格勞斯特郡（Gloucestershire）

柏克萊城堡（Berkeley Castle）。明年（1327年）正月，愛德華在廢統的威脅下，被迫交出王冠、同意退位，終於在1月20日遭到罷黜，成為征服者威廉（William the Conqueror, 在位1066-1087）共征服英格蘭以來首位遭到摘冠的國王。莫提摩與伊莎蓓菈兩人共扶太子登基，是為愛德華三世（Edward III, 在位1327-1377）。愛德華就在被捕後八個月被弒，享年43歲。

　　愛德華三世在成長的過程中，經歷了波濤洶湧的政爭，目睹其父與貴族的長期齟齬。他在15歲（1327年1月29日）踐位，加冕為英格蘭國王，由昔爾津主教奧爾頓（Adam Orlton）擔任財務大臣，厄來主教（Bishop of Ely）擔任宮內大臣（Chancellor）。而國會早就已經在罷黜愛德華二世前，於1月7日集會。期間，太子被帶入西敏寺大廳，接受民眾歡呼。由雷諾茲主教（Archbishop Reynolds, ?-1327）講道。此後四年（1327年-1331年），朝政全由其母與莫提摩兩人把持。愛德華三世雖然踐祚，卻只能坐視父王愛德華二世（1327年9月）與皇叔肯特伯爵（1330年3月）先後遇害，內心的悲憤可以想見。18歲當年（1330年10月），宮內發生政變。愛德華三世親政，旋即進入諾丁漢城堡（Nottingham Castle）俘獲莫提摩，以叛國罪將他處決，並命其母交出大權。愛德華三世堅毅勇武、英明有為，憑著他的年輕、熱情與積極進取，使得他統治下的英格蘭日漸茁壯而強大。

　　愛德華二世生性愚鈍、意志薄弱，其人昏庸而顢頇，才智膽識不及乃父愛德華一世遠甚，平日除貼身扈從外，一概不與人親近。再加上他為人懶散，只顧鎮日娛樂戲謔、不理政務，

導致在位期間佞臣當道，終於讓政治危機浮上檯面。史家以「荒
淫失政」(wanton misgovernment)[16]總評其統治期間的作為，並
不爲過。

三、歷史劇與《愛德華二世》

構成歷史的要素不外人事時地四者。英國史籍中以編年史
(chronicle)對英國文學的影響較大。編年史只將歷史事件依其發
生先後逐條排列，經文學家的詮釋與處理，終於衍生了濃厚的
文學意味。重要的英國編年史各個時期都有。古英語時期(第7
世紀-1066年)有阿弗烈大帝(Alfred the Great, 在位871-899)《安
格魯‧撒克遜編年史》(*Anglo-Saxon Chronicle*)。中古英語時期
(1066年-第15世紀)除了蒙貿斯(Geoffrey Monmouth, 1100?-
1154)《不列顛諸王史》(*History of the Kings of Britain*, c1136)
外，就是羅勃特(Robert of Gloucester, 約在13世紀)、曼寧(Robert
Manning of Brunei, ?-1731)、安德魯(Andrew of Wyntoun, 1350-
1420)、哈丁(John Hardyng, 1805-1874)與卡普葛雷夫(John
Capgrave, 1399-1464)等人的編年史。文藝復興時代(the
Renaissance)更出現了《君王之鏡》(*Mirror for Magistrates*)、費
邊(Robert Fabyan, ?-1511/1512)《編年史》(*The Chronicle of
Fabyan*)、葛拉符頓(Richard Grafton, ?-1572)《憲法史》(*The*

---

⑯ Raphael Holinshed, *The Chronicles of England, Scotland and Ireland*
(1586; rpt. London: AMS press, 1808), p. 342.

Constitutional History, 1563)、史托(John Stowe, 1525-1605)《英格蘭年代記》(*The Annales of England*)與何琳雪(Raphael Holinshed, ?-1580?)《英格蘭、蘇格蘭與愛爾蘭編年史》(*The Chronicles of England, Scotland and Ireland*)等重要史籍。這些史籍蘊藏著豐富的資料,成為歷代(特別是文藝復興時代)劇作家取用不竭的寶庫。

　　歷史劇(the history play)就是採用這些編年史料寫成的戲,因又稱為編年史劇(the chronicle play或chronicle history)。儘管歷史與歷史劇不同,但二者都在帶領讀者進入業經撰者組構完成的世界。歷史世界中的一磚一瓦早在時間的窯中燒製完成,任由史家挑選擇用;歷史劇則由劇作家將這些磚瓦重行設計、組合與詮釋而成。換句話說,讀者在閱讀史籍前,早就知曉往昔確有其人其事發生。如此說來,歷史劇絕非全然無中生有,而是依據史實,經過劇作家的精心安排,使觀眾對歷史的印象愈形深刻;在觀賞的過程中,終於對歷史與人事產生共鳴。就此而言,歷史劇所呈現的事實似較歷史本身更生動、更逼真。歷史從挖掘、載錄與保存史料中,供後人查閱造訪。但塵封的歷史一如被人遺忘的往事。戲劇家透過他對文學創作的敏感、敘事結構的講究以及戲劇世界的設計,結合史實上的人事時地,呈現在戲台上的不再只是人,而是「人性」。

　　歷史劇有廣狹兩義。廣義的歷史劇指劇情取材於過去已然發生的事件或未來可能發生的狀況(如科幻劇)。在此意義下,既然劇情都已在某一時地發生,顯示其間的社會演化或變遷,則任何劇作不管是否標明「歷史劇」三個字,都算歷史劇。狹

義的歷史劇則多取材於特定史籍，搬演歷史事件的始末。劇中
的人物與情節可全依史書所載，亦可多少由劇作家創發。惟劇
情雖不必精確符合史實，卻也不能偏離太甚。太具殊相、太過
抽象或太重內在，則人物既然少有外在的行動表現，難免一無
生氣而難以引發共鳴。具體與抽象之間的取捨，就要看劇作家
如何調理了。換句話說，劇作家可透過排組、分合或凝聚來詮
釋題材(*fabula*)，並以客觀的態度去思考歷史，從而統合史實、
連貫事件，將原本零散分歧的眾多現象，結合成一個環環相扣
的有機整體，呈現在戲台上。由於一「劇」之中無法完全重現
歷史原貌，劇作家因而必須依照自己的觀點或立場來挑選素
材，俾使作品的整體能在殊相(具體的人事時地)中顯現通性(主
題、理念或思想)。通常所謂的歷史劇指的就是狹義的歷史劇。
歷史劇與其他任何劇種同樣要求細節的安排，當然也講究因果
分明。就這點來說，為求合乎邏輯，偶有時代錯誤(anachronism)
之類的情事發生，在所難免。

　　歷史劇在伊莉莎白與斯圖亞特王朝(the Stuart, 1371-1625)
時期特別發達。歷史劇要在藉古喻今，以喚起民族意識，說教
意味濃厚。英國的歷史劇在1580年代民族情感最強烈的期間，
特別是在無敵艦隊之役(1588年)後，英人愛國意識抬頭，歷史
劇也因而負起了教育民眾的重責大任。像《亨利五世》(*The Famous Victories of Henry the Fifth*, 1586)、貝爾主教(John Bale, 1495-1563)《約翰王》(*The Troublesome Raigne of John, King of England*, 1591)、皮爾(John Peele, 1556-1596)《愛德華一世》(*The Famous Chronicle of Edward I, sirnamed Edward Longshanks, with*

his returned from the Holy Land, 1590-1591)、《約克與藍卡斯特
兩族之爭(Ⅰ)》(*The First Part of the Contention betwixt the two
famous Houses of York and Lancaster*)、《約克公爵李察》(*The true
Tragedie of Richard Duke of York*)、《亨利六世(Ⅱ, Ⅲ)》(*Second
and Third Parts of King Henry VI*)等等都是。歷史劇至莎翁時代
才結出累累的碩果,並且進而結合了悲劇與浪漫劇活躍於文藝
復興時代的戲台上[17]。他如蔣森(Ben Jonson, 1572-1637)、德克
(Thomas Dekker, 1572?-1632)、黑烏德(John Heywood, 1497?-
1580?)、富德(John Ford, 1586- c1640)等等,也都是個中高手。

在馬羅將《愛德華二世》這齣戲搬上戲台之前,英國劇壇
就已出現了不少依據英格蘭歷史寫成的劇作,風行一時。貝爾
主教筆下的《約翰王》通常被認為是最早的一齣英國歷史劇。
不過,這齣戲中的民變(Sedition)、虛偽(Dissimulation)、篡位
者(Usurped Power)等等都是擬人化角色,道德劇(Moralities)的
意味甚濃。再加上劇情太過偏離史實、氣氛迷漫著當代精神,
台詞也透露反羅馬教廷的語句,致使該劇名實失衡,失去了歷
史劇應有的本色。其他像普雷斯頓(Thomas Preston, 1537-1598)
《康拜西斯》(*Cambises*, 1559)、莎克維(Thomas Sackville,
1536-1608)與諾頓(Thomas Norton, 1532- 1584)《葛柏達克》
(*Gorboduc*, 1561)等齣,結構粗糙、人物動機不明、個性塑造不
夠鮮明,場面(如戰爭、加冕、葬禮等)雖然熱鬧,卻往往被副

---

⑰ 參見Irving Ribner, *The English History Play in the Age of Shakespeare*
(1957; rpt. New York: Qctagon Books, 1979)。

情節或戲謔氣氛拖累。而評論家則往往將焦點對準這些劇本的撰者問題[18]。

　　莎翁前的英國歷史劇要以馬羅《愛德華二世》一劇的成就最大。這齣戲是馬羅的劇作中，版本問題最少，也最成功的傑作，從十八世紀起，評論家就對它屢加讚賞。《愛德華二世》是首齣典型的英國歷史劇，也是莎劇之前最佳的歷史劇，對爾後歷史劇的發展影響深遠。馬羅筆下的四齣戲當中，《帖木兒》的結構鬆散、劇情重複過多；《浮士德》莊諧交雜、語多曖昧；《馬爾他的猶太人》中的人物立場不明。惟獨《愛德華二世》一劇結構完整、主題與人物緊密交織。劇中有歷史，也有「戲」。「惡有惡報」的理念固然伸張，但這屬於歷史的軌跡使然，而非馬羅的刻意安排。馬羅在劇中不說教，而由觀眾就劇中人物的表現自行評斷。在一齣戲中，為呈現愛德華二世統治期間的狀況而整合各種細節，並使愛德華的個性得以透過這些細節而凸出。史家筆下的愛德華二世可悲而不可憐[19]。相形之下，馬羅筆下的愛德華二世，特別是他臨死前的一幕，則能喚起觀眾的「憐憫與恐懼」[20]。

　　馬羅的戲大抵忠於史實。但在忠於史實的同時，他還運用

---

[18]　參見F. E. Schelling, *The English Chronicle Play* (New York: MacMillan, 1902).

[19]　說見William Stubbs, *The Constitutional History of England,* 4th ed. (Oxford: Clarendon Press, 1903-1906), II, 314.

[20]　Charles Lamb, *Specimens of English Dramatic Poets* (1808), in Miller Maclure, ed. *Marlowe: The Critical Heritage, 1888-1896* (London: Routledge & Kegan, 1979), p. 69.

豐富想像力,進行不少的增刪、排組與凝聚,使得劇情持續而生動。他省略了愛德華二世赴法迎娶、葛符斯頓放逐到法蘭德斯(Flanders)以及對施賓塞父子的先逐後召等情節。他將班諾克斯本戰役從愛德華二世在位第七年(1314年)改成第五年(1312年)以前葛符斯頓還在世的時候。如此一來,就可把戰敗歸因為寵臣亂政所造成的災難(第2幕第2景第180行-第194行)。施賓塞父子一節則與葛符斯頓連結,使小施賓塞去當格勞斯特伯爵的小廝,而老施賓塞則經小施賓塞引見,愛德華才得認識。眾伯爵攻擊施家父子的事發生在愛德華二世在位的第十二年(即1319年)則提前七年(即1312年),以與葛符斯頓之死緊密相聯。史實上,君臣之間的戰爭包括(1)莫家叔姪在史盧斯堡(Shrewsbury)附近向國王投降、(2)莫家叔姪在波頓(Burton-on-Trent)龐佛烈(Pomfret)攻打藍卡斯特(Thomas, Earl of Lancaster, c1277-1322)與昔爾津伯爵(Earl of Hereford)以及(3)叛軍在波羅橋(Boroughbridge)戰敗等三椿事。馬羅將這三椿事合而成為愛德華擊潰叛軍的一次勝利。馬羅筆下的華威克在波羅橋之役後以謀害葛符斯頓的罪名受懲,實則他早在這次戰役前就已遇害。第五幕濃縮事件的跡象最為明顯。小莫提摩篡奪權位四年(1327-1331年),卻在短短一幕之內遭到報應。小莫提摩在愛德華二世的遺體入土前就已由愛德華三世下令處死。愛德華三世在馬羅的刻意安排下,一則哀父王遇害,二則下令處決兇手,三則監督其母,流露了親情,也果敢毅決,充分展示英明的一面。

　　肯特伯爵與殺手賴特本兩人可說是馬羅的發明。史實上的

肯特一無重要性可言。他支持愛德華(第1幕第4景)時,不過6
歲。馬羅或許是取李察二世(Richard II)的叔叔約克公爵(Duke of
York)或愛德華四世(Edward IV)的弟弟柯雷倫斯伯爵(Duke of
Clarence)當樣本來塑造肯特的個性。殺手賴特本顯然是馬羅纂
入的人物。因為依據史籍的載述,讓愛德華受盡屈辱與折磨的
是伊莎蓓菈與昔爾津主教的安排,而非小莫提摩的主意。謀害
愛德華也是他們幹的好事,並無所謂的「賴特本」這號人物[21]。
至於密函,劇中說是由小莫提摩的朋友提供(第5幕第4景),實
則全是昔爾津主教的傑作[22]。

　　馬羅將愛德華二世在位的23年以戲劇形式在二、三小時內
全數呈現於戲台上。劇情的分配大抵如下。第一幕搬演葛符斯
頓由法蘭西返回英格蘭至二度放逐到愛爾蘭的經過(1307-
1309)。葛符斯頓一返國,就受到愛德華的熱烈歡迎。他找柯玟
崔主教報仇、接受愛德華封爵厚賞、疏離君后情感,終於引發
政教兩方人馬的不滿,以致再度被逐。經王后遊說眾公卿,又
被召回。愛德華準備將皇表妹下嫁給他。第二幕由小施賓塞與
巴達克決意投靠葛符斯頓起,而以葛符斯頓被彭布羅克半路攔
截止(1309-1312)。其間載述葛符斯頓返英,眾公卿對他心生不
滿,再加上愛德華二世不肯贖回在征討蘇格蘭戰役中被俘的老
莫提摩,以致群情激憤。在隨後的突襲行動中,眾公卿俘獲葛
符斯頓。經阿蘭德公爵的懇請,眾公卿同意由華威克將他押走,

---

[21] 有關Lightborne一名的義涵,可參見Harry Levin, *Christopher Marlowe: The Overreacher* (Gloucester: Smith, 1952), p.124.

[22] 說見Holinshed, III, 341.

只可惜葛符斯頓未能在死前見愛德華一面。第三幕主要在摹寫
英格蘭內戰與法蘭西進佔諾曼第等事端(1312-1326)。葛符斯頓
死後，愛德華二世轉而寵倖小施賓塞與巴達克兩人。眾公卿再
以「清君側」為由發難。愛德華在得到老施賓塞的奧援下，大
獲全勝。他逐走肯特，將小莫提摩關進塔獄，處決了藍卡斯特
等人，同時還乘勝清剿餘黨。這時，由於法蘭西進佔諾曼第，
愛德華因而遣王后與太子渡海情商。小施賓塞為阻斷王后尋求
外援而以重金收買法蘭西眾公卿。第四幕敘述小莫提摩越獄
後，隨即與肯特渡海會合王后。三人率軍返英擊敗愛德華，並
在尼斯寺(Abbey of Neath)捕獲愛德華及其餘眾(1323年-1326
年)。第五幕搬演的是愛德華在身為階下囚後，交出王冠，橫遭
羞辱、折磨與謀害。在此同時，愛德華三世登基，在聞父王遭
逢不測後，下令處決小莫提摩，並將王后關入塔獄(1326年-1330
年)。

　　馬羅的主要素材來源至少有三。一是倫敦綢緞商費邊的《編
年史》。這部《編年史》起自創世，終於亨利八世(Henry VIII, 在
位1509-1517)，曾在1516, 1533, 1542, 1559等年出版，頗為暢銷。
二是何琳雪的《英格蘭、蘇格蘭與愛爾蘭編年史》。這本書先
在1577年問世，後又在1586-1587年間再版。書中除整合前人的
說法外，還採取細節描述的方式，在當時可謂家喻戶曉。史托
的《英格蘭年代記》短製而簡約，在1580年出版時，就廣受歡
迎。經過比對可知，馬羅筆下的《愛德華二世》與費邊《編年
史》雖然大體相近，但細節則未必。比如，劇中的一首短歌
(mocking jig, 第2幕第2景第85行)顯然只見諸這本書。馬羅取自

《英格蘭年代記》一書的材料只有愛德華被強以臭溝水刮去鬍鬚一節（第5幕第3景第27行）。

　　《愛德華二世》一劇的素材取自何琳雪《英格蘭、蘇格蘭與愛爾蘭編年史》一書者最多。比如，愛德華封葛符斯頓為「侍從長、天下總宰輔、康華爾伯爵以及萌島大統領」（第1幕第1景第154行-第156行）略見於費邊（頁417），而詳見於何琳雪（頁318）；柯玟崔主教（第1幕第1景第175行）費邊作「契斯特主教」（Bishop of Chester: 418）；史托亦作「契斯特主教」（頁325-330）；何琳雪則在「柯玟崔與黎奇菲主教」（Bishop of Caventry and Lichfield)外，還加上旁注，說：「柯玟崔主教入獄」（頁318）等字眼㉖。只見諸何琳雪的更多。像小莫提摩的咒罵（第1幕第1景第85行；何琳雪，頁320）、新殿堂會議公告（第1幕第2景第75行；何琳雪，頁319）、愛德華與寵臣在泰莫斯相會（第2幕第2景第51行；何琳雪，頁321）、布呂斯的土地公告（第3幕第2景第53行；何琳雪，頁325）、派遣萊斯伯爵赴威爾斯追捕愛德華、推選太子為副王等等都是。他如Killingworth等地名是何琳雪的拼法，費邊拼成Keneworthe；亨利的頭銜Earl of Leicester，費邊拼成Earl of Lancaster。兩者馬羅皆採何琳雪的。另外，愛德華的死，費邊僅一筆帶過，何琳雪則以細節描述。其他像溫主教與萊斯伯爵兩人與國王的面晤（第5幕第1景）、愛德華不肯讓位則「太子將失去權位」（第5幕第1景第92行）、小莫提摩以拉丁文寫成的字條（第5幕第4景第8行；何琳雪，頁341）、王后的個性及欺騙

㉖　見Ward, *History of Dramatic Literature*, I, 194; Wagner, *Edward II*, p. xv.

愛德華的行逕（何琳雪，頁340-341）等等，也都依據何琳雪而來。可見馬羅對他的倚重。另外，鮑蒙與黎斯兩人只有何琳雪提到（頁323,339）。由此可見，馬羅在處理愛德華二世統治期間的種種時，以何琳雪爲主，而以費邊與史托兩人爲輔，再經一番凝縮、融合，甚至扭曲，終於營造出一齣劇情推展迅速而複雜的戲。

　　歷史劇以歷史與人物爲本，透過虛實相生的情節摹寫歷史與人物。儘管歷史劇不等於歷史，歷史劇人物也不等於歷史人物，但透過戲劇手法的處理，歷史劇開拓了戲劇發展的空間，也給戲台增添了活力與生氣。

四、《愛德華二世》的版本問題

　　《愛德華二世》的版本問題頗爲單純。目前可見最早、也最具權威的本子是1594年刊行的八開本。這個本子印刷清晰，長度正常，文字問題少，也沒有遭到竄改或篡入的痕跡。文藝復興時代的劇作往往由兩人或多人合寫，《愛德華二世》一劇卻沒有證據顯示這種現象。或許是因出版得早，才避免了上述種種困擾。從題頁可知，這齣戲是由出版商鍾斯（William Jones）在馬羅遇害後五週（即1593年7月6日）就赴倫敦書籍出版業公會（Stationers' Register）登記在案的本子。當時登錄的文字是這樣寫著的：

　　　　本書以李察・詹森與公會之名登記。書名爲：《英格蘭王愛德華二世多事的統治與可悲的死亡，附以

高傲的莫提摩悲劇性的敗亡》

隔年(1594年)鍾斯出版這本劇本時，其題頁上印著的正是登記在案的戲名。

這齣戲在首版後又陸續出現了三種四折本，分別在1598年、1612年與1622年問世。基本上，這些本子都照著前面的本子重印。因此，就版本學的角度來看，這些本子除了偶有澄清或校正之功外，本身並無權威性可言。值得注意的倒是：這三本都擴大了八開本的標題。除了原先有關愛德華與莫提摩者外，還加上：「愛德華二世的寵臣康華爾伯爵皮爾斯‧葛符斯頓與彭布羅克伯爵的生與死」等字樣。以上各本都認定這齣戲「由『紳士』馬羅撰作」(*Written by* Chri. Marlow *Gent.*)，印刷者為羅賓遜(Robert Robinson)[27]。重印的本子係依據戲台重刊本(stage revival)印製而成，上面標示著：「由安娜女王劇團在紅牛劇院公演」(Performed by Queen Anne's Men in the Red Bull Theatre)。1598年本由勃德克(Richard Bradocke)印行。1611年12月16日，班因斯(Roger Barnes)向鍾斯取得版權，交由賈葛德(William Jaggard, c1568-1623)於翌年印了第三種四折本。1617年4月17日，貝爾(Henry Bell)又向班因斯取得版權，至1622年間才出版了第四種四折本。1638年9月4日，哈維蘭(John Haviland)

---

[27] 早先多以印刷者為Richard Bradocke。經Robert Ford Welsh考證後，才確定為Robert Robinson；說見Robert Ford Welsh, "The Printer of the 1594 Octavo of Marlowe's *Edward II*," *Studies in Bibliography* 17 (1964): 197-198.

與老萊特(John Wright Senior, ?-1540)再向貝爾兄弟(Henry and Moss Bell)取得版權，惟並未再印行。

進入二十世紀後，《愛德華二世》的善本僅存兩種。一是1876年間在德國卡索爾(Cassel)蘭德斯圖書館(Landesbibliothek)發現的藏本，可惜在二戰期間離奇失蹤[28]。二是藏在瑞士蘇黎世中央圖書館(Zentralbibliothek)的本子。版本學家布魯克(Tucker Brooke, 1883-1946)與葛瑞格(Sir Walter Greg, 1875-1959)都曾用過卡索爾本的影本。布魯克據以編纂牛津本(Oxford edition, 1910)《愛德華二世》，葛瑞格則用以校輯馬隆社(Malone Society)重印本(1925年-1926年)。葛氏在編纂的過程中，以影印本比對，發現：除外形外，蘇黎世本顯示七處未見於卡索爾本的校正，其餘完全相同。校正中的六處屬標點問題，只有一處的差別為honors/honor(第16景第7行)[29]。

儘管以上四種本子(1594年、1598年、1612年與1622年)全都可見，但推測《愛德華二世》在1593年就已出版的說法，從布魯克與葛瑞格以降，就已甚囂塵上[30]。有的編者認為現存手稿本是1593年四折本的抄本[31]。這種揣測乃因1598年的殘本而引

[28] 說見Richard Roland, "General Introduction," in *Edward II*, Vol. 3 of *The Complete Works of Christopher Marlowe* (Oxford: Oxford UP, 1994), p. xiv; 又，參見Fredson Bowers, "Textual Introduction," *The Complete Works of Christopher Marlowe*, 2nd ed. (Cambridge: Cambridge UP, 1981), p. ii.
[29] Sir Walter Greg, 引見Edwald the Secoud, et. Charles R. Forker (Manchiester: Manchester up, 1994). R1.
[30] 見Bevington, pp. xxiv-xxx.
[31] 說見Fredson Bowers, "Was There a Lost 1593 Edition of Marlowe's

發。這本殘本散佚的前兩頁由前人補上，時間在1594年間，與鍾斯在出版業公會登記的時間吻合。手寫的部分出現在1594年的四折本上。1598年本不是1593年四折本的重印本，否則就純粹只是1594年本的重印本。但到底是否有過1593年本？問題是：目前並無1593年本可見。從另一個角度來看，倘若沒有1593年本，則這齣戲在1593年登記，卻遲1594年才問世。登記時間與初版時間相距一年，又將如何解釋？再者，倘若劇本早在1593年就已印好，爲何印刷廠會將出版時間印成1594年？

其實，這些問題並不難解釋，原來，依照印刷廠的習慣，在印製過程中更改日期時有可聞，特別是在每年10月到12月這段期間更是司空見慣。因此，用1594年取代1593年，並不足爲奇。《愛德華二世》在7月6日登記，其間或因排版時間拖延，或因其它因素干擾，才會在年底付梓。換句話說，這齣戲在1593年登記，至1594年正式出版。版面往往會在重印時調整，以節省紙張，頁數也會因版面調整而減少。由劇本前後兩半部排字上的差異（如we/wee, do/doe等）來看，可以推斷排版工人（compositors)應有兩名。排前半部的工人較老練，需要更正的錯誤較少；排後半部的較生澀，錯誤也相對增多[32]。兩人所依據的應該是同一個提詞本。

文藝復興時代的劇本形式相當簡略，爲求閱讀便利，譯者應採取下面幾種方式處理。首先，譯本中的戲台說明因博採眾

Edward II？" *Studies in Bibliography* 25（1972）: 143-148.

[32] 參見Fredson Bowers, "Textual Introduction," in *The Complete Works of Christopher Marlowe*, II, 6-7.

多編者的意見而分成兩類：原有的，若自成一個單位，僅排成
標楷體；在對白中者，外加小括號；由編者後加者則一律以中
括號標示。其次，在拼字方面，譯者大抵參酌現代化本迻譯。
這點在碰到必須加注時，才會與讀者相關。第三，劇情地點並
未標明，讀者或觀眾必須依據劇情推斷，有時則只能遵從史實
確定。為此，編纂家往往各自採取不同的策略因應。有的任由
讀者自行認定[33]，有的以注釋方式交代[34]，有的則乾脆在各景開
頭處就先標明劇情地點[35]。以第一幕各景為例。儘管這一幕的地
點都在倫敦，惟確切的地點並不分明。第一景固然可由第10行
（倫敦的景象……）推知，但葛符斯頓唸信的當間，先邂逅三名
窮人，再遇見愛德華與群臣，最後才看到柯玟崔主教，顯見地
點不在王宮內，而在倫敦街道上。第二景一開始，只見眾公卿
群集商討大事，接著坎特伯里大主教出來，然後才是王后欲往
「樹林」（forest，第47行）。此處的樹林似在溫莎（Windsor）附
近；惟前面已經指明「倫敦」，則地點應在倫敦西敏

---

③ 例見W. Moelwyn Merchant, ed., *Edward the Second* (London: Methuen,
　1967); Martin Wiggins and Robert Lindsey, eds., *Edward the Second.*
　New Mermaids (1967; rpt. London: A & C Black, 1998).

④ 例見Havelock Ellis, ed., *Christopher Marlowe: Five Plays* (1887; rpt.
　New York: Hill and Wang, 1956), pp. 269, 274, 277, 288, 290. 298, 299,
　301, 304, 305, 311, 313, 316, 317, 318, 321, 324, 328, 332, 334, 337, 341.

⑤ 例見Osborne William Tancock, ed., *Edward the Second*(Oxford: Clarendon
　Press, 1987), pp. 1, 8, 10, 11, 24, 26, 35, 36, 38, 42, 43, 48, 52, 55, 57, 58,
　61, 64, 73, 75, 79, 83; 又見R. S. Knox, ed., *Edward the Second* (London:
　Methuen, 1923), pp. 31, 37, 40, 54, 56, 65, 66, 68, 73, 74, 80, 84, 85, 87,
　90, 93, 98, 103, 107, 109, 113, 117.

（Westminster）。第三景應在王宮某處。第四景中的葛符斯頓認
定眾公卿與坎特伯里大主教都在蘭培斯，但他們早在第二景既
已講定要在新殿堂集會（第75行），則當不至於無端改變。

　　其他幕景的地點也可比照認定。第二幕的地點雖然較為分
歧，但仍可依戲文推定。第一景由小施賓塞與巴達克的對白中
可知：地點當在格勞斯特伯爵家中的一處廳堂，第二景在泰莫
斯城堡前（第52行），第三景可依第二景的戲文（第121行）推知是
在新堡㊱，第四景在新堡外曠野，第五景在新堡內，第六景在前
往柯柏漢（Cobham）㊲ 的途中。第三幕第一景在史嘉堡（第2幕第
4景第53行）。依史實的載述，愛德華與眾公卿之間的戰役總共
兩次：一次在橋北（Bridgenorth），另一次在約克郡（Yorkshire）波
羅橋附近。第二景與第三景似都在後者。第四幕可依戲文推斷第
一景在倫敦塔獄附近，第二景在巴黎，第三景在西敏王宮，第
六景在布里斯托，第七景在威爾斯格拉莫根郡（Glamorganshire）
尼斯寺院。至於第四景與第五景則可依史實得知王后在歐威爾
登陸㊳。英法兩軍交戰地點也在歐威爾附近。第五幕第一景與第
三景都在肯諾渥斯城堡（Kenilworth Castle），第二景與第六景都
在王宮內，第四景在王宮內一室，第五景在柏克萊城堡內。依

㊱ 一般編者多主張地點在泰莫斯堡，例見Ellis, p. 299; Tancock, p. 36.

㊲ 戲文雖然指明柯柏漢（第2幕第5景第111行），但柯柏漢離葛符斯頓被捕
　處甚遠。為此，Tancock在未改戲文的情況下，直接將第2幕第6景的地
　點標明為德汀頓（Deddington）。

㊳ Tancock標明登陸地在歐威爾（頁57）；但Knox（頁87）與Ellis（頁317）都
　主張哈維治（Harwich）。其實，依據何琳雪的載述（頁337），王后等人
　是在莎福克（Suffolk）哈維治附近一處名為歐威爾的港口上岸。

據史實的載述，愛德華三世在西敏寺加冕；準此，則第四景當在西敏寺內。

《愛德華二世》一劇與其前後的英國戲劇同樣講求自然（spontaniety）與自由（freedom）[39]。其劇情發展以愛德華二世爲主線，而以王后與小莫提摩兩人的關係爲副線；另外，時間長達23年，地點在英法兩地。由此可見，儘管這齣戲沒有莊諧交雜的現象[40]，但劇情、時間與地點都不合新古典主義嚴格要求的「三一律」（three unities）。而這點卻意外地爲英國劇壇奠立了浪漫劇的基礎[41]。

最後、也最值得注意的是，文藝復興時代的劇本概不分幕，《愛德華二世》的手稿本當然並不例外。至浪漫主義時代，這種情況開始改觀。也就在這種風氣下，布勞頓（James Broughton, 1913-1999）才在1818年編的教堂本（Chapell text）上開始依五幕劇的結構分幕分景。其後，羅賓遜（George Robinson）又在1826年間重新分景分幕。儘管這種做法並不盡如人意，但鮑爾斯等當代編者大體上仍依循其法。事實上，任何分法都不免優缺並見。筆者拿來比較的本子當中，不分幕景、也不標行碼的只有

[39] Havelock Ellis, "General Introduction: On the Drama of Elizabeth and James Considered as the Main Product of the Renaissance in England," *Christopher Marlowe: Five Plays* (New York: Hills and Wang, 1956), p. xiii.
[40] 文藝復興時代的戲通常莊諧並見，馬羅的劇本則唯獨《愛德華二世》一齣沒有所謂的「喜劇場景」（comic scenes）；說見 Douglas Cole, *Christopher Marlowe and the Renaissance of Tragedy* (Westpoint, CT: Greenwood Press, 1995), p. 47.
[41] 說見 Havelock Ellis, "General Introduction," p. xv.

湯姆士本(Thomas, 1950)與黎德里本(Ridley, 1909)兩種；不分幕、只分景的也僅魏金斯本(Wiggins, 1967)(25景)與羅蘭本(Rowland, 1994)(23景)兩種。除了福爾克本(Forker, 1994)、貝玟頓本(Bevington, 1995)與鮑爾斯本(Bowers, 1981)三種外，其餘各本的幕景數都是：第一幕4景、第二幕5景、第三幕3景、第四幕6景、第五幕6景。綜合來說，各本多半將整齣戲分成五幕24景。

造成分歧的原因在於各幕認定的問題。莫錢特本(Merchant, 1967)將以上各本的第三幕第三景分成第十二景與第十三景，貝玟頓本則將第三幕第三景分成2景；這兩本的總景數才會因而都成了25景。福爾克本與鮑爾斯本的第二幕都以葛符斯特被華威克帶走結束；福爾克本以彭布羅克半途攔截當第三幕第一景，而鮑爾斯本則將半途攔截加上其他各本的第三幕成為第三幕。筆者以為：第二幕可涵括葛符斯頓的歸來與喪命，第三幕由愛德華聞訊起到擊潰眾公卿止，算是他最得意的一段時間。福爾克本又將第四幕第五景分成兩景，以致第4幕總數成了7景。這些分法見仁見智，對劇情並未造成太多困擾。為了閱讀方便起見，本譯注本因參酌各本分幕分景。

五、《愛德華二世》的撰作時間

《愛德華二世》的撰作時間迄今難以定讞。有的引《浮士德博士》一劇開場白(prologue)上的話：

　　亦非就在篡位奪權的宮廷裡，

調情說愛相嬉戲。（第3行-第4行）

而認定《愛德華二世》寫在1587/1588年間[42]。有的評論家一口咬定1590年[43]；有的認為應該是在1591年[44]，適與莎翁筆下的《亨利六世》(Henry VI)同年；有的主張這齣戲與《浮士德博士》同樣約在1592年[45]完稿；有的說是在1592年至1593年冬天[46]；有的將撰作時間擴大到1591年至1593年間[47]；有的只說這是馬羅較晚

---

[42] J. M. Robertson, *Marlowe: A Conspectus* (London: George Routledge & Sons, Ltd., 1931), pp. 28, 30; Harry Levin, *The Overreacher: A Study of Christopher Marlowe* (Gloucester, Mass: Peter Smith, 1974), p. 89.

[43] 說見Millar Maclure, ed., *Marlowe: The Critical Heritage 1588-1896* (London: Routledge & Kegan Paul, 1979), p. 60.

[44] 例見Charlton & Waller (1933), pp. 6-27; A. L. Rowse, *Christopher Marlowe: His Life and Works* (New York: Harper & Row, Publishers, 1964), p. 131.

[45] 主張此說者似乎最多。可參見Sir E. K. Chambers, *The Elizabethan Stage*, III (1923), p. xxiv; Irving Ribner, ed., *The Complete Plays of Christopher Marlowe* (New York: The Odyssey Press, 1963), p. 425; J. L. Styan, *The English Stage: A History of Drama and Performance* (Cambridge: Cambridge UP, 1996), p. 128; Richard Rowland, "General Introduction,"*Edward II*, Vol. III of *The Complete Works of Christopher Marlowe* (Oxford: Oxford UP, 1994), p. xiv; David Bevington, *et al*, eds., *Christopher Marlowe: Tamburlaine, Parts I and II, Doctor Faustus, A- and B- Texts, The Jew of Malta, Edward II* (Oxford: Oxford UP, 1995), p. xxix.

[46] 例見David Bradley, *From Text to Performance in the Elizabethan Theatre* (Cambridge: Cambridge UP, 1992), p. 233.

[47] 例見G. Blakemore Evans, ed., *Elizabethan-Jacobean Drama: A New Mermaid Background Book* (London: A & C Black, 1988), p. 206; Simon Shepherd, *Marlowe and the Politics of Elizabethan Theatre* (New York: St. Martin's Press, 1986), p. 32.

的作品[48]；有的甚至提出「確鑿的證據」，斷然認定這是馬羅最晚寫成的戲[49]。在確切的時間眾說紛紜的情況下，編纂家乾脆以排序的方式來表明自己的堅持。據筆者的初步考察，一般編者多主張《帖木兒》最早，《浮士德博士》其次，《馬爾他的猶太人》第三，《愛德華二世》居末。

　　這齣戲在馬羅遇害（1593年5月30日）後一個多月，就已註冊（1593年7月6日）。首次登台由彭布羅克伯爵劇團在倫敦擔綱。彭布羅克劇團曾於1592年12月26日聖‧史蒂芬節（St. Stephen Day）與顯靈節（Feast of the Epiphany）在倫敦短暫停留。韓斯羅（Philip Henslowe, 1550-1616）也曾在其《日記》（Henslowe's Diary）上登錄12月29日至2月1日間有過29場演出。這段期間的戲劇活動應該不少。在此之前，這個劇團可能也在萊斯特演出。1592年6月23日至米迦勒節（Michaelmas）間因社會動盪與瘟疫肆虐，演出活動受到限制。1593年6月至7月間，演員又在各地演出。至8月破產，這才出售戲服，連劇本也經變賣而落入書商手中，《愛德華二世》似乎就在其中。十六世紀末當時，每齣劇本的價錢平均約在六鎊至八鎊之間。《愛德華二世》的價錢為六鎊[51]。

---

[48] J. B. Steane承認其編本並非依據時間先後排列；見所編 *Christopher Marlowe: The Complete Plays* (Middlesex, Harmonsworth: Penguin Books, Ltd., 1969), p. 12.

[49] 說見Grant White, ed., *Complete Works of Shakespeare*, VII, 416等。Una Mary Ellis-Fermor雖然主張1591年，卻也接受White的說法；見所著 *Christopher Marlowe*(London: Methuen & Co., Ltd., 1927), pp. 6, 110.

[51] Bodleian Library MS Rowlinson D#213, cited in Francis R. Johnson, "Notes on English Retail Book-Prices, 1550-1640," *The Library* 5.5 (1950): 91.

馬羅的悲劇固然可能在此之前到各地上演,卻不太可能於1592年12月前在倫敦搬上戲台。另一種可能是,《愛德華二世》或許當初就是爲了一名叫做巴特羅(Patror)的演員而寫的。後來才轉讓給彭布羅克劇團。問題是,載述不詳,實難解釋。1593年間,倫敦的疫情曼延,從正月底2月初至隔年12月間,劇院幾遭全面關閉。《巴黎大屠殺》一劇於1593年首演。若寫在《愛德華二世》之後,則《愛德華二世》的撰作時間不會晚於1592年。換句話說,不可能寫在馬羅在世的最後幾個月。

　　從《愛德華二世》與當時其他劇本之間的關係來看,似乎多少可以看出一些端倪。從《愛德華二世》呼應《亨利六世》(2 & 3 *Henry VI*, 1590-1592)的情形來看,《愛德華二世》理應晚於這兩齣戲。而馬羅在文字上與理念上多半借自《亨利六世》(上)到《李察三世》(*Richard III*, 1592-1593)一整系列的歷史劇。《亨利六世》(上)(中)的撰作時間通常定在1591年。有些學者也將《李察三世》的撰作時間定在1591年。當然,《愛德華二世》也可能從《約翰王》與《愛德華一世》獲取靈感,因而可以推測應該寫在1590年。然而,果真這齣戲也借用《費符珊的阿登》(*Arden of Faversham*, 1592)與《莎理曼與波西達》(*Soliman and Perseda*, 1592?)的戲文,則當寫在1591年或1592年初才是。再由馬羅與齊德的交往來看,《愛德華二世》撰作的時間最可能在1591年,但理論上也可能遲至1592年初。

　　長久以來,學者泰半認爲馬羅對於莎士比亞(特別是其早期創作)的影響既深且廣。早先也有許多學者認爲《愛德華二世》對歷史劇有開疆闢地之功。然而,從本世紀初起,又有學者指

出，馬羅的《愛德華二世》受莎士比亞早期的歷史劇的影響。
他們認為，這齣戲在1591年-1592年間寫的時候，就倣傚莎士比
亞的辦法，從何琳雪等史籍取材，並模倣齊德《莎理曼與波西
達》、羅吉《內戰的創傷》(*Wounds of Civil War,* 1588?)、拿盧
《桑麻的遺囑與遺贈》(*Summer's Last Will and Testament,* 1592-
1593)以及無名氏《費符珊的阿登》。《愛德華二世》固然影響
了莎翁的《李察二世》(*Richard II,* 1595)、《羅密歐與朱麗葉》
(*Romeo and Juliet,* 1595-1596)與《哈姆雷特》(*Hamlet, c1600-
1601*)，但莎翁筆下的《亨利六世》(上、中、下)與《李察三世》
則不管是字句，或是人物塑造等，都可在《愛德華二世》上找
到不少蛛絲馬跡[52]。

六、《愛德華二世》的戲台演出史

20世紀前有關《愛德華二世》在戲台上演出的載述不多。
1594年本上提到「多次」(sundrie times)演出。不過，目前可知
的是：首次登台應在1592年至1593年冬天之間，可能由彭布羅
克伯爵劇團在倫敦及其他地區搬上戲台。據考察，演出還頗受
歡迎[53]。彭布羅克劇團曾在1592年12月26日與1593年1月6日兩度
入宮演出。此後，這齣戲又陸續刊行了三次(1598年，1612年與
1622年)。在這當間(1609年-1619年)，這齣戲曾由安娜女王劇團

[52] 說見Forker, *Edward the Second,* pp. 24-26, 39, 46, 47, 51.
[53] 參見Bentley, *Jacobean and Caroline Stage*, I, 174; VI, 218.

在克勒肯威(Clerkenwell)紅牛劇院(Red Bull)與觀眾見面[54]，或
許也曾在御前演出。種種跡象顯示，當時的熱度未退。韓斯羅
在《日記》登錄了《浮士德博士》與《帖木兒》兩劇的演出，
就是不曾給《愛德華二世》登上戲台的情況留下點滴的載述[55]。
難道這齣戲從來不曾送進劇院？若有，那到底在那家劇院演
過？又到底由誰扮演愛德華二世？當時的名角亞連演過帖木兒
（Tamburlaine）、巴拉柏斯（Barabas）與浮士德（Faustus），是否也
演過愛德華二世？可惜的是，這些目前都已無跡可查。

　另一方面，像皮爾曾在〈嘉德的榮耀〉（"The Honour of the
Garter," 1593）一詩描述愛德華遇害的經過(II, 220-224)；德瑞頓
《皮爾斯·葛符斯頓》(*Piers Gaveston*,1593)與蔣森《莫提摩敗亡
記》(*Mortimeriados*, 1596)等都顯然受了馬羅的影響。清教徒統
治期間(the Interregnum, 1642-1660)，劇院關門，這齣戲當然也隨
之消聲匿跡。十七世紀初期間，一首諷刺短詩(epigram)上寫道：

　　賴賊特本橫屍在溝壑，
　　生身父母魔鬼加巫婆。
　　認得他的給他行方便，

[54] 參見George Fullmer Reynolds, *The Staging of Elizabethan Plays at the
Red Bull Theater*, 1605-1625（New York: Kraus Reprint Corporation,
1966), p. 7.
[55] 韓斯羅曾在其《日記》上提到Mortymer與the Spencers；參見*Henslowe's
Diary*, ed. Foakes and Rickert, pp. 106, 107, 184, 205. 但這些載述似與
《愛德華二世》一劇無關。

　　踹他一腳吐他一口痰[56]。

　　1781年間，這齣「被人遺忘的悲劇」(forgotten tragedy)只能在早年的選集中找到[57]。十九世紀的評論家多半認為這齣戲是馬羅筆下最出色的劇本，只是仍舊止於紙上談兵的層次。而儘管布勞頓與牛貝里(William Oxberry, 1784-1824)兩人出的本子(1818年本)或曾演出，可惜同樣一無紀錄可查。或許是因劇中同性戀的情節之故[58]，此後就沉寂了約莫三百年之久。

　　至二十世紀初，《愛德華二世》才終於重見天日[59]。1903年8月10日由伊莉莎白戲台社(Elizabethan Stage Society)主辦，由皮爾(William Poel, 1852-1934)導演，在牛津新劇院(New Theatre)搬上戲台的這次演出，打破了三百年的沉寂。戲中的要角分別由巴爾克(Harley Granville Barker, 1877-1946)演愛德華二世，由符靈(Madge Flynn)演伊莎蓓菈，由司徒特(Patrick Stewart, 1940-)

---

[56] Oxford Bodleian Library, MS Rawl. poet. 160, fo. 163v, quoted by Rowland (p. xxxii). 原文為：
　　　Here lieth Lightborne dead in a ditch,
　　　Begot between the Devil and a witch.
　　　All you that know him do him the grace,
　　　So down with your hose and shit in his face.

[57] Maclure, *Marlowe: The Critical Heritage*, p. 60.

[58] 參見Chambers, *Elizabethan Stage*, III, 425; J. L. Styan, *The English Stage: A History of Drama and Performance* (Cambridge: Cambridge UP, 1996), p. 129.

[59] 有關二十世紀演出的詳情，可參見George L. Geckle, *Text and Performance: Tamburlaine and Edward II* (London: MacMillan Education, 1988), pp. 78-101.

演葛符斯頓。肯定這次演出的劇評家認為巴爾克將愛德華的傲氣、懦弱與腐敗演得維妙維肖，劇情也相當符合原作的精神。較為保守的劇評家則批評巴爾克的演技雖然十分藝術，卻為了悲愴性而犧牲了悲劇性。特別是戲中的愛德華過於「輕浮而膚淺」，感情不夠真實；扮演葛符斯頓的又似在演輕喜劇（light comedy）。英國戲劇大師蕭伯納則乾脆婉勸巴爾克不要再演愛德華一角，否則難免再嚐敗績[60]。蕭伯納的意見似乎多少反映了二十世紀初期劇評家的態度。兩年後（1905年）這齣戲以節本的形式在莎翁故居詩錘津（Stratford-on-Avon）莎翁節（Shakespeare Festival）期間首度從事商業性演出，由班森（Frank Benson, 1862-1951）導演，也由班森扮演愛德華。由觀眾的反應中，可見演出雖然未盡人意，卻仍頗有引人之處。這兩次演出終於引發觀眾對《愛德華二世》一劇的注意與興趣，也使這齣戲重回二十世紀劇壇。

此後，這齣戲就在英倫與歐美各地推出[61]。在英倫的演出以倫敦最多（1920, 1923, 1951, 1956, 1958, 1964, 1965, 1968, 1969, 1975, 1982, 1991），其次才是牛津（1928, 1933, 1951, 1954, 1981, 1982, 1985）與劍橋（1926, 1951, 1956, 1958, 1969, 1977, 1985）兩地，其他如詩錘津（1905, 1956, 1958, 1990）、愛丁堡（1954, 1969, 1978, 1985）、布里斯托（1964, 1980）、曼徹斯特（1964, 1985）、萊斯特（Licester, 1964）、格勞斯特郡柏克萊城堡

---

[60]　參見Forker, p. 100.
[61]　有關這齣戲演出的情形，詳見Charles R. Forker, "Introduction," *Edward the Second* (Manchester: Manchester UP, 1994), pp. 99-116.

（Berkeley Castle, 1964）、伯明罕（1966, 1969）、漢莫史密斯
（Hammersmith, 1966）、南安普敦（Southampton, 1969）、卡迪夫
（Cardiff, 1969）、里茲（Leeds, 1969）、約克（1985）、伯林頓
（Burlington, 1970）、福爾蒙（Vermont, 1970）、新堡（Newcastle-
upon-Type, 1984）等地，也都留有公演的記錄。由這些紀錄可知，
除1940年代空白外，演出情況要以1960年代（14次）最盛，1950（9
次）與1980（9次）等年代其次。演出的劇團當中，像劍橋馬羅社
（Marlowe Society）、牛津戲劇社（Oxford Drama Society）、紐約
哥倫比亞大學巴納德學院（Barnard College）戲劇社等都屬學生
社團。像莎翁劇團（Shakespeare Company）等則為職業劇團。當
然，以巡迴演出方式四處登台，帶動觀眾對這齣戲的熱潮，不
無關係。地點方面，要以在柏克萊城堡（即愛德華遇害處）的演
出，最能激發觀眾思古之情。

　　歐美地區的演出也多有可見。在歐陸方面，自從《愛德華
二世》首在匈牙利布拉格（1922年）上演後，便多次在其他國家
搬上戲台。其中包括德國柏林（1923, 1924）、慕尼黑（1924）、漢
堡（1924）、萊布尼茲（1924）、東柏林（1974-1975）；法國里昂（1954,
1961）、奧蘭吉（Orange, 1960）、巴黎（1961）；其他還有黎巴嫩
（1960）、奧國維也納（1969）以及捷克布拉提斯拉華（Bratislava
1969）。美洲方面的演出主要在美國紐約（1943, 1948, 1958, 1970,
1974, 1975, 1983），其次就是舊金山（1965）、麻省劍橋（1964）、
耶魯（1992）以及加拿大多倫多（1967, 1969, 1971, 1987）等地。由
此可見，英倫以外的演出同樣以1960年代（10次）最盛，其次才
是1920年代（6次）與1970年代（5次）。演出地點則以紐約最多（7

次）。而最引人注目的則是由德國劇作家布雷希特（Bertolt Brecht, 1898-1956）改編成的《愛德華二世》（*Leban Eduards des Zweiten von England*, 1924）。經過布雷希特的處理，整齣戲變得通俗化、喜劇化[62]。

除戲台劇外，這齣戲還曾以其他形式出現。英國廣播公司（BBC）就曾先將它製成廣播劇（1931）在美播出（1939, 1955），其後又拍成影片在英美兩地放映（1975, 1977）。首次在電視台上播映（1947年10月30日）也給這齣戲的生命建立了里程碑。另外，賓特里（David Bintley）曾將它改編成芭蕾舞劇，在德國史搭特嘉（Stuttgart）演出（1995年）時，頗受好評。在倫敦皮卡的里劇院（Picadilly Theatre）拍成的電影（1970年正月），其後兩度透過公共廣播系統（Public Broadcasting System）在美國播出（1975, 1977）。

七、《愛德華二世》的翻譯問題

在討論戲文的翻譯前，筆者擬先略述本劇專詞中譯的一些問題。先說譯音。像「愛德華」之類的譯名，已然約定俗成者從其俗約，其餘的則以音譯為原則。字數也引發了不少問題。由「肯特」等兩個漢字組成的專詞不會給詩行的節奏帶來困擾；由「愛德華」等三個漢字組成的詞組還好；由「葛符斯頓」等

---

[62] 有關這齣戲的討論，可參見Louis J. Laboulle, "A Note on Bertolt Brecht's Adaptation of Marlowe's *Edward II*," *Modern Language Review* 54 (1959): 214-220.

四個、甚至「班諾克斯本」等五個以上漢字組成的，則影響甚
鉅。不過，本劇處理的是十四世紀英格蘭的君臣關係。筆者因
而將「彭布羅克」等專名依戲文需要譯成「彭卿」、「大人」
或「彭大人」，有時則逕行改成「愛卿」等稱呼。如此一來，
字數的問題就可減去大半。

　　至於England與France等單詞則因歷史因素，不能不慎重處
理。France古稱高盧（Gaul），從六世紀起就由法蘭克人（Franks）
據有。八世紀期間，查理曼（Charlemagne, 在位724-814）建立的
嘉洛琳王朝（The Carolingians, 754-987），統治了大部分的西歐地
區。但他死後，帝國分裂。至西元843年，嘉洛琳王朝統治的西
部地區稱爲「西法蘭西亞」（Francia Occidentalis）。987年間，王
朝的最後一位國王死後，卡佩（Hugh Capet, 在位987-996）被選爲
法蘭西亞國王。卡佩王朝（Capetian dynasty, 987-1328）的國力雖
然不強，國祚卻延至1328年，版圖則包括法蘭德斯（Flanders）、
布列塔尼（Brittany）、勃甘第（Burgundy）與亞奎丹（Aquitaine）等
地以及大部分現代法國的領土。至十五世紀末，經過英法百年
戰爭（Hundred Years Wars, 1337-1453）後，勃甘第與布列塔尼都
已納入版圖，英格蘭只剩卡萊（Calais）一地。現代法國的領土，
大抵已告完整。France一詞源自六世紀征服高盧的日耳曼族法蘭
克人。再依上述的史實來看，十四世紀期間的France還可勉強譯
成「法國」。England的情況頗爲不同。目前我們所謂的「英國」
或「聯合王國」（United Kingdom）包括英格蘭、蘇格蘭、威爾斯
與部分的愛爾蘭。威爾斯雖然早在1283年間就已納入版圖，但
蘇格蘭要到1745年才被征服，愛爾蘭北部則更遲至1801年1月1

日才正式成爲聯合王國的一員。爲此,就劇情時間(1307年-1333年)來說,將England譯爲「英國」並不妥當。筆者因將England譯成「英倫」或「英格蘭」,至多只稱愛德華爲「英王」或「英倫王」。事實上,即使在今天,英倫三島還是以稱「不列顛」(Britain)一詞才算正確。

　　進行迻譯的過程中,問題較大的大抵有兩種情況。一是原文句子內缺少動詞的問題。碰到這種情形,譯文當然只好補上動詞。這方面的實例不少,例如:

(1)He shall to prison. (I.i.196)

　　臣要他<u>入</u>牢獄。

(2)Away! (II.ii.218; II.iv.7; III.ii.173, 184; III.iv.12, 60; IV.v.9; V.iv.43; V.v.120)

　　<u>滾</u>!(<u>走</u>!<u>前進</u>!<u>去吧</u>!<u>走吧</u>!)

　　Away, take horse. (I.ii.38)

　　<u>走</u>,備馬。

　　Away then, touch me not. (I.iv.159)

　　<u>滾開</u>,別碰我。(III.iv.25; IV.vii.67)

　　Away with him [her, them]. (II.v.45; V.v.104; V.v.85)

　　將他〔她、他們〕<u>帶走</u>。

　　Come, uncle, let's away. (I.iv.424)

　　來,叔叔,<u>走吧</u>。

　　Come, let's away. (II.ii.263)

　　來,<u>走吧</u>。

　　Let's away and levy men. (II.ii.98)

我們走，去糾集人馬。

Take shipping, and away to Scarborough.（II.iv.5）

且乘船同赴史嘉堡。

Will your lordship away?（IV.vii.114）

閣下走了吧？

(3) Thou shalt not hence.（I.iv.131）

愛卿別離開。

I must hence.（II.i.71）

我必須動身。

(4) Let's to our castles.（II.ii.100）

我們且回城堡去。

Let's all abord.（II.iv.47）

我們全上船。

(5) I'll to the king.（II.ii.119）

在下就去見皇上。

I'll to my lord the king.（II.iv.50）

我要追趕皇上去。

(6) Meantime, my lord of Pembroke and myself

Will to Newcastle....（IV.v.9）

在此同時，彭大人和在下

將同往新堡。

(7) His head shall off.（II.iv.21）

砍下他的頭。

Off with both their heads.（III.iv.27）

砍下兩個賊頭。

另外，像：

(1)You would not suffer thus your majesty

　　〔To〕Be counterbuffed of your nobility.（III.ii.18-19）

　　陛下就不會容忍

　　公卿的抗拒得逞。

(2)Here comes the king and the nobles

　　From parliament.（I.i.71-72）

　　國王與貴族

　　從國會來了。

(1)第2行少了To；(2)句中的主詞為the king與the nobles，但動詞卻取單數形comes。這兩種情形在伊莉莎白時代的戲文中相當普遍，所幸對翻譯來說都不造成問題。

　　二是人稱代名詞（personal pronouns）的問題。善用人稱代名詞一則可使語詞的運用經濟而富於變化，二則就本劇來說也可顯示君臣尊卑等人際關係。再就本劇來說，人稱代名詞中，第三人稱問題不大，第二、三人稱則往往造成困擾。茲先將第一人稱單複數組列表如下：

組別＼詞格	主詞（格）	所有格	受詞（格）	反身代名詞	所有代名詞
單數組	I	my（mine）	me	myself	mine
複數組	we	Our	us	ourself	ours

單數組通常指稱個人或私人的「我」，複數組（我們）或公務的「我」（royal plural，即「朕」），特別是ourself，通常只有國王或皇帝才能用。第二人稱的指稱最為複雜。第二人稱也分成單複數兩組。茲列簡表於下：

詞格 組別	主詞（格）	所有格	受詞（格）	反身代名詞	所有代名詞
單數組	thou（ye）	thy	thee	thyself	yours（thine）
複數組	you（ye）	your	you	yourselves	yours[63]

一般說來，單數組用來指稱平輩、晚輩或下屬（朋友、子女、僕役等），複數組則往往用來指稱長輩、長官或生客（陛下、殿下、娘娘、閣下、大人、您等）。換句話說，單數組可用來表示親密或上下關係；而複數組則可用來表示謙讓或恭敬。就《愛德華二世》一劇來說，愛德華身為一國之君，除非同時指稱二人或二人以上，否則對其下屬（包括王后、太子與眾公卿等等）概以單數組指稱。其他上對下的關係，像是王后對太子、對眾公卿以及對葛符斯頓等，也都相同。至於下對上，則用複數組；如眾公卿稱愛德華「陛下」或「皇上」（your highness, your majesty, your grace或my lord等）。不過，平輩（如眾公卿）之間，通常用單數組來表示親暱。愛德華與葛符斯頓也用單數組指稱倒有些不

---

[63] 原文mine通常用為所有代名詞，但劇中不乏用為所有形容詞的實例，如 "mine enemy"（V.i.149), "mine eyes"（V.ii.18）等是。又，ye原本為複數格，但在 "What stand ye(=thou) in a muse?"（IV.vi.63）之類的案例中，也當單數用。

尋常。而眾公卿、柯玟崔主教與坎特伯里大主教都鄙視葛符斯頓，用thou則不足爲怪。反過來說，一旦下對上表示不滿、藐視或忿怒，則改成單數組。且先看這時君臣之間的對白：

Mortimer　Nay, stay, my lord, I come to bring <u>you</u> news:
　　Mine uncle's taken prisoner by the Scots.
Edward　Then ransom him.
Lancaster　'Twas in <u>your</u> wars; <u>you</u> should ransom him.
Mortimer　And <u>you</u> shall ransom him, or else....(II. ii, 141-145)

　　莫提摩與藍卡斯特兩人對愛德華原本還很尊敬，故以you指稱。隨後見愛德華不肯付出贖金，於是愈說愈氣，不由得改用thy與thee指稱，數責愛德華荒怠國政的種種，以表達其不滿與憤怒：

Mortimer Junior　The haughty Dane commands the narrow seas,
　　While in the harbour ride <u>thy</u> ships unrigged.
Lancaster　What foreign prince sends <u>thee</u> ambassadors?
Mortimer Junior　Who loves <u>thee</u>, but a sort of flatterers?
Lancaster　<u>Thy</u> gentle queen, sole sister to Valois,
　　Complains that <u>thou</u> hast left her all forlorn.
Mortimer. Junion　Thy court is naked, being bereft of those
　　That makes a king seem glorious to the world;

I mean the peers, whom <u>thou</u> should'st dearly love.

Libels are cast again <u>thee</u> in the street;

Ballads and rhymes made of <u>thy</u> overthrow.（II.ii 168-178）

這種口氣與態度上的改變對翻譯來說當然構成挑戰。總之，依據這些原則，《愛德華二世》中人際關係的常格與變格多少就可從對白中揣摩出來。

全劇的戲文泰半以無韻詩寫成[64]，譯文也不押韻。儘管如此，有些對白似詩似散，往往引發爭議。筆者隨取黎德里（Ridley, 1909）、諾克斯（Knox, 1923）、查爾頓（Charlton, 1933）、湯姆士（Thomas, 1950）、艾利斯（Ellis, 1956）、史提恩（Steane, 1960）、李伯諾（Ribner, 1963）、魏金斯（Wiggins, 1967）、莫錢特（Merchant, 1967）、吉爾（Gill, 1971）、鮑爾斯（Bowers, 1981）、譚柯克（Tancock, 1987）、福爾克（Forker, 1994）、羅蘭（Rowland, 1994）、貝玟頓（Bevington, 1995）等15種版本[65]比較後發現，各家的編排

---

[64] 有些評論家在討論馬羅的詩式時，注意到馬羅擅長的「雄渾詩行」（mighty line），只是這種詩行多見於《帖木兒》，而未在《愛德華二世》中出現；說見J. B. Steane, "Introduction," in *Christopher Marlowe: The Complete Plays*（Middlesex, Harmonsworth: Penguin Books Ltd., 1969）, pp. 31-32; Roma Gill, "Introduction," in *The Plays of Christopher Marlowe*（Oxford: Oxford UP, 1971）, p. xxvi. 理由是：劇中既然沒有像帖木兒那種叱咤風雲的英雄人物，當然也就無需「雄渾詩行」來配合。

[65] Irving Ridley, ed., *The Complete Plays of Christopher Marlowe*（1909; rpt. New York: The Odyssey, Press 1963）; R. S. Knox, ed., *Edward the Second*（London: Methuen, 1923）; H. B. Charlton and R. D. Walter, eds., *Edward II*（London: Methuen, 1933）; Edward Thomas, ed., *Christopher*

雖有不同，但相異之處並不嚴重。整齣戲的行數在2,632行-2,651
行之間。最多與最少的相差不過19行，主要是因各家對於行數
與韻散的認定不同所致。實例甚多：本〈導讀〉第四節舉出的
第1幕第1景第30行-第32行，便是一例；其他如葛符斯頓與三名
窮人之間的對白（第1幕第1景第15行-第48行），多屬簡短的針鋒對
答（stichomythia），則是另一例。再以第1幕為例。魏金斯、莫錢
特、吉爾、福爾克與貝玟頓等5本認定第一景第30行-第32行為散
文：

> Gaveston   Let me see; thou wouldst do well to wait at
> my trencher and tell me lies at dinner time; and,
> as I like your discoursing, I'll have you.——And what

Marlowe: Plays (New York: Dutton 1950); Havelock Ellis, ed.,
Christopher Marlowe: Five Plays (1887; rpt. 1956); J. B. Steane, ed.,
Christopher Marlowe: The Complete Plays (Hamondsworth: Penguin
Books, 1960); Irving Ribner, ed., The Complete Plays of Christopher
Marlowe (New York: The Odyssey Press, 1963); Martin Wiggins and
Robert Lindsey, eds., Edward the Second, New Mermaids (1967; rpt.
London: A & C Black, 1998); W. Moelwyn Merchant, ed., Edward the
Second (London: Methuen, 1967); Roma Gill, ed., Edward the Second.
(Oxford: Oxford UP, 1971); Fredson Bowers, ed., The Complete Works of
Christopher Marlowe (Cambridge: Cambridge UP, 1981); Osborne
William Tancock, ed., Edward the Second (Oxford: Clarendon Press,
1987); Charles R. Forker, ed., Edward the Second. (Manchester:
Manchester UP, 1994); Richard Rowland, ed., The Complete Works of
Christopher Marlowe (Oxford: Clarendon Press, 1994); David Bevington
and Eric Rasmussen, eds., Tamburlaine, Parts I and II; Doctor Faustus, A-
and B- texts; The Jew of Malta; Edward II (Oxford: Oxford UP, 1995).

art thou?

其餘的10本則都視爲韻文，也都將魏金斯等5本的3行分成4行（第30行-第33行）：

> Gaveston　Let me see, thou wouldst do well to wait
> At my trencher, and tell me lies at dinner time,
> And as I like your discoursing, I'll have you.
> And what art thou?[66]

結果，黎德里等本變成207行。

有時連如何斷行，編纂家的意見也十分相左。比如，第一景第199行-第200行貝玟頓本等14種都認定爲兩行：

> Edward　Who's there?
> convey this priest to the Tower.
> Coventry　True, true.

---

[66] 黎德里、諾克斯、查爾頓、湯姆士、艾利斯、史提恩、李伯諾、譚柯克等本的文字略有不同：
> Gaveston　Let me see — thou would'st do well
> To wait at my trencher and, tell me lies at dinner-time;
> And as I like your discoursing, I'll have you.
> And what art thou?

福爾克本卻獨排眾議，只算1行（第199行）：

Edward　Who's there?
　　　　　　　　　　Convey this priest to the Tower.
Coventry　　　　　　　　　　　　　　　　True, true!

於是，貝玫頓等本第1幕第1景總共206行，福爾克本則只剩205行。不過，就整齣戲來說，這種情形影響不大。譯文則儘量參酌採納，並未因而造成嚴重的困擾。

　　有些詩行的押韻似非有意。換句話說，這些押韻的詩行多半夾在其他詩行中，既看不出其押韻模式，更非屬於對句（couplet）性質。這種情形在劇中並不多見；除上面提到的(8)majesty/nobility外，不過下列數例：

（1）What need the arctic people love starlight,
　　　To whom the sun shines both by day and night?
　　　　　　　　　　　　　　　　　　　　（I.i.16-17）
（2）Music and poetry is his delight;
　　　Therefore I'll have Italian masques by night....
　　　　　　　　　　　　　　　　　　　　（I.i.53-54）
（3）And in his sportful hands an olive tree
　　　To hide those parts which men dlight to see....
　　　　　　　　　　　　　　　　　　　　（I.i.63-64）
（4）I had been stifled, and not lived to see

The king my lord thus to abandon <u>me</u>.

（I.iv.176-177）

（5）Engirt the temples of his hateful <u>head</u>;

So shall not England's vine be <u>perished</u>.

（V.i.46-47）

另外，還應一提的是：像（5）中押頭韻（*his*, *hateful*, *head*）的部分，譯文根本就束手無策。

　　當然，確為押韻的部分譯文也就押韻。所幸這類實例只在一首諷刺性的民歌中出現。由於歌詞要配樂，因此譯文除押韻外，還得配合音節數，才好詠唱：

Maids of England, sore may you <u>mourn</u>,

For your lemans you have lost at <u>Bannocksbourn</u>,

　　With a heave and a <u>ho</u>,

What weeneth the King of <u>England</u>,

So soon to have won <u>Scotland</u>?

　　With a rombelow. （II.ii.189-194）

英格蘭少女心沉痛，

只因情郎命喪班諾克斯本，

嘻哈呵呵呵，

英倫王還敢生妄念，

一舉擊潰蘇格蘭？

喃哺囉囉囉。

（第2幕第2景第189行-第194行）

押韻的部分計有mourn/Bannocksbourn, ho/romblow與England/Scotland等三組，譯文亦以痛/本、呵/囉與念/蘭對應。又，原詩的音節數分別為8, 11, 5, 8, 7, 5，譯文各行亦以同樣字數配合。

翻譯《愛德華二世》的戲文是本書的核心工作。原則上，譯文採逐行迻譯方式。過程中除忠於原著外，還力求流暢可讀。為此，譯者於迻譯的過程中，在兼顧原著本義與中文語法習慣的原則下，力求通順達意，期能不以辭害義，也不以義害辭。而由於戲文韻散兼具，採取的翻譯策略亦自不同。不管其為詩或散文，譯文都儘量兼顧精確與曉暢。由於國情不同，光靠譯文恐有不足，故盡量加上注釋，以增加瞭解。大體說來，譯文在顧及語法結構的情況下講求節奏，務期在精確中力求明白曉暢，以顯現原作的精神。至於是否如此，就要由讀者自行裁決了。

八、《愛德華二世》的劇情解說

學者對於作家及其作品的研究通常並無規則可循，臺灣學者對於西洋文學的研究當然也不例外。在臺灣，西洋文學家的名氣要以莎士比亞最大，西洋文學的研究也以針對莎士比亞而發的最多。馬羅雖然是公認莎士比亞以前最重要的作家，卻在莎士比亞的陰影下，只受到少數臺灣學者的青睞。據筆者的考

察，直接討論其作品者迄今僅有一篇[67]；就其重要劇作進行研究者，亦屈指可數[68]。馬羅算是重要作家，則探究其作品自有其重要性與必要性。而本節既屬〈導讀〉的一部分，亦將以導讀方式逐幕討論劇情。筆者曾在第四節討論版本問題時論及幕景的分法問題。其實，分幕分景都屬見仁見智。就劇情的發展來說，《愛德華二世》一劇當然可以分成三部分[69]。不過，五幕劇的分法似乎較為方便可取，下文因仍以幕為單位，進行劇情分析。

第一幕

全劇一開始就暴露了葛符斯頓的個性與為人。葛符斯頓一面唸著愛德華給他的信，一面想著愛德華要他「共享王國」，難怪他會滿懷喜悅與快樂。接著，他連用幾個明喻（simile）來自況其似箭的歸心。從他的獨白中可知，他深受寵倖。愛德華的「熱情」令他真想從法蘭西游泳歸來。此處傳達的訊息有三。首先，葛符斯頓以「李延達在沙灘上歇喘」自況，亟欲見到愛德華的心情可想而知。但他似乎忘了：李延達游過海峽後，倒

[67] 見張靜二，〈從知識與智慧的分野論馬羅《浮士德》〉，《中外文學》，第29卷第10期（2001年3月），頁68-93。

[68] 見黎耀華，〈介紹一位天才戲劇家〉，《中華日報》，1955年6月16日，第12版（中華副刊）；趙志美，《馬羅四劇中的馬其維利主義》（輔仁大學英語研究所碩士論文，1984）。

[69] 例如，Waith就將本劇分成三部分為：（1）包括第1幕，搬演葛符斯頓的歸來、被驅逐、召回以及其間的君臣衝突。（2）包括第2幕到第4幕，搬演內戰與愛德華被俘的經過。（3）包括第5幕，搬演愛德華被囚與遇害。Waith的說法，引見Charles R. Forker, *Edward the Second* (Manchester: Manchester UP, 1994), p. 68.

斃在海灘上。其次對於流落在外的他來說，倫敦宛似「福地」，他自己則有如「初來的靈魂」，難道他回倫敦是為了送死？最後，葛符斯頓挾寵自重的態度，昭然若揭。他此番回來不是出於愛倫敦，而是因倫敦「庇護著」他「愛」的人。而他只要得寵，就可與人為敵，就可藐視群臣、鄙視百姓，也就可高人一等。這種想法給他種下了敗亡的主因。最後，文評家多已指出葛符斯頓與愛德華間同性戀的傾向。獨白中，李延達為了「性」游過海峽，雖非出於同性戀，其間包含的「性」暗示則不言可喻。像「我愛的人」、「以微笑擁我入懷」、「暈死在你的懷抱裡」等，屢屢隱含同性戀的指涉。他如「遮掩男人愛看的部位」、「偷窺」與「撲倒」等也都是⑦。果真個性與為人決定命運，則本劇一開始就已注定了葛符斯頓的未來。

　　葛符斯頓的想法隨即體現在現實生活上。對他來說，眾生既然「不過小火花」，「貧窮堆中鑕起如餘燼」，則他對三名窮人的態度自可臆度。他對能騎馬的表示無馬可騎，勸當兵的到濟貧院去請求收容，惟獨要出外人在進餐時「侍候」、「撒撒謊」就行。葛符斯頓有過失去主人的痛苦，對這三位想以毛遂自薦的方式尋找主人「效勞」的窮人不但不曾將心比心，態度居然倨傲若此，難怪窮人丙詛咒他「終將死在兵刀下」。這話「撼動」了他的心，雖然令他立即改口，偏偏不幸一語成讖⑦。

<hr />

⑦ 他如 "though I die" (II.i.62) 等的陳述在劇中不勝枚舉；有關同性戀方面的討論，可參見Roland, "General Introduction," p. xviii.

⑦ 參見Fred B. Tromly, *Playing with Desire: Christopher Marlowe and the Art of Tantalization* (Toronto: U of Toronto P, 1998), pp. 115-116.

於是，儘管心中認為他們不配當他的屬下，嘴裡卻仍予「奉承」，讓他們「活在希望中」。由此亦顯示他的為人心口不一、狡黠善變。

然則，葛符斯頓要的是何種屬下呢？原來，他心目中屬意的人選是「浮誇的詩人和討喜的才子」。因為他知道愛德華最愛詩樂，只要在夜間舉行義式假面戲，白天則讓僕從穿著一如海中神，屬下宛似羊人跳起鄉間舞；男孩扮成黛安娜，搬演獵人阿克提安橫遭憤怒女神變成雄鹿慘遭獵犬撲倒的神話故事[72]。可見葛符斯頓覷準了愛德華的弱點，以諂媚的手腕投其所好，其目的在想「隨意帶著柔順的君王團團轉」。葛符斯頓不用平實的窮人，卻如此刻意敗壞宮廷文化，評論家因指他從頭起就顯示了十六世紀初以來的邪惡傳統（vice tradition）[73]。這種做法既揮霍公帑，又迷惑人心，勢必給愛德華帶來無窮的困擾與事端，其心可誅。本劇以「多事的」（troublesome）指愛德華統治期間的情況，葛符斯頓正是製造「多事的」禍源。另一方面，愛德華本人不高貴、不精明，於茲畢露。而他無視於一國之君的職責所在，一心只想耽溺在這類消遣中，要當國王恐有不適任之虞。至此，馬羅算是明白交代了愛德華的個性與葛符斯頓的動機。愛德華軟弱的一面與葛符斯頓善於逢迎的一面，都已昭然若揭。葛符斯頓鄙視平民、敵視貴族、仇視教士的心態以及精明、投機與善於弄權要術的行逕，也已暴露無遺。

---

[72] 葛符斯頓擬給愛德華安排的假面劇等活動頗能反映伊莉莎白時代的宮廷文化；有關這點，請參見Poirier, *Edward II*, pp. 186-187.

[73] 說見Roland, p. xviii.

　　這樣的人隨侍君側難免引發爭議。愛德華與眾公卿之間的僵持正是因他而起。愛德華一世惟恐葛符斯頓心術不端,將他驅離國境。但愛德華二世登基不久,就將他召回,對於眾公卿的「反對」、「冒犯」與「違拗」先是表示「不悅」,隨後就不顧眾怒,以砍去膝蓋、砍下人頭相脅,要他們「悔不當初」。然而,眾公卿不肯就此屈服。眾公卿當中要以小莫提摩較為激進,揚言要用利劍談判。藍卡斯特表示:只要愛德華驅離葛符斯頓,他情願變賣領地當軍餉,否則不惜發動戰爭,讓愛德華的寶座「在血泊中漂浮」。愛德華在眾公卿的強大壓力下,依舊「寧可大海淹沒這塊地」,也不願葛符斯頓離去。連禍起蕭牆都在所不惜,愛德華的決心不可謂不堅定。由於眾公卿認為,留下葛符斯頓,就是藏禍於國,當然期期以為不可。他們堅持葛符斯頓必須驅離,也就不足為怪了。為了他的逐留,君臣相持不下,最後不歡而散。

　　愛德華對葛符斯頓的思念與寵倖隨即體現在各種安排上。葛符斯頓的現身令愛德華驚喜莫名。兩人互擁後,傾訴相思之苦。愛德華立即冊封葛符斯頓為「侍從長」、天下「總宰輔」、「康華爾伯爵」以及「萌島大統領」以示寵倖。如此無功受祿,葛符斯頓本人覺得超過他的身價,肯特也不無微詞。愛德華則一意孤行,不但賜以高官厚爵、派衛士給他保護、賜黃金給他享用,還給他操控生殺大權。一切的安排果如葛符斯頓的預期:只要得寵,就可擁有一切;只要得寵,就可藐視一切。葛符斯頓隨即將受寵而得的生殺大權體現在對付柯玟崔主教的行動上。為了寵倖葛符斯頓一人,愛德華要摘下柯主教的金法冠、

扯破他的教士服、重新替他在陰溝裡施洗[74]。即連肯特在旁勸
阻,愛德華也充耳不聞。他下令奪其家產、征其稅收,然後依
葛符斯頓的安排關進了倫敦塔。只爲一人而濫權若此,終將引
發公憤。葛符斯頓的出現登時造成了政局的動盪,也給平民、
貴族與教士三階層平添莫大的威脅。

　　果不其然,政教兩方面的勢力也不甘示弱。君臣之間的衝
突隨著柯主教事件升高。眾公卿議論紛紛,小莫提摩尤其主張
火速召兵買馬,誓死除奸,否則英格蘭勢必大難臨頭。雙方的
對立已到水火不容的地步,而葛符斯頓也因而成了眾矢之的。
對於葛符斯頓如此平步青雲,委實令眾公卿深感憤恨。其中,
像小莫提摩是個典型的貴族,對於出身卑微如葛符斯頓者,不
特明目張膽揮霍公帑,更作威作福,對人「點頭、輕蔑或傲笑」,
不可一世;偏偏朝臣個個「敢怒不敢言」,再再增強小莫提摩
除佞的決心。宗教方面的反彈則因柯主教的遭遇而啟動。坎特
伯里大主教本擬爲此親赴羅馬告狀。經莫提摩的籲請而加入眾
公卿的陣營。儘管他勸眾公卿切勿心存「興兵犯上」的念頭,
但他提議以集體簽名的方式表達流放葛符斯頓的決心。除了政
教兩股勢力外,家庭因素也加入了抗議的行列。就在眾公卿與
坎特伯里大主教達成共識之際,王后適時以「受害者」的姿態
出現。小莫提摩以「終止婚約」相勸,但王后寧願委曲求全、
忍辱受苦。這又引發眾公卿與坎特伯里大主教對愛德華與葛符

---

[74] 這一連串的行動似乎重新搬演了Boy-bishop的儀式,爲新教會所嚴禁;說
見Roland, "General Introduction," p. xix.

斯頓兩人的惡感。種種跡象顯示，問題的癥結完全在葛符斯頓
一人身上。眾公卿中以小莫提摩的態度最積極、脾氣最火爆。
他寧可犧牲性命也不願讓葛符斯頓留下，甚至不惜罷黜愛德
華。只是坎特伯里大主教與王后兩人都出言阻止，勸說眾公卿
不可叛逆。坎特伯里大主教籲請眾公卿同赴新殿堂共商大計，
而王后則叮嚀不可糾集兵馬動刀兵。至此，政教兩股力量終於
沆瀣一氣。

政教兩股力量的共識具體凝聚在簽署書上。眾公卿咄咄逼
人，愛德華則堅不退讓，君臣雙方的僵持終於演成正面衝突。
眾公卿當面辱罵葛符斯頓。愛德華在急怒間喝令逮捕小莫提
摩，殊料眾公卿卻拿下葛符斯頓、攆走肯特。在雙方的對抗中，
愛德華顯然居在弱勢。坎特伯里大主教隨即呈上文件逼迫愛德
華簽署。他表示，愛德華若不同意，則予咒逐，同時並解除群
臣的效忠[75]。如此一來，眾公卿就可廢黜愛德華，另立新君。面
對政教兩股力量的壓迫，愛德華只好吞忍，勉強以「淚水」簽
署了同意書，接著並分封眾公卿與坎特伯里大主教高官厚爵，
以籠絡其心。但胸中滿是悲忿，特別是對教士：

> 一國之君為何任由一名教士擺布？
> 狂傲的羅馬，孵出這些御用的奴才

---

[75] 坎城大主教以宗教力量壓制英王的做法，勢必令觀眾想起教皇咒詛伊
莉莎白女王的往事，也將同情愛德華即將誓言詛咒教會的話。說見
Michael Poirier, *Christopher Marlowe* (London: Archon Books, 1952),
pp. 187-188.

為此，這些迷信的燭光
憑著燃起反基督教會的火燄，
朕將焚燬教廷的宮殿，夷平
教皇的高塔；
使得遭到屠殺的教士漲起台伯河水道，
墳墓增高河岸；
至於如此支持教士的眾公卿，
只要朕還在位，誰也別想活。
　　　　　　　　（第1幕第4景第96行-第106行）

接著的離別一景，像是換小照，互擁與對泣等，都是十分濫情的分手場面。

　　王后二度出現再次暴露了愛德華的無知與葛符斯頓的狂傲。愛德華正因受眾公卿的壓迫而悲憤滿腹。王后的出現給他找到了遷怒的對象。於是，劈頭就詈罵王后是「法蘭西的娼婦」，指責她太親近小莫提摩，又說葛符斯頓的被逐都是她一手促成。此時，葛符斯頓在旁加油添醋，指責王后「粗魯」，也要王后去找「莫小子」。王后則亦反唇相譏。兩造互控對方奪走「我的君王」。最後，君臣甩下王后「同下」，令王后傷心莫名。葛符斯頓恃寵而驕，既仇視政教在先，如今又破壞了他人的家庭倫常關係，其心可誅。

　　就劇情來說，王后的出現給原本不可收拾的場面帶來了轉機。愛德華在離開前，要求王后找眾公卿撤銷流放令。王后雖然因蒙受不白之冤而委曲滿腹，但還是勉強應允。王后處在這

種逆境沒有唉聲嘆氣，更沒有呼天搶地。這種默默忍受橫逆的態度跡近薄伽邱(Giovanni Boccaccio, 1313-1375)筆下的葛瑞穗達(Griseda)[76]。她的觀察敏銳，顯然平日就已看出小莫提摩才是眾公卿之首；「抓蛇抓頭」，只要小莫提摩首肯，眾公卿自然同意，因以暗殺葛符斯頓為由予以說服。王后將小莫提摩拉到一旁低聲細訴，言辭想必娓娓動聽。馬羅以「在旁商議」的策略轉折劇情，藉以引發期盼與好奇。劇情經此轉折，氣氛也隨之一變，而王后果然就此說服小莫提摩。眾公卿見小莫提摩首肯，也只好同意。王后的精明與工於心機，於此初露端倪。正在哀傷中的愛德華聞說眾公卿的立場改變，喜出望外，願意與王后再結連理。一時間，君臣雙方的對立煙消霧散。原本急遽上升的行動，登時煞住。只可惜這番得來不易的和解只是暴風雨前的寧靜。

　　第一幕以莫家叔姪的談話結尾。老莫提摩認為愛德華「天性溫和淑靜」，寵倖葛符斯頓只因年輕無知，不如姑且讓他「為所欲為、得償所願」。隨後舉出王者與智者都有寵倖的對象，據以說明愛德華正值青春年華，才會親近輕浮之輩。相形之下，小莫的態度就顯得激進許多。對他來說，像葛符斯頓這種「出身卑鄙的小人」不但「恃寵而驕」，還「肆意揮霍公帑」，令人難以忍受。愛德華登基時年廿三，果然正值慘綠年華，才會如此硬拗。老莫提摩的話對於愛德華年輕無知多所包容，顯示

---

[76] 說見Harry Levin, *The Overreacher*, p. 98。又，Tromly將王后喻為Dido，則似有不妥；說見Tromly, *Playing with Desire*, p. 7.

長者寬厚的一面。然而，愛德華固然年輕，卻也未免太過不識
大體。一國之君豈可拿公器「爲所欲爲」？一國福祉豈容橫遭
踐踏？難道舉國臣民要引領企盼愛德華增長年歲去改善行逕？
老莫提摩的態度不無姑息養奸之嫌。再說，亞歷山大之類的君
王，即使寵倖臣屬，不也同時造就不世的偉績？赫鳩里斯鍾愛
海拉斯，依舊不失英雄本色。西塞錄與蘇格拉底兩人的成就也
都名垂青史，又豈可同日而語？

第二幕

　　第二幕開頭就先引介小施賓塞、巴達克與瑪格莉特三人。
小施賓塞與巴達克正在討論主人死後，兩人的出路問題。小施
賓塞不投靠小莫提摩這種動輒犯上的人。理由是：惹是生非之
輩於己不利，遑論照顧下人。相形之下，葛符斯頓既獲聖寵，
必能澤及親信。何況，葛符斯頓曾一度將他薦舉給愛德華。如
今即將奉召返國，正是投靠的良機。巴達克自認從小就教皇姪
女唸書，正可因她而獲寵倖。但小施賓塞給他忠告，說：

　　　　那波兄，閣下必須擺脫學究氣，
　　　　學習朝臣的舉止儀態；
　　　　單憑黑衣小飾帶，
　　　　絨質斗縫，補以嗶嘰料，
　　　　鎮日吸取花束芬芳，
　　　　或是手執餐巾布
　　　　或在下席長祈禱，

或對貴族哈彎腰，
或是垂頭半闔眼，
口中說：「當然，謹遵命，」
以此獲得大人物青睞。
閣下必須自豪、大膽、機敏而堅定
時時伺機而動、直指要害。（第1景第31行-第43行）

　　巴達克認為這種事「無聊」而「虛偽」。他說，格勞斯特
伯爵在世時，對他凡事挑剔，不但鈕扣不對，連「腦袋大如針
頭」也成了調侃的話題。他說，儘管他內心淫蕩，準備去幹歹
事，穿著卻正經得「有如牧師」[77]。從這番談話中可知，兩人都
是利慾薰心的投機份子。小施賓塞精明能幹，巴達克古板可笑。
瑪格莉特在劇中不是要角；從她的獨白中可知，她似乎是個被
愛沖昏了頭的懷春少女。試想：葛符斯頓心中只有愛德華一人，
她又如何獲得夫婿「全部的愛」？她想跟葛符斯頓愛河永浴、
生死與共，但葛符斯頓即便同意，就辦得到嗎？葛符斯頓在來
信中的措辭再懇切，就能相信嗎[78]？看來她的未來恐將步王后的
後塵。則今日等待情郎歸來的喜悅勢必在日後化為無窮的沮喪
與哀愁。

　　在此同時，暴風雨前的寧靜已然結束，不安與敵對的氣氛
隨著葛符斯頓的歸期逼近而逐漸濃厚。愛德華既已獲得眾公卿

---

[77]　據Thomas Warton指出：馬羅似乎在此透過小施賓塞的話嘲笑清教
　　徒；引見Maclure, ed., *Marlowe*, p. 64.
[78]　見Shepherd, p. 119.

同意召回葛符斯頓，則當下最令他念茲在茲的就是葛符斯特為
何遲遲未歸？心心繫念的是唯恐葛符斯頓會在海上沉船，開口
閉口還是「葛卿」。愛德華決定將皇姪女下嫁給他，要在婚禮
上舉行馬上比槍與比武，關心的是眾公卿在參賽時，盾牌上有
何標識？殊料因而引來譏諷。小莫提摩以「蠹蟲」喻葛符斯頓
狂傲殘毒，藍卡斯特則以「飛魚」預示葛符斯頓的命運。兩人
的譏諷與威脅引發了愛德華的憤怒，因而指責兩人「高傲」「粗
野」，口雖「友善」，心懷「仇恨」，才會出言誹謗「御弟」。
他說，他有腳帶，可將老鷹拉下，即便海怪或哈比鳥都無法造
成威脅。在這當間，由於心中只想著葛符斯頓一人，以致於小
莫提摩告以法軍登陸諾曼第的消息，愛德華竟然說是「小事一
樁」，想「要何時驅退就驅退」。怠忽國政的作為全然暴露，
君臣之間因而再啓齟齬。

　　對立的態勢隨著爭議的主角葛符斯頓進來而升高。愛德華
見葛符斯頓歸來，立刻給予熱烈的歡迎。兩人再敘離情與相思
之苦。愛德華要求眾公卿迎接葛符斯頓的歸來，原本期盼雙方
前嫌盡釋、握手言歡。殊料眾公卿反而以「侍從長」、「康華
爾伯爵」、「萌島大統領」以及天下「總宰輔」等稱呼調侃與
諷刺。葛符斯頓覺得受辱，也反唇相譏，以諷刺的口吻直指小
莫提摩自詡高貴，實則卑下如鉛、呆頭呆腦。在失控的場面中，
小莫提摩拔劍擊傷葛符斯頓。雙方再度勢成水火，也再度以死
相脅。愛德華要彭布羅克與小莫提摩為此付出代價，「小心自
己的腦袋」，並且下令兩人不得靠近王宮。華威克不甘示弱，
也要愛德華「小心自己的王冠」。愛德華則誓言以戰爭來消滅

「亂臣的傲氣」。雙方不歡而散。眾公卿決意合力除佞，甚至不惜借用民氣去罷黜愛德華。平心而論，愛德華的確寵佞過甚，葛符斯頓也的確恃寵而驕。但眾公卿公然在御前拔劍相向，未免目無法紀。雙方的關係已到「君不君、臣不臣」的地步。

　　一波未平，一波又起。雙方的衝突並未就此中止。就在此時，前線傳來老莫提摩征蘇被俘的消息。小莫提摩認為，老莫提摩效命疆場，贖金理當由愛德華負擔。葛符斯頓要黃金，可「直接」去金庫拿；葛符斯頓流放愛爾蘭，黃金任他用。然而，老莫提摩為國出生入死，愛德華卻只肯交出大印信（broad seal），表面上命小莫提摩藉以籌款，實則要他乞求，顯然意在羞辱。難怪小莫提摩與藍卡斯特兩人會在盛怒之餘，數責愛德華只顧享樂，只會厚賞佞倖，全然不以國政為重，以致對外戰爭連連失利，處理內政一無是處。國勢陵夷的結果，連蘇格蘭人都唱起小調來嘲笑英格蘭：

> 英格蘭少女心沉痛，
> 只因情郎命喪班諾克斯本，
> 嘻哈呵呵呵。
> 英倫王還想動妄念，
> 一舉擊潰蘇格蘭？
> 喃哺囉囉囉。（第2幕2景第189行-第194行）

然而，愛德華不思反省，反倒決意展示「獅爪」去流叛臣的血。雙方的衝突點在於愛德華期盼擺脫職責，與葛符斯頓建立一個

理想國度去共享榮華富貴，而無視於國事如麻，亟待用心處理；
眾公卿則希望愛德華擺脫奸佞，以大局爲重。一方爲滿足私慾，
另一方則出於熱愛祖國。兩相比較，愛德華顯然怠忽職守。

　　接著的情節較爲零碎，可分成五點來評論。首先，愛德華
正在因藍卡斯特與小莫提摩兩人的指責忿恨不已，肯特不但不
予附和，反而爲了國家和愛德華著想，主張永遠驅離葛符斯頓。
然而，忠言逆耳，愛德華認定他與葛符斯頓爲敵，而將他也逐
離御前。愛德華爲了葛符斯頓，不惜怠忽國政、激怒眾公卿、
鄙棄王后，如今又拒斥同父異母的弟弟，人倫關係幾全斷絕，
付出的代價未免太高。其次，王后聽說眾公卿要興兵叛亂，前
來表示關切。殊料愛德華一口咬定她是造成「衝突的禍首」，
並且再次無端懷疑她的貞操。這時，葛符斯頓忽然要愛德華向
王后好言哄騙，愛德華也立刻改口，自稱「一時糊塗」。君妃
之間的誤會只憑葛符斯頓一句話就立時化解，可見葛符斯頓確
能操控愛德華的言行心緒。再次，小莫提摩雖然以戰相脅，但
愛德華礙於輿情，不敢將他關進塔獄，也不敢採取暗殺之類的
激烈手段，只詛咒兩人以毒酒相敬。一時手軟，鑄成終生大錯。
第四，瑪格莉特果然將巴達克與小施賓塞推介給愛德華，她在
劇中的任務至此告一段落。最後，愛德華當眾將瑪格莉特許配
給葛符斯頓。葛符斯頓重申「不在乎別人的愛恨」，愛德華也
重申「獲得寵倖，就可高人一等」。

　　君臣失和的結果，社會也行將因而失序。肯特爲了國家與
愛德華的利益著想，只好投效眾公卿的陣營。這對愛德華來說，
無疑是重重的一擊，只是他還未瞭解事態有多嚴重。眾公卿乘

著愛德華與葛符斯頓在泰莫斯作樂之際,突襲城堡。愛德華措
手不及,倉皇逃往史嘉堡。眾公卿佔據城堡後,隨即捕獲葛符
斯頓。接著當然不免一番數責。小莫提摩指他是個「卑賤的阿
諛之徒」,居然「帶壞皇上、引發戰爭」。若非礙於「軍人之
名」,就叫他「當場血濺五步」。藍卡斯特罵他是個「卑鄙小
人」,有如海倫造成「沙場血成河」,明明自尋死路。華威克
則以「祖國」為名,打算將他「吊上枝頭」。三人異口同聲,
要落實早先的誓言,置葛符斯頓於死地。葛符斯頓自知難逃一
死,起先只是默默承受眾公卿的辱罵,對於「血濺五步」或「人
頭落地」之類的話並無反應。但一聽說要「吊上枝頭」,未免
心頭一驚。因為只有重刑犯才受吊刑,貴族或士兵依律斬首。
而其間雖經阿蘭德公爵與彭布羅克兩人先後願以性命與榮譽擔
保,容許愛德華在葛符斯頓死前再見一面,但終究難逃一死。

　　此處值得注意的約有四點。第一,王后的心機再度顯露。
王后知道自己的不幸全由葛符斯頓一手造成。表面上束手無
策,實則利用各種機會暗地設法報仇。就在眾公卿追捕無著之
際,給予適時的指點,導致葛符斯頓被捕,總算洩了心頭之恨。
第二,這時的眾公卿都還止於對付葛符斯頓一人。愛德華雖然
昏庸,眾公卿尚未心懷不軌或公然施暴。第三,愛德華只顧滿
足私慾,無視於國家利益,由此益形彰顯。第四,愛德華的行
逕再再將王后推向小莫提摩。愛德華的無情令王后漸生惡感;
相形之下,小莫提摩的關懷則令她心存感激,使王后思欲回報,
無形中給兩人之間的親密關係助了一臂之力。無論王后與小莫
提摩是否真如愛德華的指控,兩人之間的好感經過這番曲折

後，逐漸浮上檯面，為爾後的糾葛預下伏筆。最後，眾公卿對付葛符斯頓的步調並不一致：華威克原本堅持永除後患，卻因拗不過其他伯爵的意思，只好表面上同意，隨後就半路攔截，除去葛符斯頓。劇中沒有說明華威克的作法到底造成何種後果，但這顯然不利於團結。

第三幕

　　愛德華寵佞的態度在等待的過程中暴露無遺。葛符斯特被捕後，他就一直在擔心其安危。對他來說，葛符斯頓是他「最親愛的朋友」、最「甜蜜的寵臣」，兩人的「靈魂結合為一」，不可或離：

> 一旦葛卿和朕分離，
> 這個海島勢將漂流大洋上，
> 漂往人煙不至的西印度。
> 　　　　　（第1幕第4景第48行-第50行）

不然就將全國割裂成幾個小王國給眾公卿平分，他則情願躲在僻處或角落來與「親愛的葛卿同嬉戲」，就因葛符斯頓一旦分離，則

> 朕的心有如悲傷的鐵砧板，

給獨眼巨怪[79]的鐵鎚在上鏈打著，
發出的噪音叫我頭暈又目眩，
令朕為葛卿瘋狂....
　　　　　　（第1幕第4景第311行-第317行）

　　相形之下，眾公卿於他如寇讎：小莫提摩「歹毒」，華威克「粗暴」，藍卡斯特「無情」，三人都是一干「叛逆」的「懦夫」。葛符斯頓會迎合上意，而眾公卿卻敢「以其傲氣冒犯龍顏」。早先老莫提摩被俘，他不肯支付贖金；如今，葛符斯頓「注定要死」，卻願意「傾一國的財富」將他贖回。其實，愛德華不止對葛符斯頓如此；只要是他的寵臣，就可獲得特別的待遇。最明顯的實例就是他對小施賓塞的態度。他一聽說老施帶來總數四百名的弓箭手、槍矛兵、步兵以及盾牌手前來捍衛王權，他立即在欣喜之餘，封小施賓塞為威爾特郡伯爵，並且囑他買地揮霍，「盡情花費，千萬別吝惜」。等到葛符斯頓一死，又立刻封小施賓塞為王儲，晉授格勞斯特伯爵與宮內大臣。對於眾公卿要求他擺脫小施賓塞一事，不但嚴詞拒絕，還當眾以「擁抱」表明立場。

---

[79] 獨眼巨怪(Cyclops)指希臘神話中的獨眼巨怪。荷馬曾在《奧德賽》中載述其中一個名叫波利費謨斯(Polyphemus)的獨眼巨怪被奧德賽戳瞎眼睛的經過。而在希臘詩人黑休德(Hesiod, fl. C700 B.C.)筆下的獨眼巨怪則在西西里島上伊特拿(Aetna)火山底下的鑄鐵廠協助火神希懷斯特(Hephaestus)打鐵，曾為天神宙斯(Zeus)鑄造雷劈(thunderbolt)，並協助天神打敗天王克羅諾斯(Cronus)。又參見維吉爾，《伊尼亞德》，第8篇，頁418-438。

　　愛德華的一舉一動正是出於這番不同凡響的感情。葛符斯頓遇害前，愛德華已在小施賓塞的攛掇下躍躍欲動。小施賓塞說，儘管眾公卿「狂妄」而「不受節制」，但愛德華畢竟貴為一國之君，不該「受制於叛黨」，尤其不該讓眾公卿在王土上「抗拒得逞」，而應將眾公卿梟首示眾，以收「殺雞儆猴」之效。經過小施賓塞的一番攛掇，愛德華亟擬拔劍懲罰叛逆。等到葛符斯頓的死訊傳回，再經小施賓塞的煽動，愛德華終於跪指天地星辰，立下宏願大誓，決心發動戰爭去鏟除叛逆。

　　　倘若朕還是英格蘭國王，誓在血湖中
　　　拖行你們的斷頭殘軀，
　　　在血泊中灌飽喝足，
　　　再以同樣的血沾塗皇旗，
　　　讓皇旗上的血色顯示
　　　永遠復仇的記憶
　　　在可咒的叛賊子孫身上──
　　　　　　　　（第3幕第1景第134行-第141行）

表面上是為了伸張王權，骨子裡當然還是為了替葛「愛卿」報仇：

　　　與其遭人這般藐視，
　　　不如就讓英格蘭的城鎮化為土礫堆如山，
　　　耕鋤犁到王宮大門前。

（第3幕第2景第30行-第32行）

看來爲了報仇，愛德華不惜玉石俱焚，無視於生靈塗炭，但這就是小施賓塞所謂的「正義將獲勝」？肯特認爲，眾公卿是爲了祖國才會主張清君側。然而，忠言逆耳；肯特反而因仗義執言而遭驅離御前。爲了報仇，愛德華再次認爲法王瓦魯阿佔領諾曼第一事不必大驚小怪，反正兩國不久就即可「重修舊好」。國家大事可以如此輕淡處之？也爲了報仇，他才派王后與太子同赴巴黎情商，自己則留在「國內應戰」。問題是：應甚麼「戰」？兩國之間的齟齬可以這麼用人情輕易攞平？這不免令人懷疑：難道報仇事重，國政事輕？這種「名不正、言不順」的戰即使獲勝，恐怕也非伸張正義。

　　於此可見，愛德華寵佞之心並未適可而止。對他來說，葛符斯頓是他「最親愛的朋友」，此後「永遠不再見到」，眾公卿的阻擾明明存心割裂他在私慾與公職間的融合。最愛與最恨就在愛德華等候阿蘭德回報的當間激盪於心中，難怪愛德華一聽說葛符斯頓已死，簡直如喪考妣，造成他的最痛，悲憤之情亦可想見。在這種情況下，愛德華一經巴達克與小施賓塞的慫恿，再加上老施賓塞的適時奧援，於是奮而誓言報仇，準備清勦叛逆。如今雙方沒有王后居間斡旋，也沒有老莫提摩待以寬容，雙方的衝突遂由宮廷移向戰場。原本已告緊繃的情勢經愛德華當眾擁抱小施賓塞後，急遽上昇。雙方的衝突一觸即發。果然君臣在波羅橋（Boroughbridge）經過一番激戰，愛德華大獲全勝。這是他在全劇中最得意的一次。眾公卿雖然狂傲，但師

出有名；相形之下，愛德華只爲寵佞而戰，即使獲得全勝，也只算硬拗。

　　然而，最得意的當間，往往也是最輕忽的時刻。戰爭結束後，愛德華本當不分首從統統就地正法。這一則可絕後患，二則亦可收殺一儆百之功。然而，眾公卿當中，他僅處決華威克與藍卡斯特兩人，卻念在同胞之誼將肯特驅逐，又二度礙於輿情而將小莫提摩關進倫敦塔獄。一誤再誤，終至日後噬臍莫及。無論如何，這時的小莫提摩依舊頑強而倨傲：

> 甚麼，莫提摩！粗糙的石壁
> 關得住你那一飛沖天的能耐？
> 不，愛德華。你這英格蘭的禍源，辦不到的；
> 莫提摩的希望遠遠凌駕他的命運。
>
> 　　　　　（第3幕第4景第36行-第39行）

倘若愛德華是英格蘭的「禍源」，則小莫提摩正好是愛德華的剋星。從小莫提摩這番不甘心的言語中，愛德華早該自我警惕。小莫提摩似有干雲的豪氣，但他不算一世之雄，至多只能說是一名「野心家」（overreacher）。他的「希望」是否真能凌駕命運，則有待劇情的發展來證明。

　　第三幕以王后的處境結尾，給劇情的發展預下伏筆。愛德華不肯遠讒的結果，肯特離他而去，其後滯法不歸。小施賓塞發現王后在法蘭西期間「廣結友朋」。爲了英格蘭的「安寧」，不惜命勒文以重金賄賂法蘭西王公，以排除王后的外援。王后

的遭遇同樣有待劇情的發展來澄清。

第四幕

　　情勢的發展對愛德華漸顯不利。接連六個短景顯示他的氣勢下滑，而王后與小莫提摩則否極泰來。本幕一開始，只見肯特協助小莫提摩越獄成功，同赴法蘭西。這對愛德華來說，當然是一椿不可小覷的打擊。在此同時，由於小施賓塞以黃金賄賂法蘭西朝廷上下，致使王后與太子兩人遭到冷漠的接待。朋友不理睬，王公貴族殘忍而冷漠，瓦魯阿國王拒絕派兵相助，令她「洩氣」而「沮喪」。在求助無門的窘況下，一籌莫展。太子還樂觀表示愛德華會念在父子之情重拾舊日歡樂，但王后顯然不再對愛德華心存幻想。她認為琴瑟交鳴、破鏡重圓都已一無可能，夫妻情緣已至一刀兩斷的地步。就在這種進退維谷的窘況下，母子兩人只好接受約翰爵士的邀約，會合甫自英倫渡海而來的肯特與小莫提摩兩人同赴漢諾爾特，待時而動。對愛德華來說，這當然又如芒刺在背，使他誓言儘早一決雌雄。

　　王后與小莫提摩會合後，態度一變，雙雙以「復仇者」的姿態出現。兩人合力，一心想要推翻愛德華，也各用心機去達成目的。小莫提摩聲稱要為太子「舉大纛」去「清君側」、「爭江山」。他認為，要給英格蘭帶來和平與安寧，「就非靠寶劍不可」，否則愛德華不可能遠離佞臣。王后則在一旁應合。在此同時，愛德華大肆屠殺異己，遇害者無數，致使英格蘭籠罩在恐怖的陰霾中。而王后與小莫提摩旋即率領「正義」之師登陸。這時的王后，或許是出於「哀莫大於心死」的緣故，一改

先前忍氣吞聲的低姿態，不再對愛德華的控訴留情[80]。她以激切
的口氣，說：

> ……一樁沉重的事
> 發生在兩兵相接、劍矛齊出之時，
> 內戰使得親族同胞
> 相互殘殺，身側
> 遭到武器刺傷。但有何法？
> 這一切毀滅全由昏君造成。
> 而愛德華，你才是罪魁兼名禍首，
> 放縱輕浮國土成廢墟
> 致使海峽血橫流。
> 你本該當起治下子民的守護神。
>
> （第4幕第4景第4行-第13行）

王后一口咬定這場戰爭「全由昏君造成」；又譴責愛德華「本
該成為治下子民的守護神」，如今卻因「荒怠國政」，致令「國
土成廢土」、「海峽血橫流」，而成「罪魁禍首」。相形之下，
小莫提摩則一改先前火爆的脾氣，反倒勸王后言辭不必過於「激
切」，重要的是：奉天承命，「為殿下」爭權益、為祖國效忠
誠。他說：

---

[80] 王后的態度轉變一事引發評論家的多方揣測；見Tromly, p. 7.

> 為了愛德華公然加諸我等、王后及祖國的
> 冤屈和傷害,
> 我等率兵舉劍報仇,
> 以使英格蘭王后能在和平中重獲
> 尊嚴和榮譽,依此
> 我等將可清君側,
>
> 掃除揮霍英格蘭國庫之徒。
>
> (第4幕第4景第20行-第26行)

目標不可謂不崇高、行動也不可謂不積極。但是否真如小莫提摩所謂的「正義所趨,槍械退避」。是否真能為公益而戰,就有待時間來證明與考驗了。

　　在「正義」的旗幟下,王后果然一舉擊敗了愛德華。為了掌權,王后與小莫提摩多管齊下,期能斬草除根、永絕後患。原本為國為民的崇高理想如今已淪為營私奪權。為了鞏固大權,兩人合力扶太子登基。王后就在追擊愛德華期間,先封太子為副王。小莫提摩隨後將愛德華的命運推給百姓與議會,再將其「心意」告知布里斯托市長。小莫提摩要王后提防肯特變節;否則計謀敗露,後果不堪設想。等到老施賓塞被捕,立刻以叛國的罪名斬首。同時,王后在小莫提摩的敦促下,簽發敕令,四處搜捕愛德華及其餘眾。勝利終於屬於「正義」的一方。

　　愛德華被捕前後的場面充滿了悲愴與哀戚。愛德華在眾叛親離的情況下,帶著小施賓塞與巴達克原本打算航向愛爾蘭,

殊料遇到逆風暴雨，只好逃至威爾斯格拉莫根郡，藏身尼斯寺。
方丈雖然再三勸以安心勿慮，但這時的愛德華已成驚弓之鳥。
他希望方丈不欺騙他、不出賣他。想起從前，大權在握、排場
豪奢，小施賓塞「主宰生殺大權」，好不威風。他希望在藝術
的溫床裡，「吸吮柏拉圖與亞里斯多德的乳汁」。他羨慕「沉
思的人生」，希望離群索居去過著與世無爭的日子。他將頭頸
枕在方丈的膝上，只望

> ……永遠不再睜開眼
> 永遠不再抬高頹喪的頭，
> 永遠不再拾起垂死的心。
> （第4幕第7景第41行-第43行）

然而，如今既已淪為亡命之徒，這一切都成了妄想。等到萊斯
特一行人出現，大家只能乖乖就擒。愛德華的命運果然應了俗
諺：

> ……破曉時刻傲然掌王權，
> 日落時分旋即被推翻。
> （第4幕第7景第53行-第54行）

小施賓塞與巴達克隨即以叛國罪就逮。愛德華在被送往肯諾渥
斯宮前，脫去僧袍，不再偽裝。留下小施賓塞與巴達克兩人去
面對無窮的失落與悵然。

對肯特來說，情勢的發展雖然順利，政局卻不如預期。當初他投靠眾公卿是出於他「熱愛祖國」，在赴法前也是為了「英格蘭的利益」才痛批愛德華「傲慢」「殘忍」。他認為，愛德華為了「寵倖馬屁精」，不惜冤屈王后、「荒忽國政」，簡直就成了殺害忠良的「屠夫」，連他這種一心為國的都被「貶離御前」。他也就在對愛德華意懶心灰的情況下，先後投入眾公卿與王后的陣營。然而，等到愛德華兵敗潰逃，這時的他才覺得自己不該帶劍追殺「繼承法統的」國王，也不該迫使愛德華離開英格蘭。他詛咒自己，希望上帝伸張正義去懲處叛逆。令他失望的是，王后與小莫提摩兩人竟然眉目傳情，「在密謀時相擁吻」，當時王后擺出的竟然又是「一張愛的臉龐」。

第五幕

第五幕是整齣戲當中，最特出、也最陰霾的一幕。其中尤以「繳冠」（abdication）與「謀害」（murder）兩景最令人動容。王后與小莫提摩雖然擒獲愛德華，但並未就此罷手。早先，愛德華對柯主教僅僅止於囚其人身、奪其家產，對肯特不過逐出宮廷，對莫提摩也只監禁而已。如今王后與小莫提摩對於異己則絲毫不留餘地。愛德華被關在柏克萊城堡，儘管心情鬱卒，卻還有萊斯特與柏克萊兩人的同情。但王后與小莫提摩並不甘休；兩人也就在這種情況下，真面目暴露無遺。其策略就是先逼退，再謀害。小莫提摩先遣溫主教來逼取王冠。而愛德華即使在無可奈何的困境下，也和小莫提摩被俘時同樣倨傲不屈：

不讓，只要氣未斷——
叛賊，滾。去和莫賊同流合污。
選立、謀立、擁立，如你心所欲；
彼等和你們的血行將確立此叛逆。
　　　　　　（第5幕第1景第86行-第89行）

　儘管如此，愛德華知道自己一旦留下王冠，則其子勢將失去王位繼承權，只好交出，其內心的痛苦不言可喻。而王后與小莫提摩在得到王冠後，隨即合力擁立太子登基，由小莫提摩當護國卿，「挾天子，以號令天下」。

　　逼退既已完成，接著就是「謀害」。王后早在揮軍渡海前，就已對愛德華由愛生恨。相形之下，她視小莫提摩如「生命」，愛他「至深」，只要能夠保全太子，則愛德華如何處置，她都「願意欣然同意」。她知道萊斯特待愛德華友善，立刻由小莫提摩具名，解除其職責。她知道愛德華滿懷憂思，卻傳話說：「但願我能撫平他的憂傷」。一聽說愛德華交出王冠，不禁喜溢眉梢，立刻傳太子進殿。她對小莫提摩說：只要愛德華一天活著，大家都一無安全可言。

　　小莫　說，要立刻將他處死？
　　王后　但願他已死，這筆帳才不會算在我頭上。
　　　　　　（第5幕第2景第44行-第45行）

愛德華的命運就在這簡短的對白中確定了。

　　在兩人的設計下，愛德華連遭身心兩方面的煎熬。當初，愛德華爲了寵倖葛符斯頓，原本要以摘下金法冠、扯破教士服、重新推到陰溝施洗來懲罰柯主教，最後則僅抄其家產、徵其稅收、關進倫敦塔而已。如今，愛德華承受的不止於此。小莫提摩以「發跡」爲誘因，收買顧爾尼與馬爾崔克兩人「竭盡手段」去消沉愛德華的意志：說粗暴的狠話、給兇惡的臉色、增加他的煩憂；不給安慰，不給休息、不給食物，並且將他關在地牢，讓他每天以淚洗面。愛德華口渴，原本想要喝水來「清除體內的排泄物」，卻故意歪曲其意，將他強拉在臭水溝剃去鬍鬚（第三景）。愛德華貴爲一國之君，受此煎熬委實殘酷無情。他的任性妄爲固然引發反感，但其苦難則令人同情。就在愛德華受盡苦難的同時，王后假稱要向愛德華致意，告訴他無法幫他解憂救援，只要愛德華獲釋，才覺「安好」；愛德華同意退位，令她「傷感」，可謂虛僞至極。對於肯特同情愛德華的舉動，王后和小莫提摩兩人同感不安。在知道肯特意圖救駕的情況下，因隨時移動愛德華的行蹤。對於肯特救駕不成反遭逮捕，則立刻處決。

　　王后與小莫提摩知道愛德華非死不可；否則民眾對他的同情日增，必將危及自己的安全。爲了脫罪，小莫提摩叫朋友利用拼字學（orthology）上的逗點法（comma），寫了一封模稜兩可的信：

Edwardum occidere nolite timere, bonum est.
別怕殺國王，他死才好。（第5幕第4景第8行）

但標點換了位置，意思就成了：

Edwardum occidere nolite, timere bonum est.

別殺國王，可要擔心最糟的情況才好。

（第5幕第4景第11行）

接著就派殺手賴特本去執行任務。

　　「謀害」一景在全劇中最為駭人聽聞。整個場面令人心頭
宛似壓著一塊巨石，沉重、絕望、沮喪、無助的感覺兼而有之。
當初柯主教被關進塔獄遭受煎熬的情況劇中不曾交代細節，如
今輪到愛德華被關在柏克萊城堡的地牢忍受身心兩方面的折
磨。愛德華被關著的地牢原本是整個城堡排放污水的下水道。
早先曾多次被喻為「太陽」的他，如今卻站在暗無天日的穢泥
臭水中整整十天。期間，耳際傳來陣陣鼓聲，飲食只有水和麵
包，為的是要讓他「沒睡沒吃食」，致使他神智不清、全身發
麻[81]。愛德華貴為一國之君，平日養尊處優，何曾受過這種煎熬？
如今既然淪為階下囚，只能任人擺佈。然而，他卻耐過了十天，
顯見他的體況不錯，耐力也夠。這處地牢形同地獄，愛德華被
捕前後已先看到死神化身為刈草人[82]，如今賴特本更如魔鬼的化

---

[81] Tromlly 認為愛德華所受的煎熬頗似Tantalus的遭遇，見所著*Playing with Desire: Christopher Marlowe and the Art of Tantalyzing* (Toronto: U of Toronto, 1998), p. 116. 不過，兩者之間似同實異，貿然拿來相比並不十分貼切。

[82] 有關刈草人的討論，可參見Hattaway, p. 77.

身[83]，來取他性命。他從開頭起，就讀出了賴特本臉上的殺機，因而認定賴特本是來取他性命的，顯見他的判斷力不差。賴特本從頭開始就對愛德華的遭遇假意表示同情，實則他憑著信件與信物進入地牢前，就已命顧爾尼與馬爾特拉維兩人燒紅鐵叉，備妥一張桌子、一床鵝毛薦，準備「宰制」愛德華。口頭上給他安慰，表示給他帶來「好消息」。為了改變他的心意，愛德華贈以珠寶。可惜的是，無論愛德華再如何訴苦、如何攏絡，都無法改變他的決心。賴特本先是對愛德華給予口頭上的安慰，接著要他躺在鵝毛薦上暫歇，最後見他才闔眼就驚醒，因直言前來「取他性命」。於是命人搬進「道具」，先將愛德華壓在鵝毛薦上，再用桌子壓住，然後將鐵叉插進肛門，在他內臟翻轉，讓愛德華在灼痛中尖聲哀號死去。手段之兇狠殘酷，無以復加。劇中用黯黑的地牢、火紅的鐵棒以及痛苦的尖叫等意象來織成一幅活生生的人間地獄圖。愛德華死前的苦難或許在伊莉莎白時代最為可怖[84]，難怪評論家會認為「謀害」一景最能喚起觀眾的「同情與憐憫之心」[85]。有的評論家或謂：愛德華素有斷袖之癖，鐵叉插入屁股眼有如另一種形式的雞姦

[83] 說見Levin, *The Overreacher*, p. 101; 又，參見A. L. Rowse, *Christopher Marlowe: His Life and Works* (New York: Harper & Row, Publishers, 1964), p. 135.

[84] 見Brian Gibbons, "Romance and the Heroic Play," in *The Cambridge Companion to English Renaissance Drama*, eds. A. R. Braunmuller and Michael Hattaway (Cmbridge: Cambridge UP, 1990), p. 224.

[85] Charles Lamb, *Speimens* (1808), in *Marlowe*, ed. Maclure, p. 69.

（sodomy）[86]。

　　隨著愛德華的屈辱愈甚，小莫提摩的氣燄也愈熾。在權謀詐術（Machiavellism）的運用下，他終於篡奪了愛德華的一切，氣燄也達到了頂點。這時候的他，翻雲覆雨、肆無忌憚，一切都在他的掌控中。躊躇滿志之餘，不禁忖道：

> 太子我控制，王后我指揮
> 一「躬」低低鞠到地
> 傲氣十足的王公見我走過也致意；
> 我簽署，我撤令，我為所欲為。
> 　　　　　（第5幕第4景第46行-第49行）

　　小莫提摩雖然尚無「取而代之」的野心或行動，但已在實質上接替了愛德華的身分去當太子的「父親」，佔有愛德華的臥床去當王后的「丈夫」，以一國之君當眾公卿的「國王」，另外又以傾朝之權去當「攝政王」。權力的傲慢，至此表露無遺。早先葛符斯頓想以假面具左右愛德華，如今小莫提摩總算取代了愛德華的一切。

　　然而，日中則昃。命運之輪時時運轉[87]。小莫提摩以為：「偉

---

[86] 參見Jonathan Gddberg, "Sodong and Society: The Case of Christopher Marlowe," in *Staging the Renaissance: Reinterpretations of Zligabethan and Jacobean Drama*, eds. David Scott Kastan and Peter Stallybrass（New York: Routleclge, 1991）. pp.75-82.

[87] 見Michel Poirrer, *Christopher Marlowe*, p. 186.

大若我，命運都不能傷害我」（第4景第47行）；然而，天道無私。
沒人知道命運之輪何時轉到了最高點。他與王后當著剛剛加冕
的幼主面前下令處決肯特，無論幼主如何懇求，就是不肯改變
心意。殊料就在權位的巔峰時東窗事發；愛德華的死訊傳開，
他被幼主逮捕，這才看到「大人物敗亡」（de casibus）悲劇的內
涵：

> 卑鄙的命運，如今我才發現在你的轉輪上
> 有個最高點……
>
> （第5幕第6景第59行-第60行）

王后在小莫提摩下令處決肯特時（第4景），不曾代爲說項，反倒
攜著太子赴園狩獵。如今卻向幼主求情說：

> 看在娘給你生命的份上，
> 別流莫提摩的血。
>
> （第5幕第6景第68行-第69行）

如此一來，反倒洩露了兩人合謀加害愛德華的機關。作繭自縛，
害人害己。但即使到東窗事發，小莫提摩仍不屑遭人指控。他
坦承文件上的字跡，最後不得不俯首認罪。小莫提摩處決，王
后遭到監禁，也算是「惡有惡報」。全劇原本可以愛德華的死
結束。但馬羅依循「詩的正義」（poetic justice）的理念，必使「惡
有惡報」，以彰顯禍福無常的歷史軌跡。換句話說，小莫提摩

的死不是呼應基督教「罪的報償乃是死」的教條，而只是野心
家默然靜待命運安排的結果[88]。歷史不是神意的安排，而是人自
取其咎。為了爭權而使用權謀詐術終於帶來了苦難[89]。

總評

　　文藝復興時代，人文主義抬頭，教育以古典希臘與羅馬語
文為內容。像卡斯提葛里歐尼(Baldassare Castiglione, 1478-1529)
創設柯爾提古阿諾 (Cortegiano, 1528)、德拉卡薩(Giovanni della
Casa, 1503-1556)建置嘉拉提歐(Il Galateo, 1558)教育學院、達費
爾特勒(Vittorino da Feltre, 1377-1446)設立歡樂之家(Villa
Beatrice d'Este, 1600)等等，在課程方面除思想外，還提供舞蹈、
馬術、擊劍、游泳、摔角以及社交禮儀等活動，其旨都在培養
自由開放的人格與完美紳士的風度。同時，不少著述也以此為
目標，像卡斯提葛里歐尼《朝臣之書》(*The Book of the Courtier,
1518*)具體刻畫了文藝復興時代理想紳士的繪像；艾留特(Sir
Thomas Elyot, 1490-1546)《總督之書》(*The Book Named the
Governor*, 1531)也以呈現完美人格為鵠的[90]。畢竟當時的人相

---

[88] Clifford Leech, "Marlowe's 'Edward II': Power and Suffering," *Critical Quarterly* 1 (1959): 196.

[89] Irving Ribner, "Marlowe's *Edward II* and the Tudor History Play," *A Journal of English Literary History* 22 (1955): 247.

[90] 參見 Paul H. Kocher, *Christopher Marlowe: A Study of His Thought, Learning, and Character* (Chapel Hill, North Carolina, 1946), p. 203.

信：只要上位者獲得良好的教育，則必能澤及萬民。

　　愛德華貴為一國之君，卻無一國之君的氣度。一旦登基，就急於荒淫怠政；不能體察民瘼，只顧寵佞。身為人君，無德無能、庸懦不明，既沒有高瞻遠矚的胸襟，也沒有從善如流的雅量，更遑論雄才大略了。一誤再誤，終至不可救藥。及至兵敗，只好在眾叛親離的窘況下逃亡。既已淪為亡命之徒，不思發奮圖強，只在風聲鶴唳中時時提心吊膽，直如驚弓之鳥。藏身修道院期間，只夢想離群索居，過著「冥想」的日子，一無東山再起的打算。一旦淪為階下囚，則末路窮途、懊喪欲絕。王冠戴著的時候，不知珍惜；行將被迫交出，又戀戀不捨。只知鎮日哀聲嘆氣、以淚洗面，其情固然可憫，卻止於悲愴。愛德華沒有悲劇人物所展現的偉大與高貴。不過，他畢竟只是一名「不適任」的國王，而不是一名十惡不赦或大逆不道之徒。果能讓他豐衣足食，至多也只過著驕奢淫逸的生活，還不至於危及國家的安全與安寧。史跡斑斑，殷殷垂誡。馬羅似乎以愛德華為一反例來表達其政治理念，指出：昏君固然誤國，權臣也會亂政[91]。君昏政亂的結果，國勢陵夷、民不聊生。為政者，能不慎乎？歷史劇以「史」演「戲」，以「戲」明「史」，使得經過戲劇手法處理過的史實更能撼動人心，達到寓教於樂的目的。《愛德華二世》一劇以古為鑑，其所反映的應該不止是愛德華統治期間的種種，或許更是文藝復興時代憂患紛至、衝

---

[91] 英國歷史上，寵臣誤君的實例多有可見；可參見Richard Rowland, pp. xxi-xxii.

突對立的英國[92]。這對當時的英國人來說，理當感同身受，視為
一大警惕。

全劇的結構多有不愜人意之處。文藝復興時代的戲，旁白
與獨白都是司空見慣的設計；《愛德華二世》中的獨白11次，
旁白16次，不能算少。這對劇情的處理來說固然方便，卻相當
不自然。莎翁前的歷史劇，人物塑造泰半粗糙而膚淺[93]；《愛德
華二世》一劇中的人物也不夠活潑，且多無反省能力[94]，屬於福
斯特(E. M. Forster, 1879-1970)所謂的「扁平人物」[95]。另外，像
「繳冠」一景原本十分動人，卻因以「淚下沾巾」的悲愴場面
結尾，不能不說是個敗筆。

劇中另有許多交代不清的情節，也值得檢討。首先，三名
窮人依葛符斯頓的交代在外「聽候差遣」(第1幕第1景)，此後
就完全消失。為了老莫提摩被俘一事(第1幕第1景)，君臣雙方
發生了嚴重的衝突，最後老莫提摩贖回或如何贖回，也同樣沒

---

[92] 見 A. R. Braunmuller and Michael Hattaway, eds., *The Cambridge
Companion to English Renaissance Drama* (Cambridge: Cambridge UP,
1990), p. 161.

[93] Michel Poirier, *Christopher Marlowe*, p. 183.

[94] 劇中人物即使走到了生命的終點，也都不曾顯示反省的能力。蘭卡斯
特表示寧死不偷生的立場(第3幕第3景)；華威克以告別這「虛無的世
界」接受處決(第3幕第3景)；肯特被押赴刑場時，猶在抗拒(第5幕第4
景)；愛德華臨死前懇求神接納他的靈魂(第5幕第5景)；小莫提摩則傲
然藐視世間的一切，打算以「過客」的身分去探尋未知的國度(第5幕
第6景)。這些主要人物至死都不曾流露些許「自知之明」(know thyself)
的跡象；參見Rose, *Christopher Marlowe*, p. 138.

[95] E. M. Forster, *Aspects of the Novel* (Harmondsworth: Penguin Books,
1972), p. 75.

有交代。其次,政教雙方既已同意葛符斯頓回國(第1幕第4景),
愛德華至少也應以釋放柯玟崔主教表示善意。難道愛德華沒有
表示,政教雙方連這點也都忘了?第三、坎特伯里大主教在逼
迫愛德華簽署同意書後(第1幕第4景),就此消失,難道政教與
君權之間的衝突就此結束,而他也因而功成身退?第四、葛符
斯頓遭到驅離後,似乎旋即返國,相隔二者的時間過於短促,
令人有忽去忽回的感覺(第2幕第2景)。第五、眾公卿既然決意
突襲泰莫斯城堡(第2幕第3景),理當秘密進行才是,豈能在這
種關鍵時刻擊鼓吹號?第六,愛德華原本派王后與太子赴法交
涉諾曼第的事(第3幕第1景),卻不知爲何讓她四處碰壁(第3幕
第3景、第4幕第2景)?其間必有緣故,只是劇中未曾交代清楚。
最後,葛符斯頓的確恃寵而驕;相形之下,小施賓塞與史達克
兩人並無具體事例來證明他們恃寵而驕,也未見他們惡形惡
狀,卻被冠以「媚臣」之名,未免令人不解。難道接近國王、
效忠國王、擁護國王,就是「媚臣」?歷史劇固然有史可據,
但劇情的交代仍然不能不清不楚。儘管以上這些都算瑕疵,但
《愛德華二世》畢竟還是文藝復興時代的佼佼之作,其在西洋
戲劇史上的地位尤不容抹煞。

縮寫

史　托：John Stowe, *The Chronicles of England from Brute unto this Present Yeare.*

何琳雪：Raphael Holinshed, et al., *The Chronicles of England, Scotland, and Ireland.*

費　邊：Robert Fabyan, *The Chronicle of Fabian . . . continued . . . to the end of Queen Mary.* 2vols.

葛拉符頓：Richard Grafton, *The Chronicle at large, and meere History of the affayres of Englande.* 2 vols.

施達伯斯《英倫憲法史》：William Stubbs, *The Constitutional History of England*, 4th ed. 2 vols.

荷馬《奧德賽》：Homer, The *Odyssey.*

荷馬《伊里亞德》：Homer, The *Iliad.*

奧維德《變形記》：Ovid, *Metamorphoses.*

維吉爾《伊尼亞德》：Virgil, The *Aeneid.*

愛德華二世

劇中人物

愛德華二世(King Edward II) 英格蘭國王
愛德華王子(Prince Edward) 愛德華二世之子，後爲愛德華三世
肯特(Edmund, Earl of Kent) 愛德華二世之弟
葛符斯頓(Pierce de Gaveston) 康華爾公爵、愛德華二世的寵臣
華威克(Guy, Earl of Warwick) 王后的叔父
藍卡斯特伯爵(Thomas, Earl of Lancaster) 一名貴族
彭布羅克伯爵(Aymer de Valence, Earl of Pembroke) 一名貴族
阿蘭德伯爵(Edmund Fitzalan, Earl of Arundel) 一名貴族
萊斯特(Henry, Earl of Leicester) 藍卡斯特伯爵之弟
柏克萊(Sir Thomas Berkeley) 柏克萊城堡堡主
老莫提摩(Mortimer Senior, Roger Mortimer of Chirk) 一名貴族
小莫提摩(Mortimer Junior, Roger Mortimer of Wigmore) 老莫提
　　摩的姪兒，後爲愛德華三世護國大臣
老施賓塞(Spencer Senior, Hugh le Despenser) 後封爲溫契斯特
　　伯爵
小施賓塞(Spencer Junior, Hugh le Despenser) 先後封爲威爾特
　　伯爵與格勞斯特伯爵
坎特伯里大主教(The Archbishop of Canterbury, Robert Winchelsey)
藍頓(Walter Langton, The Bishop of Coventry) 柯玟崔主教

史翠津（John Stratford, The Bishop of Winchester） 溫契斯特主教

巴達克（Robert Baldock） 一名學究

鮑蒙（Henry de Beaumont） 皇家書記官

特拉索（Sir William Trussell） 議會代表人

顧爾尼（Thomas Gurney） 獄卒

馬崔維斯（Sir John Maltrevis） 獄卒

賴特本（Lightborne） 一名殺手

約翰爵士（Sir John of Hainault） 伊莎蓓菈王后的盟友

勒文（Levune） 一名法蘭西外交官

萊斯（Rice ap Howell） 小莫提摩的手下

布里斯托市長（Mayor of Bristrol）

尼斯寺方丈（The Abbot of Neath）

伊莎蓓菈王后（Queen Isabella） 法蘭西國王之女、愛德華二世
　　　　之妻

瑪格莉特（Lady Margaret de Clare） 愛德華二世的姪女、格勞斯
　　　　特伯爵之女、葛符斯頓之妻

詹姆斯（James） 彭布羅克伯爵的馬伕

一名馬伕（Horseboy）

三名窮人

刈草人

傳令官

代戰者

貴族、宮女、僕從、帶信人、士兵與僧侶等

地點：倫敦①

---

① 本劇一如文藝復興時代的劇本，並不分幕，劇本本身未將地點交代清楚，
有時甚至地點改變也未見説明。不過，本景從第10行看來，顯然是在倫
敦愛德華王宮內。

第一幕

【第一景】

葛符斯頓①上，一面唸著國王②的來信。

葛 〔朗讀著〕「父王已駕崩；歸來吧，葛卿，

與你最親愛的朋友共享王國。」

啊，這些話叫我歡喜滿懷！

葛某碰到的事還有甚麼

---

① 葛符斯頓(Piers Gaveston, 1284?-1312)係愛德華二世(見本書頁7注②)的同奶兄弟(foster-bother)與童年玩伴。其人英勇而有才藝，但貪婪、自負、短視近利而野心勃勃。葛符斯頓曾在嘉斯科尼(Gascony)服侍愛德華一世(Edward I, 在位1272-1307)。愛德華一世因恐其子受他影響感染惡習而於1307年間將他放逐。愛德華二世登基後召回，封為康華爾伯爵(Earl of Cornwall)，娶皇姪女瑪格莉特(見本書頁54注㊲及頁106注⑱)。1308年5月間再遭驅離，旋因其姻兄之助而在1309年7月返國。1311年間三度被黜，但又在1312年正月奉詔回到英倫。同年5月遭叛軍在史嘉堡(Scarborough)俘獲，6月間未經審判就在黑低山(Blacklow Hill)斬首。

② 原文the King指愛德華二世(Edward II, 在位1307-1327)。有關愛德華二世其人其事，詳見〈導讀〉第2節。愛德華享年43歲，在位20年；劇中的愛德華一如史家所言：昏庸、顢頇、復仇心重，望之不似人君。

能比活著受國王寵幸更快樂的呢？　　　　　　　　　　　5

敬愛的主上，我來啦；這些，你③這些多情的話

真要叫我從法蘭西④游泳歸來

一如李延達⑤歇喘沙灘上，

而陛下會以微笑擁我入懷。

倫敦的景象，對我這雙流落在外的眼眸　　　　　　　10

一如福地⑥之於初來的靈魂——

③ 第二人稱單數 thou, thy, thee 通常用來表親暱或蔑視；複數則用以表尊
敬，為下對上的敬稱。原文「你」(thy) 為單數，顯示葛符斯頓與國王的
關係親暱。葛符斯頓以 thou 單稱三名窮人中的一位，而以 you 合稱兩人或
三人。下文 "Well done, Ned!"（第98行）亦同。眾人用 you 指葛符斯頓，葛
符斯頓用 thou 指對方（第25行-第34行）。莫提摩原本用 you，但在激動與
傲慢時用 thy（第87行）。莫提摩以 thou 辱罵葛符斯頓（第1幕第4景第28
行）；王后用 thou 指葛符斯頓，葛符斯頓用 you 指王后；王后用 you 指國王，
國王則用 thou。凡此種種都可看出人際關係。有關 thou 等代名詞的用法，
詳見本書〈導讀〉第七節。

④ 愛德華一世 (Edward I, 在位1272-1307) 將葛符斯頓流放至其家鄉嘉斯科
尼 (Gascony) 龐西阿 (Ponthieu)。依照何琳雪 (頁313) 的說法，原因出在
葛符斯頓的心術不端，愛德華一世唯恐王儲受其蠱惑。

⑤ 李延達指馬羅的敘事長詩《希羅與李延達》(Hero and Leander, 1598) 中
的李延達。李延達曾趁夜游過赫勒斯龐 (Hellespond) 到西斯托斯 (Sestos)
去找希羅。可惜將至陸地時疲累過度，不支倒在海灘上，抱恨而死：

　　　By this, Leander, being near the land,
　　　Cast down his weary feet, and felt the sand;
　　　Breathless albeit he were, he rested not.

事見羅馬詩人奧維德《希羅與李延達》(Hero and Leander, xv.iii.19)；這
首詩中載有兩封信：一封由李延達寫給希羅，另一封由希羅寫給李延達。
葛符斯頓 (見本書頁7注①) 因藉用兩人的事來自況其渡過英倫海峽去見
愛德華二世的心情。他或許不知李延達的結局，因而不知其中隱含的不
祥癥兆。

⑥ 希臘人並無天堂的觀念，靈魂不管善惡，一律下地獄。但地獄有惡地與

不是因我愛這城市或這些人
而是城裡庇護著我愛的人，
主上啊，讓我暈死⑦在你的懷抱裡
即使與誰為敵都不惜。
極地之人何需愛星光，　　　　　　　　　　15
煦陽既然照耀無日夜⑧？
不再空對王公貴族卑躬；
此後只向國王屈雙膝。
芸芸眾生不過小火花，　　　　　　　　　　20
貧窮堆中鑠起如餘燼，
也罷⑨；我且先行乘著拂過
雙唇消失無蹤的輕風歸來。
喂，來者何人？

　　　　三名窮人上。

眾窮人　是想為閣下效勞的人。　　　　　　　25

葛　　　〔對窮人甲說〕你能做甚麼？

　　　福地之分。原文Elysium即指福地。

⑦　原文die或作lie。die係據1598年本而來，注釋家或認為，該字即使指「暈
　　死」（swoon），含義仍差。不過，還有些評論家則認為，葛符斯頓在同
　　性戀中，扮演男性主導角色，或與射精（ejeculate）造成諧趣。因此校正
　　為lie，則無此必要。

⑧　極地在夏日為永晝，無需星光。傳統上，陽光喻國王，星光喻群臣。葛
　　符斯特指他受寵於愛德華二世（見本書頁7注②），無需象徵星光、火光或
　　餘燼的群臣施惠。

⑨　原文Tantis（=so much for that [them]）意為：這（些）就到此為止；就這麼
　　啦，下面且說……罷。

窮人甲	我能騎馬。	
葛	但我無馬。——你是做甚麼的？	
窮人乙	出外人。	
葛	我看看，你在餐桌侍候會有好表現，午飯時刻	30
	還可撒撒謊。我喜歡你講的話，就用你啦。——	
	那你是幹嘛的？	
窮人丙	當兵的，曾經遠征蘇格蘭⑩。	
葛	哦，救濟院⑪可以收容像你這種人。	
	我可沒戰爭，只好請你走。	35
窮人丙	告辭，看你終將死在兵刀下。	
	竟以救濟院回報！	
	〔窮人丙開步欲下〕	
葛	〔旁白〕欸，欸，這些話撼動了我的心，	
	就如母鵝妄想扮豪豬，	
	射出羽毛⑫刺穿我胸膛。	40

---

⑩ 指他曾在愛德華一世麾下遠征，當時表現好的獲得獎賞。如今，愛德華二世（見本書頁7注②）一反其父的做法，竟然忽視效命疆場的士兵，以致解甲的士兵有如膽大的乞丐，經常製造事端，引發社會不安。忽視士兵與終止蘇格蘭之戰即指控葛符斯頓（第1幕第4景第405行、第2幕第2景第162行-第191行）的藉口。

⑪ 原文hospitals指當時的救濟院或濟貧院（workhouses）。這種機構的創設始於中世紀教會，主要在濟助貧苦、老弱、傷殘或無行為能力者。設在倫敦卡爾特寺院（Carthusian Monastery）內的察爾特濟貧院（Charterhouse）即為其一。察爾特濟貧院接納傷殘或失去行為能力的士兵，但不收容氓流或乞丐。由於這類救濟院的口碑往往不佳，因此將他送入，而非給予工作，屬公然侮辱的行徑。按：卡爾特寺院創立於1611年。位在牛橫街（Cowcross St.），建於十四世紀；察爾特濟貧院。

但對別人說些好話不費力；
且待我來奉承幾句話，好讓他們活在希望中。——
〔對三名窮人說〕
諸位知道在下最近才從法蘭西歸來，
尚未覲見國王陛下；
如果一切順利，在下自當雇用諸位。　　　　45

眾窮人　感謝閣下。

葛　　　在下要事在身，諸位請退下。

眾窮人　我們就在王宮附近聽候差遣。

---

⑫ 豪豬(porcupine或porpentine)能射出其鋼毛傷害對手的傳言由來已久。羅馬時代的博物學家老普里尼(Pliny the Elder, 23-79)就曾在所著的《博物誌》(*Natural History, p.* 70)上說：豪豬的脊柱較蝟(hedgehog)的長，只要張開皮，就可射出鋼毛，在遠距穿透獵犬的臉(viii. 35)。羅馬史學家索利諾斯(Caius Julius Solinus, fl. 230)進而詮釋說：「獵犬逼近，輒以脊柱反擊。」英國植物學家阿斯剛(Anthony Ascham, fl. 1553)在《射箭手》(*Toxophilus*, ed. Edward Arber [Westminster, 1902])一書中指出鋼毛足以傷害對手(頁31)。即連莎劇《哈姆雷特》(*Hamlet*)上也說：
And each particular hair to stand on end,
Like quills upon the fretful porpentine.(I.v.19)
按：老普里尼生在義大利北部科莫(Como)城，先後擔任過羅馬軍團騎兵司令官，西班牙、高盧與非洲等地財務官，以及拿不勒斯灣海軍艦隊司令官。老普里尼早年習法律，後雖擔任公職多年，但一生好學不倦、著作等身。其中尤以《博物誌》一書最稱鉅著。該書總共37冊，從473位作家與兩千冊書中摘錄資料，詮釋了兩萬筆事物，內容涵括物理學、地理學、人類學、生理學、心理學、植物學、藥物學、礦物學以及冶金學等等，屬百科全書性質，可謂包羅萬象，給後人保留了大量的古代知識。79年8月24日當天，老普里尼在拿不勒斯灣南岸斯塔比伊(Stabiae，即今斯塔比亞海堡〔Castellammare di Stabia〕探察維蘇威火山(Mt. Vesuvius)爆發的原因，不幸被煙霧嗆死，享年56歲。

葛　　好。

　　　〔眾窮人同下〕

　　　這些不配當我的屬下。

　　　我須擁有浮誇的詩人⑬、討喜的才子，

　　　樂師只要一碰七絃琴　　　　　　　　　　　　　50

　　　我就可以隨意牽著柔順的君王團團轉；

　　　詩樂是他的最愛；

　　　所以我要夜間搬演義式假面劇⑭，

　　　動聽的話、討喜的秀，還有好看的戲；　　　　55

　　　白天在他外出時，

　　　僕從的穿著將如海中神；

　　　我的屬下宛似羊人放牧在草地，

　　　以其羊蹄跳起滑稽的鄉間舞⑮。

　　　有時可愛的男孩⑯狀似黛安娜，

---

⑬ 第52行-第70行說明的現象發生在馬羅時代，而非在愛德華二世（見本書頁7注②）統治期間。當時，英國人妒忌的外來影響與風氣來自法蘭西與普羅凡斯（Provence），而非義大利。影響層面在風俗、道德、語言與政治思想上。由於在馬羅時代義大利的影響不大，故此為時代錯誤（anachronism）之一例。

⑭ 義式假面劇（Italian masques）於十六世紀期間登陸英倫，係當時英格蘭王宮內的一種娛興活動，內容多涉神話，場面豪奢壯觀，演員皆戴面具。按：義式假面劇既然在十六世紀期間傳入英格蘭，而本劇的劇情時間在十四世紀，顯見這是時代錯誤的另一實例。

⑮ 原文hay（或作hey，即heydeguy）指一種流行於鄉間的舞步，動作蜿蜒如蛇行（成S形），或如捲軸團團轉。

⑯ 馬羅時代的英國戲台上，女性角色全由小男生扮演。1660年間，齊里葛魯劇院（Killigrew's Theatre）演莎劇《奧賽羅》（Othello, 1604）中的德絲塔

秀髮滑過水面如鍍金，　　　　　　　　　　　60

珠環翠鐲滿手臂，

嬉戲的雙手拿著橄欖樹

遮掩男人愛看的那部位，

將他沐浴在湧泉裡，附近的樹叢　　　　　　65

有人活像阿克提安在偷窺，

橫遭憤怒的女神變成一頭

形同奔逃的大公鹿，

慘遭狂吠的獵犬撲倒氣將絕[17]。

諸如此類的情事最能取悅陛下，　　　　　　70

我的主上！國王與貴族

都從議會[18]出來啦，待我暫且退下。

國王〔愛德華〕、藍卡斯特[19]、老莫提摩[20]、小莫提摩[21]、

媟娜（Desdemona）時，才首度由女性扮演女性角色。

[17] 黛安娜（原文Dian即Diana）係羅馬神話中的一位貞潔女神：在天為月神，在地為女獵神，相當於希臘神話中的阿緹密絲（Artemis）。據奧維德《變形記》第3篇（頁48-50）上的載述，獵戶阿克提安（Actaeon）因在無意中撞見女獵神入浴，被變成公鹿，遭自己豢養的獵犬咬成碎片。

[18] 從亨利三世（Henry III, 在位1216-1272）起，英格蘭王為了軍費而召集鄉紳、工商業者等各階層人士聚會，組成所謂的「模範議會」（model Parliament）。議會由400名議員組成，擁有征稅與立法等權。至1330年代，終於形成貴族院（House of Lords）與平民院（House of Commons）兩院制的規模。貴族院由貴族與教士包辦，平民院則由騎士與市民組成。當時的貴族院勢大權大。至十六世紀宗教改革，教士與貴族受到壓制，平民院才得以凸顯其自主色彩。復辟時期（the Restoration, 1660-1688）出現了輝格派（the Whigs）與托利派（the Torys），終於開啓了政黨政治的先河。

[19] 藍卡斯特（Thomas Earl of Lancaster, ?-1322）係當時群臣之首，始終是愛德華二世（見本書頁7注②）和蔦符斯頓（見本書頁7注①）的死對頭。其權

肯特伯爵艾德蒙^㉒、華威克伯爵^㉓〔以及侍從〕同上。

愛德華 藍卡斯特!

藍 陛下?

葛 〔旁白〕這名藍卡斯特我憎恨。 75

愛德華 卿家不贊成朕這樁事?〔旁白〕

勢在班諾克斯本戰役(見本書頁78注㉚)後達於巔峰。然在圍攻施家父子
(見本書頁59注①及頁103注④)時,於1322年3月間為哈克雷爵士(Sir
Andrew Harclay, ?-1323)在波羅橋(Boroughbridge)所敗,押往龐佛烈特城
堡(Castle of Pomfret)審判後斬首。按:波羅橋戰役的規模不大,影響卻
極深遠。時間在1322年初,地點在約克(York)東北方畜河(the Wye)上的
波羅橋附近。當時,藍卡斯特為了獲得蘇格蘭的奧援而率軍北上。不意
卻在3月16日抵達波羅橋時,遭遇哈克雷爵士。雙方激戰後,藍卡斯特兵
敗被俘。

⑳ 老莫提摩(Mortimer Senior, Roger Mortimer of Chirk, 1256-1326)係威爾斯
邊境的一名諸侯兼最高司法官(Justiciar),曾在1321年領兵叛亂,旋於
1322年投降。投降後,原本被判死刑,經改為終生囚禁,最後死於倫敦
塔獄(見本書頁23注㊸)。

㉑ 小莫提摩(Mortimer Junior, Roger Mortimer of Wigmore, 1231-1330)係老
莫提摩的姪兒,也是威爾斯邊境的一名諸侯。他與老莫提摩兩人都在1322
年被關進倫敦塔獄(見本書頁23注㊸),但小莫提摩於1324年8月間越獄,
旋即渡海加入王后的陣營。經過一番計謀後,終於揮軍登陸英格蘭,擊
敗施家父子(見本書頁59注①與頁103注④)。小莫提摩於1327年間被封為
邊域伯爵(Earl of March),權傾當朝,成為英格蘭的真正統治者。至1330
年10月才以叛國罪處死。

㉒ 據史實的載述,愛德華二世(見本書頁7注②),以廿七歲的英年登基時
(1307年),肯特伯爵(Edmund Earl of Kent, 1301-1330)才六歲大。按:肯
特係愛德華一世與第二任妻子瑪格莉特(Margaret of France, 1215-1270)
所生,為愛德華二世同父異母的弟弟,後在1330年3月間被小莫提摩下令
殺害。

㉓ 華威克(Guy de Beauchamp, Earl of Warwick, 1272-1315)對愛德華二世的
作為亦深表不滿。他堅決反對召回葛符斯頓在先,誓言鏟除葛符斯頓在
後,最後則將葛符斯頓斬首。1313年10月獲赦,兩年後過世。

不理他們，朕意已決。

莫家叔姪如此冒犯，

將會知道朕心不悅。

老　莫　如果陛下愛我們，就恨葛符斯頓吧。

葛　　〔旁白〕好個混帳的莫小子！我要叫他死。　　　　　　80

小　莫　〔對愛德華說〕

家叔在此，就是這位伯爵和微臣本人，

在先王臨終時立誓[24]，

斷斷不許他返國；

陛下，在臣下毀誓以前

這把爲陛下打擊敵人的利劍，

將留在劍鞘內聽候差遣，　　　　　　　　　　　　　　85

在陛下的大纛下奉命前進，

因爲莫提摩將掛起甲胄。

葛　　〔旁白〕死東西[25]！

---

[24] 當時的見證實爲林肯（Henry de Lacy, 3rd Earl of Lincoln, 1249-1311）、華威克（見本書頁14注[23]）與彭布羅克（見頁32注[2]）等三位伯爵以及貝克主教（Bishop Anthony Bek, 1279-1343），莫提摩叔姪（見頁14注[20]、[21]）皆不在場，也與誓言無關。又，誓言是早先發的，而非在愛德華一世臨終時立下的。馬羅顯然一方面依據何琳雪的話（頁320），說：「國王臨終前，敕令林肯、華威克與彭布羅克三位伯爵不准葛符斯頓返英」，另一方面卻又改變史實。又，林肯伯爵的女婿藍卡斯特（見本書頁13注[19]）也在其岳丈臨終時發誓，絕不容許葛符斯頓返英。

[25] 原文 Mort Dieu 原係法語中一咒罵語（= Dead God, God's death; God即十字架上的耶穌）。今日法語已以 morbleu 取代，意同英語中的 "zounds," "odsbodikins," "god's wound," "marry," "egad" 等語。此處戲文指 Mortimer 之名。按：Mortimer 一族傳係來自死海（Dead Sea）附近（見本書頁85注

愛德華　〔旁白〕

哼，莫提摩，你說這些話，朕要叫你悔不當初。　　　　90

如此違拗朕意合宜嗎？

雄心大志的藍卡斯特，皺起眉頭表示不悅？

利劍將鏟平你額頭上的紋溝

砍去兩個倔強的膝蓋；

朕要葛卿的心意已決，眾卿就會知道　　　　95

對抗主上，有多危險！

葛　　〔旁白〕說得好，尼德㉖！

藍　　原本理當敬愛您、擁護您的眾臣，

陛下爲何要激怒？

難道只爲齷齪卑賤的葛小賊？　　　　100

臣下的領地除藍卡斯特外，還有四處：

德爾比、莎莉茲堡、林肯、萊斯特㉗。

只要葛符斯頓離國他去，

這些臣下都願變賣當軍餉。

爲此，只要他歸國，立刻將他逐出境。　　　　105

④）），其名 mort 即「死」（dead）。

㉖ 尼德（Ned）係愛德華二世的小名。葛符斯特既以小名呼之，顯見兩人親暱的程度，非比尋常。

㉗ 藍卡斯特（見本書頁13注⑲）的父親藍卡斯特伯爵艾德蒙（Edmund, Earl of Lancaster, 1227-1296）接收了萊斯特（Leicester）與德爾比（Derby）兩處領地後，由藍卡斯特繼承。後來，藍卡斯特娶莎莉茲堡（Salisbury）伯爵林肯（見本書頁15注㉔）的女兒艾莉鶯（Alice de Vere, 1281-1348）。等到岳父死後（1311年），莎莉茲堡也登記在他的名下。據何琳雪的載述（頁331），當時他的領地只有三處，不是四處。

肯　特　諸位大人，你們的傲氣令本爵一時說不出話來，
　　　　如今本爵只望試著說出所知。
　　　　本爵記得：先王在位期間，
　　　　北方柏西公爵[28]曾在盛怒下，
　　　　當著先王面前奚落莫伯瑞，
　　　　若非先王疼惜有加，　　　　　　　　　　　　　　　110
　　　　只怕人頭早已落地。一見先王神色，
　　　　剛毅無畏的柏西就息怒，
　　　　莫伯瑞與他冰釋怨仇；
　　　　諸位大人膽敢當面藐視皇上？　　　　　　　　　　115
　　　　皇兄，還以顏色！讓這些人頭
　　　　高掛杆上只爲饒舌生非！
華威克　哦，我們的頭！
愛德華　欸，你們的頭！所以朕深盼眾卿同意……
華威克　莫大人，還是息怒吧。　　　　　　　　　　　　120
小　莫　不行，也不願意[29]；有話不吐不快。

㉘ 此事或係馬羅自鑄之辭，也可能反映李察二世（Richard II, 在位1377-1399）
統治期間，昔爾津（Hereford）與莫伯瑞（Mowbray）兩人間的爭執。愛德華
在位期間的莫伯瑞為羅傑‧莫伯瑞（Roger de Mowbray, ?-1298）。其子約
翰‧莫伯瑞（John de Mowbray, 1286-1322）娶布羅斯公爵（Lord William de
Braose, c1197-1230）的繼承人阿莉華（Aliva de Braose, ?-1311）。兩人於
1320年間與小施賓塞（見本書頁59注①）鬧翻後，加入藍卡斯特（見本書頁
13注⑲）的陣營，旋即在波羅橋（見本書頁注㉖）被俘，於1322年在約克
（York）遭受吊刑。
㉙ 原文marnor I will not係一雙重否定。按：雙重否定原本表一肯定；惟在
英文裡，第二個否定用來增強否定的效果。這種表達方式屢見於伊莉莎

　　　　　表哥㉚，只望我們的雙手護得了頭，

　　　　　擋開你那威脅我們的手。

　　　　　走吧，叔叔，且讓我等暫離這昏君，

　　　　　此後只用利劍來談判。　　　　　　　　　　　125

老　莫　威爾特郡人手夠多，護得了我們的頭㉛。

華威克　整個華威克郡都會因我愛戴㉜他。

藍　　　葛賊倒有不少朋友在北方。

　　　　　告辭了，陛下。若不改變心意，

　　　　　就等陛下坐著的寶座　　　　　　　　　　　130

　　　　　漂浮血泊中。任性妄為的結果，

　　　　　將使這些佞臣㉝丟掉諂媚的頭顱。

　　　　　眾貴族下。

　　　　〔肯特、愛德華與葛符斯特留在戲台上〕

愛德華　朕不能忍受這種傲氣的威脅，

　　　　　身為國君還得被打壓？

　　白時代的台詞。至十七世紀受拉丁化文法的影響，才終於去除。

㉚ 小莫提摩（見本書頁14注㉑）的母親跟愛德華二世的母親有親戚關係，兩人因而可以算是遠親。

㉛ 本行戲文似乎暗指莫家與威爾特郡（Wiltshire）之間有特殊關係，或Mortimer在當地有特別的影響力。但莫家有人受封為威爾特郡伯爵，因此情況並非如此。或謂Wiltshire應作Welshry（威爾斯民眾），蓋小莫提摩（見本書頁14注㉑）在愛德華二世（見本書頁7注②）統治期間確曾在威爾斯當地擁有強大的武力。

㉜ 原文love或作leave，但love似更能表示眾伯爵的諷刺意味。

㉝ 原文minion（寵臣），法文作*mignon*（＝darling boy），原本並無貶意。但後來漸漸用來指奸佞之徒（avorite）。評論家或亦認為其中並有政治與性的指涉。

御弟，展示皇旗戰場上，   135
朕將迎戰^㉞眾公卿，
決心要與葛卿共生死。

葛　　　〔趨前〕再也不能離開陛下了。
　　　　〔跪下，欲親吻國王的手〕

愛德華　哦，葛卿！歡迎！別吻朕的手；
　　　　葛卿，擁抱朕，一如朕擁抱你。   140
　　　　〔互擁〕
　　　　愛卿爲何下跪？難道不知朕是誰？
　　　　朕是你的朋友，形同你的本人，也是另位葛愛卿；
　　　　赫鳩里斯傷悲海拉斯^㉟
　　　　都還不如朕從愛卿流浪海外以來的心情。

葛　　　自從臣下離開以來，地獄中沒有哪個鬼魂   145
　　　　會比可憐的葛某更痛苦。

愛德華　朕知道。〔對肯特說〕御弟，歡迎好友回國。
　　　　〔對葛符斯頓說〕
　　　　現在就讓叛逆的莫家叔姪密謀，

㉞ 原文bandy（迎戰、交戰、交換）爲一網球術語。按：網球運動在伊莉莎白
　 時代從法蘭西引進，流行一時。引進這種運動的同時，也引進了許多網
　 球術語，如："The one takes the ball before the bound, à la volée"; "haut
　 volée"（飛擊）等。目前只用在"to bandy words with"（與〔人〕對吵）之類的
　 話中。

㉟ 赫鳩里斯（Hercules）曾殺海拉斯（Hylas）之父，後攜海拉斯與找尋金羊毛
　 的希臘眾英雄（the Argonauts）同船。返航途中，海拉斯在麥西亞（Mysia）
　 被海中女神（Naiads）帶走，致令赫鳩里斯遍尋不著而哀傷不已。

還有心高氣傲的藍伯爵；

朕願已足，看見愛卿就歡喜， 150

寧可大海淹沒這塊地，

也絕不願船隻載著愛卿離開朕。

朕即刻冊封愛卿爲侍從長、

位居天下的總宰輔、

康華爾伯爵、萌島㊱大統領。 155

葛　　　陛下，這些頭銜大大超過微臣的身價。

肯　特　皇兄，任何最小的頭銜都可配上

出身勝過葛卿的每個人。

愛德華　御弟不必多言，朕不能容下這些話。——

〔對葛符斯頓說〕 160

愛卿的身價大大超過朕的恩賜。

爲了使兩者相符，請接納朕的心意；

倘若爲了這些高位遭嫉妒，

朕的賞賜會更多，只是爲了給與愛卿尊榮，

㊱ 原文Man指萌島（Isle of Man）。萌島位在愛爾蘭海上，島長53公里，寬19
公里，面積572平方公里，南北爲低平農田，中部屬丘陵地區，沿岸峭壁
矗立，多海灣與海灘。高620公尺的施納菲峰（Snaefell Mt.）爲全島最高
點。島上年平均氣溫8.1℃，降雨量1,146公釐。氣候溫和，爲度假勝地。
西元800年前後，北歐日耳曼民族開始入侵。早期居民多爲塞爾特人
（Celts）。1266年以前，其地屬挪威；1266年以後賣給蘇格蘭，1344年後
由英格蘭統治。萌島歸屬英格蘭後，成爲一處自治區。1829年以前一向
擁有主權，也設有立法院（House of Reyes）自訂法律；主政者儘管沒有國
王之名，卻也往往被呼爲國王。同時，該島從十三世紀起就一直與英格
蘭與蘇格蘭的王位糾葛有關。

愛德華才因擁有王權心喜悅。

愛卿要安全？朕賜你衛士；

愛卿要黃金？請逕往國庫自取用[37]； 　　　　　165

愛卿要別人愛兼怕？請接受大國璽，

生殺予奪都以朕的名義去施令；

全依愛卿想望或歡喜。

葛　　微臣沐浴在皇恩裡，於願已，

聖寵厚賜，微臣宛覺偉大 　　　　　170

有如凱撒[38]縱馬行經羅馬街道，

凱旋車後盡是俘獲的人中王。

　　　柯玟崔主教[39]上。

愛德華　柯主教，閣下急著上哪去？

柯主教　要去參加先王的出殯禮[40]。 　　　　　175

---

[37] 據英國史學家韓民寶（Walter de Hemingburgh, ?-1347）的載述（ii. 373），當時葛符斯頓在新殿堂奪走主教藍頓（見本書頁21注[39]）五萬鎊，愛德華賞他十萬鎊，難怪朝臣指責國王縱容佞臣浪費公帑。

[38] 伊莉莎白時代的劇作家對凱撒（Gaius Julius Caesar, 100-44 B.C.）情有獨鍾，經常以他影射他。當時以他的生死寫的戲就有數齣。葛符斯頓似乎忘了凱撒被人謀殺的事。

[39] 柯玟崔主教（Bishop of Coventry）藍頓（Walter Langton, 在職1295-1315）曾在1295年間擔任里契菲（Lichfield）、契斯特（Chestor）及柯玟崔（Coventry）三地的教區主教。1296年出任愛德華一世的財務大臣；1301年因林肯在議會上指控而遭撤職，但獲教皇赦免。藍頓是愛德華一世的主要智囊，溫契爾西大主教（見本書頁26注[3]）的死對頭。愛德華二世登基後被囚，1311年獲釋，1312年再出任財務大臣，旋於同年4月遭大主教解除教職，1315年再遭撤職。

[40] 愛德華一世在1307年7月7日薨於波珊（Burgh-on-Sands），隨即移靈華廳森寺（Waltham Abbey），至同年10月27日始下葬於西敏寺。而葛符斯頓

葛賊歸國了嗎？

愛德華 欸，主教閣下，並且行將找你算舊帳；
因為他流亡國外，都是你幹的好事[41]。

葛 正是，若非尊重這教袍，
閣下恐怕寸步也難離此地。　　　　　　　　180

柯主教 事情該怎麼做，我就怎麼做，
除非葛賊已悔改，
否則我當年激起議會的憤怒，
如今亦將一如過去，趕你回法國。

葛 冒昧得很，恕在下無禮啦。　　　　　　　185

〔逮住主教〕

愛德華 摘下他的金法冠，扯破他的神聖帶[42]，
押赴陰溝再施洗。

肯　特 皇上，請勿對他暴力相加，
否則他會一狀告到教皇寶座前。

葛 就讓這廝一狀告到地獄的窟窖去，　　　190

早在八月初就已返回英格蘭。

[41] 愛德華二世年輕時曾與葛符斯頓私闖柯玟崔主教藍頓（見本書頁21注[39]）的宅園，獵捕園內獵物。主教因將葛符斯頓囚禁，將當時的愛德華二世移交愛德華一世處理。愛德華一世因將葛符斯頓永遠逐離英格蘭。

[42] 聖帶（stole），綢製，寬約5-10公分，長約240公分，在舉行按手禮（ordination）時授與（象徵永生）。聖帶係天主教助祭（deacons）、司鐸（priests）與主教（bishops）等的佩飾；英國國教會（Anglican Church）、路德教派（Lutheran）或其他教派神職人員則依階級在參加儀式或典禮等場合時佩帶。比如：助祭的聖帶披在左肩上，兩端交合在右腋下；司鐸與主教則披在領部，兩端分別由左右下垂。

微臣要為流放一事報仇怨。

愛德華 不，饒他性命，只奪家產。

朕派愛卿當主教，收取他的稅收，

由他身當教士服侍你；

朕就將他賜給你，隨你對付他。

葛 微臣要他入牢獄，命喪囹圄裡。

愛德華 欸，送到倫敦塔[43]、符利街[44]，地點隨你挑。

柯主教 就憑這種侮辱，你必受神咒逐。

195

---

[43] 倫敦塔(Tower of London)位在塔山(Tower Hill)下，原本是一處堡壘。其中的白塔(White Tower)歷史最久，由征服者威廉(William the Conqueror, 在位1066-1087)於1076年開始建造，至其子魯夫斯(Rufus)才告完成。其位置居高臨下，可以俯瞰泰晤士河。其後李察一世(Richard I, 在位1189-1199)與亨利三世(Henry III, 在位1216-1272)續有修築。而倫敦塔則由一處小城堡蛻變成一個呈同心圓狀的大城堡。再經愛德華一世於1275年-1285年間深鑿壕溝後，整座占地幾近18公畝的堡壘終於定型。塔內原本是國庫、造幣廠與碼頭的所在地。從中世紀起，才變成一處天牢，亦即所謂的政治犯監獄。數百年來，許多罪犯在此慘遭凌虐、折磨與極刑(斬首、吊死等)，其中包括蘇格蘭獨立運動領袖華勒斯(Sir William Wallace, 1272?-1305)、蘇格蘭王大衛二世(David II, 在位1346-1357)、亨利八世(Henry VIII, 在位1509-1547)元配波琳王后(Queen Anne Boleyn, 1507-1536)、費席主教(Bishop Fish, ?-1535)、摩爾爵士(Sir Thomas More, 1478-1535)、凱撒琳王后(Queen Catherine Howard, 1520-1542)等等，屈指難數。其實，除了當天牢外，倫敦塔也是舉行慶典、婚禮、加冕禮等活動的場所。該地目前除當軍械庫外，已成一處觀光景點，每年都吸引大批人潮前往觀光。又，柯玟崔主教(見本書頁21注[39])為財政大臣，8月22日遭到撤職，9月20日土地被奪，人則早在葬禮舉行前就已被捕。

[44] 符利街(Fleet Street)位在符利河(Fleet River)東岸，街上的符利監獄(Fleet Prison)當時關的很少是政治犯，而多半是債務犯。符利監獄曾兩度重建，一在倫敦大火(1666年)後，另一在葛登叛亂(Gordon Riots, 1780)後。1844年至1846年間拆除後，未再重建。

愛德華　〔呼叫衛士〕

　　　　來人啊！將這教士押進倫敦塔！

柯主教　好，好[45]。　　　　　　　　　　　　　　　　　　200

　　　　〔主教被押下〕

愛德華　在此同時，葛卿且去

　　　　抄他房舍和家產。

　　　　隨我來，差遣御林軍

　　　　將事辦妥，保你安然歸來。

葛　　　教士的宅邸怎會這般華麗？　　　　　　　　　205

　　　　牢獄或許才相配[46]。

　　　　〔同下〕

---

[45] 原文True, true或作prut, prut，表藐視。或作Do, do。不過，用True, true
已足以表露主教的挖苦之意。

[46] 原文A prison may beseem his holiness，見於1598年版；後來的本子作A
prison may <u>best</u> beseem his holiness，多了一best。

【第二景】

莫提摩叔姪、華威克與藍卡斯特同上。

華威克　　沒錯，主教人在倫敦塔，
　　　　　身家財產全都賜給葛小賊。

藍　　　　甚麼！他們竟敢壓制教會？
　　　　　啊，邪惡的國王！可咒的葛賊！
　　　　　這塊土地就因他們的踐踏而腐敗，
　　　　　不成為他過早的墳墓，就成為我的。　　　　5

小　莫　　哼，就讓那執意妄為的①法國佬自己小心；
　　　　　除非他的胸膛刀鎗不入，否則就得死。

老　莫　　哎喲，藍大人為何頭低垂？

小　莫　　華大人為何不高興？　　　　10

藍　　　　葛賊竟然受封為伯爵。

小　莫　　伯爵！

華威克　　欸，還當御前侍從長，
　　　　　也當國務卿，還有萌島大統領。

老　莫　　是可忍也，孰不可忍也。　　　　15

---

① 原文peevish的義涵有三：（1）愚蠢的、愚昧的（foolish），（2）歹毒的
（spiteful）、危害的（mischievous）以及（3）硬拗的（perverse）、任性的
（headstrong）等。其中，（2）（3）皆合上下文義，譯文取（3）。

小　莫	我們何不火速離開此地，徵召兵馬去？
藍	如今「康華爾閣下」字字傳聞！
	快樂的人兒就是
	看他脫帽②給個好臉色。
	就此皇上和他挽臂同行進；　　　　　　　20
	再者，侍衛全都聽從他差遣，
	宮廷上下開始奉承他。
華威克	就此倚在皇上的肩膀上，
	他對經過的人點頭、輕蔑或傲笑。
老　莫	難道無人對這奴才表示厭惡？　　　　　　25
藍	全都敢怒不敢言。
小　莫	啊，這只暴露眾人太卑鄙，藍大人；
	只望諸位大人同我心，
	在下就將葛賊拉離皇上的懷抱，
	將這奴才高吊宮門上；　　　　　　　　　30
	此人自負、歹毒而傲慢，
	勢將帶給社稷與人民大災難。
	坎特伯里大主教③上，〔一教士隨行〕

---

② 原文bonnet指女用無邊帽或男用蘇格蘭帽，男女皆可戴；vailing of bonnet
　指脫帽，表敬意。
③ 愛德華二世（見本書頁7注②）在位期間先後共有兩位坎特伯里大主教
　（Archbishop of Canterbury）：（1）溫契爾西（Robert Winchelsey, 1294-1313）
　因反對愛德華一世要求教士獻金一事而被召回羅馬（1306年）；愛德華二
　世登基後重返英倫（1308年），卻始終因政教緣故反對新王。（2）雷諾茲
　（Walter Reynolds, ?- 1327）原本擔任愛德華二世的牧師，極盡阿諛諂媚之

華威克　坎特伯里大主教來了。

藍　　　臉上流露不悅之色。

大主教　先是將他的聖袍給扯碎，　　　　　　　　　　　　　35

　　　　接著強行將他逮捕，

　　　　然後將他打入監牢，奪取他的家產，

　　　　報告教皇去；〔對侍從說〕走，備馬。

　　　　〔教士下〕

藍　　　〔對坎特伯里大主教說〕

　　　　閣下打算興兵對抗國王？

大主教　我需要甚麼？每逢暴力強加在教會時，

　　　　上帝自會武裝起來。　　　　　　　　　　　　　　　40

小　莫　那閣下願意加入我們的陣營，

　　　　合力將葛賊趕盡或殺絕？

大主教　還用說嗎，閣下？因為這事與我切身有關；

　　　　柯主教的轄地也已歸在他名下。　　　　　　　　　45

　　　　王后④上。

　　　能事；及小莫提摩（見本書頁14注㉑）與王后（見本書頁27注④）得勢，即
　　　放棄愛德華二世，而給愛德華三世（見頁107注⑳）加冕。馬羅似將兩人合
　　　而為一，而以溫契爾西為主。

④　史實上的王后伊莎蓓菈（Isabella, 1292-1357）此時約十六歲。按：王后係
　　　法蘭西國王菲力浦（Philip the Fair, 在位1285-1314）的女兒，於1308年1月
　　　25日在布農（Boulogne）與愛德華二世舉行婚禮。法蘭西國王查理四世
　　　（Charles IV, 在位 1294-1328）因愛德華長久以來疏於為嘉斯科尼
　　　（Gascony）與龐提阿（Ponthieu）兩地致意而甚表不滿。愛德華二世遂於
　　　1325年間派王后渡海情商。殊料她竟藉機策劃「清君側」事宜。1326年9
　　　月24日當天，王后率軍登陸歐威爾（Orwell），各地紛紛響應。隨後她與

小　莫　王后，行色如此匆匆，何處去？

王　后　去荒郊⑤，莫卿，

　　　　去活在悲痛與不滿中，

　　　　就因皇上不再理睬我，

　　　　只將聖寵眷顧葛小賊一人身上；　　　　　　　50

　　　　皇上拍他臉頰、纏他脖子，

　　　　滿臉堆笑，耳邊說著悄悄話；

　　　　我一到，皇上就皺眉頭，好像在說：

　　　　「妳到哪去都請便，只要我有葛愛卿。」

老　莫　皇上這麼受蠱惑，難道還不怪？　　　　　　　55

小　莫　王后請回宮；

　　　　這名狡詐善誘的法國佬，臣將驅他走，

　　　　即使犧牲性命也不惜；但在這天來臨前，

　　　　皇上勢將失去王冠；就因臣有力量，

　　　　也有勇氣全力去報仇。　　　　　　　　　　　60

　　小莫提摩（見頁14注㉑）共治英倫四年。至1330年10月東窗事發，小莫提
　　摩處死，她才被貶往諾福克（Norfolk）萊興城堡（Castle Rising），藉由政
　　府每年供應的2千英磅，渡過餘生。

⑤　在伊莉莎白時代的戲劇裡，樹林（forest）或荒地（wasteland）的意義不明。
　　可指鄉間隱蔽之地或再生之地；亦可指外來勢力與文明相對立的勢力。
　　莎劇《馬克白》（Macbeth, 1606）、《李爾王》（King Lear, 1605）或《冬
　　天的故事》（The Winter's Tale, 1611）等，都曾提及。《如願》（As You Like
　　It, 1599-1600）中，對此亦多有著墨。又，「樹林」一詞或指本景的地點
　　在溫莎（Windsor），因為溫莎附近確有一樹林。但本景早在前面（第78行）
　　就已指明地點在倫敦。為此，，原文to the forest宜指「去荒郊」（into the
　　desert）或「離開塵囂」（away from the world），較為妥適。

大主教　諸位切勿興兵謀叛皇上。

藍　　　不，臣下只想趕走葛小賊⑥。

華威克　戰爭不可免，否則他將永遠不肯走。

王　后　那就讓他留下，因為與其讓皇上

　　　　受到內亂的壓迫，　　　　　　　　　　　　65

　　　　不如由妾身忍受憂鬱的人生，

　　　　讓陛下和倖臣去嬉鬧。

大主教　諸位大人，為求舒緩此事，且聽在下進一言。

　　　　我等和諸位皇上的僚屬，

　　　　將集會共商大計，　　　　　　　　　　　　70

　　　　以簽名方式驅逐他⑦。

藍　　　我等確定的事皇上將反對。

小　莫　如此一來，我等起義就合法。

華威克　呃，大人，會議要在哪舉行？

大主教　就在新殿堂⑧。　　　　　　　　　　　　　　75

---

⑥ 原文兩處life詞同義異，造成雙關語（pun）。前者（第61行）中的life義為「拿起」（raise），譯文因作「興兵」（life your swords against）解，後者（第62行）義為「驅趕」（=drive away），因譯作「趕走」。

⑦ 依據何琳雪的載述（頁319），坎特伯里大主教溫契爾西（見本書頁26注③）當時人不在英格蘭，因此並未參與驅逐葛威斯頓的計畫。不過，等他返英後，倒是簽了署。

⑧ 新殿堂（New Temple）位在賀爾本（Holborn），係屬聖殿騎士團（Knights Templars）的一棟建物。日後的法學協會（Inns of Court）即設在此地。1324年間，愛德華二世將它賜給小施賓塞。按：新殿堂之所以為「新」，乃因在此之前已在舊本恩（Oldbourne）已先有一棟。新殿堂在亨利二世（Henry II, 在位1154-1189）統治期間由英格蘭的聖殿騎士團創建，1185年間題獻。此後，許多貴族紛紛在各地仿建。英格蘭的新殿堂為主建築，

小　莫　贊成。

大主教　在此同時，在下懇求諸位
　　　　駕臨蘭倍斯⑨，同我一起住。

藍　　　那就動身。

小　莫　王后，告辭了。　　　　　　　　　　　　　80

王　后　再會，好莫提摩，看在妾身面上，
　　　　切勿糾集兵馬背叛皇上。

小　莫　好，只要話能入耳，否則只好動刀兵。
　　　　〔同下〕

模仿耶路撒冷的聖墓。在倫敦的這棟新殿堂經常當做存放財物之用，許
多會議也在該處舉行。1308年間，騎士團遭到鎮壓。1313年間，愛德華
二世將新殿堂賜給華蘭斯（Aimer dela Valence, ?-1324）。華蘭斯死後，該
地據說遭小施賓塞（見本書頁59注①）侵占。按：聖殿騎士團係一群騎士
為保護聖墓與參詣聖地的香客，於1119年間在耶路撒冷組成的騎士團。

⑨ 蘭倍斯（公館）（Lambeth [Palace]）係坎特伯里大主教在倫敦的公館，地在
泰晤士河南岸。1197年間，蘭倍斯由坎特伯里大主教華爾特（Hubert
Walter, ?-1205）接管，旋由藍頓大主教（Archbishop Langton, 1207-1229）
動工興建。薔薇戰爭（Wars of the Roses, 1455-1485）期間幾遭摧毀。後由
諾頓主教（Cardinal Norton）整修，經十年始蓋好。該處的果園結實累累、
花園綠草如茵，景色怡人，亨利八世的朝臣經常來此度假。歐戰期間（1941
年）再度受創。

【第三景】

葛符斯頓與肯特伯爵同上。

葛　藍卡斯特親王艾德蒙，

轄地多過驢子能載負，

莫家叔姪都是好男人，

還有勇武①騎士華威克，

他們都已前往蘭倍斯②。就讓他們留在那兒。

〔同下〕

---

① 原文redoubted（勇武的）意含挖苦。

② 原文toward Lambeth或作toward London，但並無依據。葛符斯頓必定是
聽說眾伯爵隨著坎特伯里大主教前往蘭倍斯（I.ii.78-79），才會下此斷
語。若改成倫敦，則是認定葛符斯頓知道眾伯爵已由蘭倍斯返回倫敦新
殿堂開會。如此一來，下文「就讓他們留在那兒」就上下文義不合了。

【第四景】 ①

眾貴族〔藍卡斯特、華威克、彭布羅克②、老莫提摩、
小莫提摩、坎特伯里大主教以及侍從〕同上。
〔送進寶座與座椅〕

藍　〔向坎特伯里大主教呈上一份文件〕
要求流放葛賊的文件在此；
請諸位大人簽名。

大主教　給我文件。
〔簽字，其餘眾人也簽字〕

藍　快簽，快簽，大人；在下也想簽。

華威克　而我更想見他被趕走。　　　　　　　5

小　莫　莫提摩之名勢將震驚皇上，
除非皇上辭退卑賤的奴才。
國王、葛符斯頓〔與肯特〕同上。
〔國王坐在寶座上，葛符斯特坐在其旁〕

愛德華　甚麼？葛卿坐在這兒，眾卿都動怒？

---

① 本景應在新殿堂（I.ii.75），而不在蘭倍斯。

② 彭布羅克（Aymer de Valence, Earl of Pembroke, ?-1324）在眾公卿中原本
憎惡葛符斯頓，後來卻加入愛德華的陣營對抗藍卡斯特（見本書頁13注
⑲）。劇中的他，對愛德華與葛符斯頓的敵意都不合史實。

朕意已決，不必多言。

藍　　　陛下賜他坐在身側，　　　　　　　　　　　　　　10
　　　　只因這位新任的伯爵他處不安全。

老　莫　出身高貴的人看得下這種景象？
　　　　「兩人走在一處有多不配」③：
　　　　且看這奴才表情多輕蔑。

彭　　　威嚴的獅子豈能奉承爬行在地的小螞蟻？　　　　15

華威克　低賤的奴才竟想如費頓④般
　　　　在日神的引領下高飛！

小　莫　他們即將失勢，力量將遭瓦解；
　　　　我等不會就此遭人威脅與藐視。

愛德華　拿下叛徒莫小賊。　　　　　　　　　　　　　　20

老　莫　拿下叛徒葛小賊。
　　　　〔葛符斯頓被逮〕

肯　特　諸位對皇上是這樣效忠的?

華威克　在下知道如何效忠，臣下的心情也請皇上明鑒。

愛德華　眾卿打算趕他到哪去？留下，否則全都死。

老　莫　臣下皆非叛徒，皇上請勿威嚇。　　　　　　　25

葛　　　〔對國王說〕

---

③ 原文*Quam male conveniunt*(=How badly they suit each other！)，語見奧維
　德《變形記》，第2篇，頁43。

④ 費頓(Phaethon)為日神赫力歐斯(Helios)之子，曾因駕日神之車無法控制
　馬匹四處亂跑而遭天神宙斯(Zeus)以雷霆擊斃。事見奧維德，《變形記》，
　第1篇，頁32-33

不，皇上，請別只顧威嚇，押下叛賊受嚴懲。
倘若我是皇上——

小　莫　好個惡棍⑤，你憑甚麼自稱是皇上？
　　　　你連個紳士出身都不配？

愛德華　就算出身是農夫，只要獲得聖寵，　　　　30
　　　　諸位當中傲氣最重的也得向他屈膝！

藍　　　皇上，不可如此羞辱眾公卿。——
　　　　哼！攛走可憎的葛小賊！

老　莫　肯特喜歡他，也一起攛走。

〔肯特與葛符斯頓一同被押下〕

愛德華　哼，那就逮捕朕吧。　　　　　　　　　　35
　　　　莫提摩，你坐上愛德華的王位。
　　　　華威克和藍卡斯特，戴上朕的王冠；
　　　　還有那個國王像朕一般遭欺壓？

藍　　　那就好好統治眾臣和國家。

小　莫　臣下的作為，將以心血堅持。　　　　　　40

華威克　皇上以為眾臣可以容忍這名暴發戶的傲氣？

愛德華　朕氣得連話都說不出來。

大主教　皇上何必動氣？請稍安勿躁，
　　　　看看眾臣所作所為。

---

⑤ 原文villain(法文作 vilain, 拉丁文作 villanus, villa)原指「村夫」(villager)
　或「鎮民」(townsman)。村夫因封建制度的運作而淪為農奴(serf)。villain
　因又指「農奴」。農奴往往被視為低俗而邪惡，因又漸含「惡棍」或「惡
　徒」等義。

小　莫　諸位大人，如今我們都要下決心，　　　　　　45
　　　　不趁意，毋寧死。

愛德華　爲這椿事去死吧，大膽賊臣！
　　　　一旦葛卿和朕分離
　　　　這個海島勢將漂流大洋上，
　　　　漂往人煙不至的西印度⑥。　　　　　　　　　50

大主教　諸位可知在下是教皇的使節⑦；
　　　　基於對羅馬教皇的效忠，
　　　　已經簽署將他流放。

　　　　〔呈上文件逼國王簽署〕

小　莫　〔對坎特伯里大主教說〕
　　　　他拒絕，就咒逐⑧他，我們就可
　　　　將他廢黜，重立新君。　　　　　　　　　　55

⑥ 此處似指知道如何經由好望角往印度。馬羅知道，並不爲奇。像蒙德維爵士(Sir John Moundevile, 1332-1366)等作家也早就知道。但由愛德華口中說出，恐有時代錯誤之嫌。按：Inde可指印度群島或東印度群島(East Indies)。

⑦ 嚴格說來，大主教只是羅馬教廷的代表(representative)，渥爾西主教(Cardinal Thomas Wolsey, 1475-1530)才是羅馬教廷的使節(legate)。愛德華一世曾與大主教有過爭端，而在1300年間告到教廷。教皇將他召回，大主教之職因而懸缺。愛德華二世曾在登基同年12月向教廷請求，大主教才在隔年(1308年)返英。

⑧ 咒逐(curse)即剝奪教權(excommunicate)。約翰王(King John, 在位1199-1216)統治期間，教皇因故停止全英國教職(interdict)、剝奪國王教權，命英國人民不得效忠英王，並將英格蘭交給法蘭西國王菲力浦二世(Philip II, 在位1180-1223)管轄。又，教皇碧岳五世(Pius V, 在位1566-1572)也曾發布咒逐令(1570)，命伊莉莎白女王(Queen Elizabeth, 在位1558-1603)的臣民解除忠誠。

愛德華　好，諸位請便，朕不屈服；
　　　　　咒我廢我，做出來的歹事能有多壞就多壞。

藍　　　皇上，別躊躇，立刻辦。

大主教　想想主教如何被踐踏；
　　　　　除非趕走禍首，　　　　　　　　　　　　　　　60
　　　　　否則我就立刻解除眾公卿
　　　　　對皇上的職責和忠誠。

愛德華　〔旁白〕威脅他們對我沒好處；不如說好話。
　　　　　教皇的使節朕願遵從：
　　　　　〔對坎特伯里大主教說〕
　　　　　閣下擔任國務卿⑨，　　　　　　　　　　　65
　　　　　藍卿擔任海軍大長官⑩，
　　　　　莫家叔姪都給封伯爵，
　　　　　華卿就任北方總監督。
　　　　　〔對彭布羅克說〕
　　　　　由你掌理威爾斯。這樣的安排眾卿還不心滿意，
　　　　　就將全國分成幾個小王國，　　　　　　　　70

---

⑨ 原文Chancellor一詞源自cancelli(廉幕)，通常由教士擔任，為國王的秘書長、教士長、國務卿與掌璽官。愛德華於1307年間任命契斯特主教藍頓(Bishop John Langton, ?-1337)為國務卿。同年七月起，改由雷諾茲主教(見本書頁26注③)擔任。馬羅以溫契爾西大主教(見本書頁26注③)為國務卿，不合史實。

⑩ 當時英國海軍所及之處由北往地中海到南歐一帶。海軍大臣(High Admiral)在愛德華時代並不重要；至馬羅時代，其地位才大大提升。劇中由藍卡斯特(見頁13注⑲)這種重量級人物擔任並無必要。

任由諸位去平分，
朕可留下僻處或角落，
來與親愛的葛卿同嬉戲。

大主教　我等的心意已決，無法改變。

藍　　　來，來，簽名。　　　　　　　　　　　　　　75

小　莫　皇上爲何獨愛全世界憤恨的人？

愛德華　就因他愛朕甚於全世界；
　　　　啊，只有兇殘野蠻之徒，
　　　　才會想要毀去葛愛卿。
　　　　諸位出身高貴理當同情他。　　　　　　　　80

華威克　皇上出身皇室才應甩棄他；
　　　　丟臉啊！簽字，攆走這小人。

老　莫　大人，勸勸皇上吧。

大主教　皇上願意將他趕離國境吧？

愛德華　看來朕不簽不行，只好簽啦；　　　　　　85
　　　　簽字不用墨水，用淚水。
　　　　〔簽字〕

小　莫　皇上對這倖臣太寵愛了。

愛德華　名已簽好，可咒的手啊，放開！

藍　　　〔拿著文件〕
　　　　交給我，我要在街上公布。

小　莫　我要看他立刻滾。　　　　　　　　　　　90

大主教　如今我心已安。

華威克　我也是。

彭　　　這對民眾來說將是一椿好消息。

老　莫　是好是壞，他都不許再逗留。

（眾貴族同下，惟國王留著）

愛德華　這麼快就趕走了朕的愛卿！

　　　　對朕有益的事反倒不肯動。　　　　　　　　　　95

　　　　一國之君爲何任由一名教士擺布⑪？

　　　　狂傲的羅馬，孵出這些御用的奴才⑫。

　　　　爲此，這些迷信的燭光，

　　　　燃起反基督教會⑬的火燄，

　　　　朕將焚燬教廷的宮殿，夷平　　　　　　　　　　100

　　　　教皇的高塔；

　　　　使得遭到屠殺的教士漲起台伯河水道，

　　　　墳墓增高兩河岸；

　　　　至於如此支持教士的眾公卿，　　　　　　　　　105

　　　　只要朕還在位，誰也別想活。

（葛符斯頓上）

葛　　　皇上，微臣聽到耳語四處起，

---

⑪ 此處（第96行-第105行）顯示強烈的反教皇情緒。實則這種現象發生在伊
　莉莎白時代，而非見諸中世紀的英格蘭，既不合說話者的身份，至多也
　只是表達了馬羅本人的政教觀。愛德華二世在位當時所以對教廷反感乃
　因教皇剝奪約翰王（King John, 在位1167-1216）與亨利三世（Henry III, 在
　位1216-1272）的教權，強徵錢糧送往羅馬以及以外力介入聖體等情事。
⑫ 原文grooms指僕從（servants），意含貶抑，通常指高傲自負的賤役。
⑬ 所謂反基督（antichristian）乃因忠於教皇之故。這對極端的新教徒來說就
　是反基督。

傳言已遭放逐，必須遠離這塊土地。

愛德華 確實如此，葛卿；啊，但願此事不真實！
教皇的使節堅持要如此，
愛卿只好離去，否則朕將遭罷黜。　　　　　　　110
朕將在位報仇恨，
愛卿且請耐心忍受；
住在想住之地，朕將送去黃金夠花用。
愛卿不會留太久，否則
朕將親往探視，朕對卿家的愛永不滅。　　　　115

葛 微臣的希望全都變成這種陰鬱的悲痛？

愛德華 別用太過刺骨的話撕裂朕的心；
愛卿被這塊土地驅逐，朕被自己罷黜。

葛 離開這裡，可憐的葛某並不悲痛，
但離開天顏關愛的眼神，　　　　　　　　　　120
葛某也失去了福佑，
無處可以找到這等幸福。

愛德華 就是這事折磨著朕的靈魂，
不管朕願不願意，愛卿都得走；
代理朕去管轄愛爾蘭，　　　　　　　　　　　125
且等命運召換愛卿再返國。
哪，帶走朕的小照⑭，也讓朕戴上你的；

⑭ 戲文中的小照（picture）指手繪肖像。按：攝影術（photography）於1839年
經法國人達格爾（Louis-Jacques-Mandé Daquerre, 1789-1851）發明後，才
逐漸取代手繪肖像。

533

〔互換小金盒〕

啊，這樣或可留下愛卿在此地。

朕原本好幸福，如今卻是最可憐。

葛　　一國之君可悲就在此。　　　　　　　　　　130

愛德華　愛卿別離開，朕要把你藏起來。

葛　　臣將被發現，如此反倒令人更傷悲。

愛德華　溫厚的話和交談，使得朕的心情更沉痛。

　　　　不如默默擁抱就分手；

　　　　〔互擁，葛符斯頓開步欲走〕

　　　　慢著，葛卿，朕不能如此離開你。　　135

葛　　微臣每看皇上⑮一眼，淚就掉一滴；

　　　　既然必須走，就別重溫傷心事。

愛德華　愛卿留下的時間已不多，

　　　　不如容朕看個夠。

　　　　來吧，愛卿，朕將親自把你送上路。　140

葛　　眾臣恐將皺眉頭。

愛德華　朕不在乎他們的怒氣。愛卿，走。

　　　　啊，只望離去還能再回來。

　　　　王后伊莎蓓菈上。

---

⑮ 原文lord乃依1598年本而來。他本或作love，但從上下文義看，似無更動的必要。又，原文lord後面未加逗點，則此行作"For every look my lord drops a tear"。如此一來，"lord"就成了"drops"的主詞。不過，愛德華掉眼淚，由葛符斯頓來說，似有不妥。譯文因在lord後面加一標點，如此由葛符斯頓自述其悲苦的心境，似較妥貼。

王　后	陛下上哪去？
愛德華	少奉承！法蘭西的娼婦，滾！

145

王　后	臣妾不奉承丈夫奉承誰？
葛	奉承莫小子；找他去吧，粗魯的王后。
	微臣不再多言，皇上明鑒。
王　后	你這麼說，冤枉我啦，葛大人。
	難道你帶壞了皇上嫌不夠，
	不但替他的慾望拉皮條，

150

	還要質疑我的貞操？
葛	微臣並無此意，王后務請寬諒。
愛德華	〔對王后說〕
	你與莫賊太親近，
	都是你下的手段，葛卿才被流放；
	朕要你去遊說眾公卿，

155

	否則你就永遠休想與朕言歸和好。
王　后	皇上明知此事非臣妾能力所及。
愛德華	那就滾開！別碰我！來，葛卿。
王　后	〔對葛符斯頓說〕
	惡棍，是你奪走我君王。
葛	王后，是你奪走我君王⑯。

160

愛德華	別跟她說話；讓她喪氣憔悴去。

⑯ 此處不合史實，而是馬羅的杜撰。當時的王后只有九歲（見本書頁27注④）。

王　后　皇上，爲何要臣妾承受這種話？
　　　　且看伊莎蓓菈流的淚，
　　　　且看這顆心爲你嘆息爲你碎，　　　　　　　　　165
　　　　皇上對伊莎蓓菈多寶貴。

愛德華　〔推開王后〕
　　　　上天明鑒，你對朕有多寶貴？
　　　　哭吧，在葛卿被召回前，
　　　　切記別再出現在我面前。
　　　　（愛德華與葛符斯頓同下）

王　后　啊，可悲又可憐的王后！　　　　　　　　　　170
　　　　當初離開可愛的法國登上船，
　　　　但願行走波濤上的女妖瑟西⑰
　　　　改變了我的形狀；不然就在大喜日當天，
　　　　婚姻神海門⑱的杯裡盛滿毒藥，
　　　　不然就讓纏在頸上的手臂　　　　　　　　　　175
　　　　掐死我，不要活著看到
　　　　陛下我的夫君這般遺棄我。
　　　　我要像瘋狂的天后朱諾⑲，使得大地滿是

⑰ 瑟西（Circe）係住在伊綺雅（Aeaea）島上的一名女妖，曾將其對手西拉
　（Scylla）變成一頭怪物。荷馬《奧德賽》中的瑟西又將人變成豬、羊、獅
　等野獸。奧德賽及其手下在返家途中曾登陸該島，所幸獲得信差神霍密
　斯（Hermes）暗助，始得破解其妖術。事見荷馬《奧德賽》，第10篇，頁
　161-174；又見奧維德《變形記》，第14篇，頁239-242。
⑱ 海門（Hymen）係希臘神話中專司婚姻的神，據傳是光明之神阿波羅
　（Apollo）與一繆斯女神所生，結婚曲即以他為名。

恐怖的嘆息哭號聲；
因爲宙斯溺愛嘉尼米德⑳，　　　　　　　　　180
也都不如皇上溺愛可咒的葛小賊。
但這勢必更加激起皇上的憤怒。
只好懇求皇上，對他說好話，
設法召回葛小賊；
只是皇上勢將溺愛葛小賊，　　　　　　　　185
而我也仍將永遠都可憐。
　　眾貴族〔藍卡斯特、華威克、彭布羅克與小莫提摩〕同
　　上，走向王后。

藍　　瞧，法蘭西國王的御妹
　　　　坐著搥手搥胸膛。

華威克　在下擔心皇上不曾善待王后。

彭　　傷害這種聖徒的心腸必定很硬。　　　　　190

小　莫　在下知道王后爲葛賊的事哭泣。

老　莫　哦？他人已離去。

---

⑲ 朱諾(Juno)係羅馬神話中的天后，天神朱庇特(Jupiter)之妻，以善妒聞
　名。朱諾專司婚姻、家庭與生子等事宜，一如希臘神話中的天后赫拉
　(Hera)。戲文以"frantic"當修飾語，顯然指出朱諾因朱庇特看上美少年嘉
　尼朱德(見本書頁43注⑳)，令她心生嫉妒。按：羅馬天神朱庇特相當於
　希臘天神宙斯(Zeus)。
⑳ 嘉尼米德(Ganymede)原本爲特洛伊(Troy)城的一名美少年，係特羅斯
　(Tros)之子，後被天神朱庇特(Jupiter)帶往眾神住處奧林帕斯(Olympus)
　山上當掌杯者(cupbearer)，引發天后赫拉(Hera)的嫉妒。事見奧維德《變
　形記》，第10篇，頁168。維吉爾《伊尼亞德》，第1篇，第32行及第5
　篇，第332行。

小　莫　〔對王后說〕王后，心情可好？

王　后　啊，莫提摩！如今皇上的仇恨已爆發，

　　　　皇上坦承不愛我。

小　莫　王后，終止婚約，不要再愛他。　　　　　　　195

王　后　不行，妾身寧可死去一千回。

　　　　唉，妾身空愛一場；皇上永遠不愛我。

藍　　　王后，別擔心。如今倖臣已經遠去，

　　　　皇上任性的脾氣㉑也將很快就消失。

王　后　啊，不會的，藍大人！我奉命　　　　　　　200

　　　　懇求諸位收回成命；

　　　　皇上旨意如此，妾身只好照辦，

　　　　否則勢必會被趕離天顏前。

藍　　　王后，就算收回成命，葛賊還是回不來，

　　　　除非船隻沉沒，大海拋起他的屍體。　　　　　205

華威克　看到如此的好景象，

㉑　人的脾氣（humour）或性情（dispostition）皆因體液（humours or bodily
　　fluids）不同所造成。按：中世紀的生理學理論認為：人有多血（blood）、
　　黏液（phlegm）、黃膽（yellow bile）與黑膽（black bile）等四種體液（cardinal
　　humours）。這四種體液跟古希臘所謂的空氣、火、水與土等四元素與冷、
　　熱、乾、濕等四種特性密切相關。多血如空氣，為熱濕；黃膽如火，為
　　熱乾；粘液如水，為冷濕；黑膽如土，為冷乾。疾病、性情與體質等皆
　　因四種體液造成。多血質者（sanguine）個性開朗、熱情、進取；膽汁質
　　者（choleric）多黃膽，易怒、煩燥、頑固、復仇心重；粘液質者（phlegmatic）
　　遲鈍、膽怯、無力；憂鬱質者（melancholic）好吃、畏縮、沉思、濫情、
　　善感。體液決定脾性，故體液即「性情」（disposition）、「氣性」（mood）
　　或「癖性」。人的健康繫乎體液的均衡與否，行為怪異都是體液失衡的
　　結果。其中，黏液質者容易犯上七死罪中的懶惰（sloth or indolence）。

誰也不讓馬兒去赴死。

小　莫　王后，要臣下召他回來？

王　后　欸，莫卿，除非他返國，
　　　　否則皇上勢必遷怒趕我出宮門；　　　　　　　210
　　　　愛卿若是愛我疼惜我，
　　　　務請遊說眾公卿。

小　莫　甚麼？王后㉒要臣下替葛賊求情？

老　莫　不管誰替他求情，我都不動搖。

藍　　　在下也一樣。大人勸勸王后吧。　　　　　　　215

王　后　啊，藍大人，讓他勸勸皇上，
　　　　因為他的歸來，有違我意。

華威克　那就別替他說話；讓這奴才滾！

王　后　我說情是為己，不為他。

彭　　　說情沒用，不如不說。　　　　　　　　　　　220

小　莫　王后，釣魚要謹慎：
　　　　魚被釣起，以為魚已死的釣客反遭拍擊。
　　　　臣下是指這尾可惡的電鱝㉓葛小子。

㉒ 原文ye have為複數形，應指眾卿，而非指王后一人。但ye有時也可當單
　 數用。依戲文文義看，此處似以指王后為宜，譯文因將ye譯成「王后」。
㉓ 電鱝（torpedo 或 electric fish）係電鱝科（torpedinidae）、單鰭電鱝科
　（narkidae）與無鰭電鱝科（temeridae）魚類的統稱，以能發電傷人獵物聞
　 名。電鱝通常棲息在大西洋兩岸70公尺以上的海域，亦有見諸1,000公尺
　 以下深水者。電鱝體柔軟，皮光滑，其形扁平寬廣，尾部纖細，長度約
　 在半公尺至兩公尺間不等；地中海黑鱝（torpedo nobiliana）的體型最大，
　 可長達1.8公尺，重達91公斤。電鱝游動緩慢，屬卵胎生，覓食對象以魚
　 類與無脊椎動物為主。其頭與胸鰭圓形或近乎圓形體盤。發電器由柱狀

微臣深盼他此刻浮屍愛爾蘭海上。

王　后　莫卿，請在我的身旁暫坐片刻，　　　　　　225
　　　　且聽妾身訴說此事的份量，
　　　　愛卿必定很快就會簽署撤銷令。

小　莫　〔坐在其旁〕
　　　　不可能，但王后不妨說分明。

王　后　就這麼辦，但只有我倆能聽。
　　　　〔兩人在旁密談〕

藍　　　諸位大人，縱令王后說服莫大人，　　　　　　230
　　　　諸位還願意決心與在下堅持到底嗎？

老　莫　在下不與舍姪作對。

彭　　　別擔心，王后的話不能改變他的心。

華威克　不能？請注意王后的懇求多熱切。

藍　　　看看莫大人峻拒的神色多冷酷。　　　　　　　235

華威克　王后的笑顏逐開。如今在下保證他的心意已
　　　　改變。

藍　　　在下寧可失去他的友誼也不同意。

小　莫　〔走向眾朝臣〕
　　　　嗯，不得已，只好如此。——

體肌肉構成，位在體盤內與頭部兩側，其功能為自衛與覓食。大電鰩發出的電壓可達200伏特以上，足以電擊成人。古希臘人與羅馬人常用黑電鰩發出的電治痛風、頭疼等病痛。據老普里尼《博物誌》（見本書頁11注⑫）上說：「電魚知道自己有電，不會電到自己，卻能令對手驚異」（ix.42）。據說，南美洲產的電鰻（eletric eel）也能生電，其所產生的電流足以將人擊昏。

諸位大人，在下痛恨卑鄙的葛小賊，
深盼諸位對此一無疑慮， 240
所以在下雖然爲他懇求撤銷令，
斷斷不是爲了他，而是爲了我等的利益，
也是爲了吾國吾王的好處。

藍　　　呸，莫大人，切勿自取其辱。
　　　　早先樂見他被驅逐，此事可當真？ 245
　　　　如今卻要召他歸國，是否又屬實？
　　　　這樣的理由將使白變黑，黑夜變白天。

小　莫　藍大人，請注意特殊情況。

藍　　　不管情況如何特殊，出爾反爾就不屬實。

王　后　大人，請聽他分辯。 250

華威克　他說的全不相干，我等心意已決。

小　莫　諸位不都希望葛賊死嗎？

彭　　　但願如此。

小　莫　大人，那就容在下說分明。

老　莫　呃，姪兒，切勿多詭辯。 255

小　莫　姪兒將以滿腔熱情去促成這樁事。
　　　　規勸皇上，造福國家；
　　　　諸位不知葛賊的黃金成堆，
　　　　正可藉以在愛爾蘭買收朋友，
　　　　供他對付我等當中最稱勇武者？ 260
　　　　只要他活著受寵，
　　　　在下惟恐難以叫他敗亡。

華威克	這點請注意，藍大人。	
小　莫	他人留在此，雖然可憎，	
	但只要唆使一名奴僕，即可輕易	265
	拿著匕首收拾他。	
	誰都不好怪罪兇手，	
	只能稱讚他行刺勇敢，	
	讓他留名青史，	
	就因他爲國除害。	270
彭	所言甚是。	
藍	嗯，從前爲何不曾這麼做？	
小　莫	諸位大人，當初沒想到。	
	何況這回他會知道一切全在我等的掌握中；	
	趕走再召回，	275
	勢必叫他放低高傲的旗幟，	
	不敢觸怒最低階的貴族。	
老　莫	可是，萬一他不低頭怎麼辦，姪兒？	
小　莫	我等的起義就有好藉口；	
	只因我等們不論如何辯解，	280
	背離皇上就是叛國罪。	
	如此一來，民眾勢必站在我等這一邊，	
	民眾原本會因先王之故擁護新皇上；	
	只是我等無法吞忍隔夜長成的臭菇種㉔，	

㉔ 原文mushroom即蕈菌（俗稱蘑菇）。野生蕈菌多半在洞穴、廢礦坑或濕度

就如無法吞忍康華爾伯爵, 285
欺壓眾貴族;
一旦民眾和貴族手連手,
皇上也都無法袒護葛小賊。
我們要將他拉開最堅固的堡壘;
諸位大人,在下執行此事如有怠慢, 290
就將在下視同葛賊般的奴才。

藍 在此條件下,藍某願同意。

彭 彭某也同意。

華威克 還有在下。

老 莫 還有在下。

小 莫 這樣一來,在下就太高興了,
莫某願意謹遵諸位的吩咐。 295

王 后 倘若伊莎蓓菈忘了這番恩德,
就讓她遭人唾棄遺世間。

愛德華神情哀戚〔與鮑蒙㉕、御書記與隨從〕同上。

啊,瞧,真巧,國王陛下

與溫度適宜之處,依植木、腐植質及糞肥等有機質長成,種類甚多。基
於這些特性,再加上速生速腐,因用以指乍現乍滅或暴得聲名之徒。原
文以night-grown(一夕長成的)當修飾語,不無誇大之嫌。

㉕ 鮑蒙(Henry de Beaumont, 1045-1119)係耶路撒冷國王兼君士坦丁堡皇帝
布里安(John de Brienne, 在位1210-1237)之孫。愛德華賜他萌島(見本書
頁20注㊱),1311年10月皇室會議以他是外國人為由敕令辭退,1315年又
遭國會抨擊。1316年奉命鎮守蘇格蘭邊境,1323年因反對愛德華被捕,
1324年-1325年奉派駐法大使,其間曾參與王后(見頁27注④)帶兵返英的
計謀。參見何琳雪,頁323;又參見施達伯斯《憲法史》,il. 330, 354, 357。

親送康華爾伯爵上路，

剛剛回來。這樁消息準會叫他喜出望外，　　　　　　　300

只是心情和妾身不相同。妾身愛皇上甚於

皇上愛葛賊；只要皇上愛妾身

一半深，妾身就會三倍有幸。

　　　愛德華國王哀傷著，〔鮑蒙與御書記〕同上。

愛德華　愛卿已離去，朕為他的離去好哀傷。

悲傷不曾如此靠近朕的心，　　　　　　　　　　　305

像是少了朕的葛愛卿，

倘若朕的歲入可以召他再回國，

朕願慨然交給他的敵人，

還會認為自己得以買回如此親愛的朋友而獲利。

王　后　〔對眾臣說〕聽哪，皇上心心唸著寵臣。　　　310

愛德華　朕的心有如悲傷的鐵砧板，

給獨眼巨怪㉖的鐵鎚在上鎚打著，

發出的噪音叫我頭暈又目眩，

令朕為葛卿瘋狂；

啊，倘若某個冷酷的復仇之神㉗從地獄升起，　　　315

㉖ 獨眼巨怪（Cyclops）指希臘神話中的獨眼巨怪。荷馬曾在《奧德賽》（第9篇，頁139-156）中載述其中一個名叫波利費謨斯（Polyphemus）的獨眼巨怪被奧德賽戳瞎眼睛的經過。而在古希臘詩人黑休德（Hesiod, fl. C700 B.C.）筆下的獨眼巨怪則在西西里島上伊特拿（Aetna）火山底下的鑄鐵廠協助火神希懷斯特（Hephaestus）打鐵，曾為天神宙斯（Zeus）鑄造雷劈（thunderbolt），並協助天神打敗天王克羅諾斯（Cronus）。又參見維吉爾《伊尼亞德》，第8篇，第418行-第438行。

就在朕被迫離開葛卿時，
拿起王者的權杖打死朕。

藍 　　該死的！王后要如何描述這種悲傷？

王　后 〔對愛德華說〕
　　　　皇上，臣妾給皇上捎來好消息。

愛德華 御妻與莫卿談過了？　　　　　　　　　　320

王　后 皇上，那葛卿可以召回。

愛德華 召回！這等消息好得不真實。

王　后 若是真實，皇上會疼愛臣妾嗎？

愛德華 若是真實，朕還有甚麼不願做？

王　后 不為臣妾，只為葛卿？　　　　　　　　　325

愛德華 只要御妻喜歡葛卿，就可為御妻。
　　　　朕將在御妻頸上掛個金蛇舌㉘，
　　　　只因御妻辦事有成果。

王　后 〔拉著愛德華的手臂擁抱她〕
　　　　任何珠寶掛在臣妾的頸上，
　　　　都不如這些㉙；賜給臣妾再多的財富，　330

㉗ 復仇女神(the Furies)係希臘神話中最原始的神，住在地獄(Tartarus)，專司人間正義、懲罰罪犯。復仇女神總計三位，分別為阿勒克托(Alecto)、密嘉拉(Megaera)與狄西芬(Tisiphone)。其形狀極其恐怖：頂生蛇髮，兩眼淌血，口中噴火，令人望而生畏。

㉘ 原文golden tongue指當時的一種珠寶，用黃金、珍珠與寶石等鑲成，形如蛇舌。

㉙ 原文these指愛德華的雙臂(Edward's arms)，下行的this則指國王的親吻(=his mouth)。

也抵不過臣妾從陛下這寶庫般的口中所能取得的。

啊，這一吻算是振奮了可憐的伊莎蓓菈。

〔兩人擁吻〕

愛德華　請再同意朕的求婚，就讓這成爲
　　　　你我的二度結姻緣㉚。

王　后　但願二度姻緣幸福勝首度；　　　　　　　335
　　　　〔眾朝臣跪下〕
　　　　陛下，務請好言對待眾公卿，
　　　　眾卿只等陛下和顏眷顧，
　　　　長跪在地表恭敬。

愛德華　〔起身擁抱眾朝臣〕
　　　　英勇的藍卿，來擁抱朕，
　　　　正如濃霧遭到陽光驅散，　　　　　　　　340
　　　　且讓仇恨隨著朕的笑靨消失；
　　　　活著與朕爲伴㉛。

藍　　　陛下聖寵，微臣心歡喜。

愛德華　朕封華卿爲護國大軍師；
　　　　愛卿的滿頭銀髮映耀宮廷。　　　　　　　345
　　　　華卿，朕若有錯，請糾正。

華威克　皇上，倘若微臣冒犯龍顏，就請斬殺。

㉚ 依據何琳雪的載述（頁318-319），愛德華在1308年召回葛符斯頓與囚禁康玫崔主教以後，才渡海赴法娶回伊莎蓓菈（見頁27注④）。

㉛ 依據何琳雪的載述（頁320），愛德華與藍卡斯特（見本書頁13注⑲）有過爭執，其後因林肯轄地暫時化解心結。兩人的糾紛並非因葛符斯頓而起。

愛德華	彩車遊街與公開表演，	
	彭卿將在御前帶寶劍。	350
彭	微臣將以寶劍爲皇上而戰。	
愛德華	喔哦，莫卿爲何走開？	
	朕封愛卿皇家艦隊上將軍，	
	倘若莫卿不愛這份高職位，	
	朕將封你全國兵馬大元帥。	355
小 莫	皇上，微臣率軍殺敵兵，	
	將使英格蘭安定，皇上獲平安。	
愛德華	至於你嘛，契爾克[32]的莫提摩公爵，	
	曾在國外征戰建大功，	
	應獲高位賜大賞；	
	朕封愛卿兵馬大將軍，	360
	如今正待進擊蘇格蘭[33]。	
老 莫	陛下令老臣深感尊榮，	
	老臣生性愛征戰。	
王 后	如今英格蘭國王富有而強大，	365
	都因已獲英名遠播的眾臣愛戴。	
愛德華	啊，伊莎蓓菈，朕心不曾這般大悅。──	

[32] 契爾克(Chirke)爲老莫提摩（見本書頁14注⑳）的轄區，地在施羅普郡 (Shropshire)與威爾斯(Wales)的邊界，離盧阿傍(Luabon)5哩；小莫提摩 （見頁14注㉑）的產業在昔爾津郡(Herefordshire)與威爾斯的邊界上。

[33] 當時並無戰事，當時的老莫提摩也不曾被封爲遠征蘇格蘭的統帥。事實 上，老莫提摩自此不再出現，並不合史實，也是劇情處理上的一大闕失。

侍臣^㉞且將赦狀送

往愛爾蘭給葛愛卿；鮑蒙飛快

有如彩虹神^㉟，或似天上的信差神^㊱。　　　　　　370

鮑　蒙　遵旨，陛下。

〔下〕

愛德華　莫卿，朕由愛卿安排，

此刻朕將入內開御宴。

且待朕的朋友康華爾伯爵歸來，

朕將舉行比槍和馬上比武，　　　　　　　　　375

然後才爲葛卿辦婚禮。

朕已將姪女許配給他。

眾卿可知這位姪女^㊲就是格勞斯特伯爵的繼承人^㊳？

㉞ 原文 clerk of the crown 係在貴族院與平民院主掌文書撰寫與發送的官員。

㉟ 彩虹神（Iris）為希臘眾神（特別是天后席拉 Hera）的信差神。

㊱ 莫邱利（Mercury）係羅馬神話中的信差神，一如希臘信差神霍密斯（Hermes），其長相為：一名英俊的年輕人，頭帶闊邊帽，手持蛇盤翼杖（caduceus），足踏羽翅草鞋。莫邱利除當信差神外，有時亦是財神、路神、睡夢神與豐饒神，有時則是引魂神或小偷與商賈的守護神。

㊲ 瑪格莉特（Margaret de Clare, 1280-1333）的母親喬安娜（Johanna of Acre, 1274-1294）是愛德華一世的女兒，所以瑪格莉特是愛德華二世的姪女。

㊳ 老吉爾伯特（elder Gilbert de Clare〔Earl of Gloucester〕, 1243-1295）的繼承人指瑪格莉特，戲文中的 heir 應作 heiress。老格勞斯特伯爵之子小吉爾伯特（younger Gilbert de Clare, 1272-1314，即格勞斯特伯爵九世）在班諾克斯本戰役（見本書頁78注㉚）陣亡，遺產由三個妹妹繼承。訂婚時間在1307年10月29日，比葛符斯頓被逐還早。但馬羅加以關聯起來。據史托説（頁328），1309年間，國王從愛爾蘭召回葛符頓，在符林特城堡（Castle of Flint）接見他時，將小吉爾伯特的妹妹下嫁給他。結婚當時，小吉爾伯特

藍	陛下，微臣對這訊息已有所悉。	
愛德華	婚慶當天不賞葛卿的臉，	380
	也要看在朕的面上，在比武場上成爲挑戰者，	
	全力以赴；朕將回報卿家的愛。	
華威克	不管此事或他事，謹遵陛下吩咐。	
愛德華	謝謝，華大人。入內歡宴吧！	
	（除莫家叔姪外，餘皆同下。）	
老　莫	賢姪，愚叔必須前往蘇格蘭；賢姪留在此地。	385
	如今別再對抗皇上。	
	賢姪看皇上天性溫和淑靜，	
	看在皇上心底如此寵愛葛賊，	
	就讓他爲所欲爲、得償所願。	
	勇武無敵的王者也有寵臣：	390
	偉大的亞歷山大鍾愛霍懷斯辛[39]，	
	所向無敵的赫鳩里斯爲海拉斯落淚[40]，	

仍在人間。葛符斯頓死後，瑪格莉特（見本書頁54注[37]）改嫁給休烏（Hugh de Audley〔Earl of Gloucester〕, 1289-1347）。

[39] 馬其頓國王亞歷山大三世（Alexander III, 356-323 B.C.）與其統帥霍懷斯辛（Hephaestion, ?-325 B.C.）過往甚密。據說，亞歷山大在霍懷斯辛的喪禮上，撫屍痛哭終日，直到被部屬強行拉開才止。

[40] 赫鳩里斯（Hercules）係希臘神話中的大力士，因其爲天神宙斯（Zeus）與一名凡間女子阿爾克密妮（Alcmene）所生，一生受盡天后赫拉（Hera）的迫害。後因在狂亂中誤殺妻兒，只好以完成十二椿苦役（Twelve Labors）贖罪。赫鳩里斯曾在一次戰鬥中殺死海拉斯（Hylas）之父，而將海拉斯收爲小廝。後來他偕海拉斯搭上阿戈號（Argo）去取金羊毛。途中，海拉斯被一名女神（Nymph）拉下海中，讓赫鳩里斯遍尋不著。

為了帕特拉克勒斯，嚴峻的阿奇里士變消沉[41]。

並非只有君王才如此，智者亦然：

羅馬的塔里鍾愛奧克塔維斯[42]，　　　　　　　　　395

嚴肅的蘇格拉底喜歡狂野的阿爾西白爾迪斯[43]。

且讓皇上在柔順的青春年華

親近浮華輕率的伯爵，

也儘量符合我等的期盼，

等到年長就會拋棄這類無聊事。　　　　　　　　　400

小　莫　叔叔，皇上生性放縱，不令姪兒憂傷；

令姪兒不屑的是，出身卑微的小人

居然恃寵而驕，

肆意揮霍公帑。

就在士兵沒發薪餉而叛變的當間，　　　　　　　　405

他卻享受公侯的待遇，

還在宮廷昂首闊步，有似麥達斯[44]，

---

[41] 希臘英雄亞奇里士(Achilles)曾因其軍中密友帕特拉克勒斯(Patrocles)被特洛伊城英雄赫克特(Hector)所殺，而冒著短壽的危險復仇。

[42] 塔里(Tully)，即西塞羅(Marcus Tullius Cicero, 106-43 B.C.)，係羅馬政治家，但與奧古斯都(Augustus Caesar, 在位27B.C.-A.D.14)並無親密關係。凱撒遇害後，儘管西塞羅曾對奧古斯都表示效忠，奧古斯都也稱西塞羅為「父」，但西塞羅也在奧古斯都的默許下橫遭暗殺。

[43] 阿爾西白爾迪斯(Alcibiades, c.450-404 B.C.)係蘇格拉底(Socrates, 469-399 B.C.)的學生，也是一名雅典政客，以容貌俊美著稱。由於兩人相當親近，蘇格拉底終於被控教壞年輕人。

[44] 麥達斯(Midas)係符里基亞(Phrygia, 即今土耳其)國王，曾有恩於酒神貝克斯(Bacchus)的隨從賽里納斯(Silenus)。酒神承諾給他任何報償。於是，麥達斯要求他能以手所觸及的東西皆成黃金，果然如願。等到麥達

　　　　後頭跟著一群耀武揚威的異國惡棍，

　　　　傲然穿著古怪的僕役制服炫耀，

　　　　一如形狀多變的海神普羅提爾斯[45]現身；　　　　　　410

　　　　姪兒就沒見過穿著入時的傢伙如此愛炫。

　　　　他身披一件的義式罩頭短斗篷，

　　　　鑲滿珍珠，頭上戴的塔斯坎帽上

　　　　珍珠價值勝王冠；

　　　　別人走在下邊，皇上和他　　　　　　　　　　　　　415

　　　　從窗口對著我等冷笑，

　　　　揶揄我等的隨從，笑話我等的衣飾。

　　　　叔叔，就是這點弄得姪兒難以忍受。

老　莫　賢姪，你看如今皇上已改變。

小　莫　那姪兒也已改變，將為皇上效命；

　　　　只要姪兒有劍、有手，也有心，　　　　　　　　　420

　　　　生就不願屈服於這種暴發客。

　　　　叔叔知道姪兒的意思。來，叔叔，走吧。

　　　　同下

　　斯發現連食物和美酒都變成黃金時，只好請求酒神收回禮物。事見奧維
　　德《變形記》，第11篇，頁184-186。原文Midas-like指「穿金戴銀」。
[45] 普羅提爾斯(Proteus)係希臘神話中的海神，以善於變化形象見長。見奧
　　維德，《變形記》，第2篇，頁26；第8篇，頁143；第11篇，頁187。

第二幕

【第一景】

〔小〕施賓塞①與巴達克②同上。

巴達克 施兄，

我等的主人格勞斯特伯爵已死③，

---

① 小施賓塞(Spencer Junior, Hugh le Despenser, ?-1326)係老施賓塞(見本書頁103注④)之子，曾被封為宮內大臣(Chamberlain)。施家父子也跟莴符斯頓(見本書頁7注①)同樣在愛德華二世統治期間權傾當朝(1322年-1326年)。小施賓塞娶格勞斯特伯爵(見本書頁54注㊳)的長女愛琳諾(Eleanor)，其後亦封為格勞斯特伯爵。愛德華二世兵敗後，他也被捕，旋在昔爾津(Hereford)遇害。

② 巴達克(Robert de Baldock, ?-1327)曾在愛德華二世朝中擔任掌璽官(Keeper of the King's Privy Seal)。施家父子掌權期間(1322年-1326年)，曾經風光一時。愛德華二世兵敗後，他亦跟著逃亡，終於在1326年11月與小施賓塞一齊被捕，交由昔爾津主教亞當(見本書頁165注⑥)監管，至隔年遇害。

③ 格勞斯特伯爵(見本書頁54注㊳)比莴符斯頓早死兩年(1314年)。馬羅可能想的是老格勞斯特伯爵(見本書頁54注㊳)。事實上，依據何琳雪的載

閣下打算爲那位王公大人效勞？

小　施　不爲莫提摩，也不爲他的同夥，

　　　　只因皇上與他爲敵。　　　　　　　　　　　　　　　5

　　　　巴兄，請聽我說：專事煽動的公僕，

　　　　很難於己有利，

　　　　更別說想到下人。

　　　　獲得聖寵者則不然，

　　　　能在我們有生之年進言提拔。

　　　　康華爾伯爵爲人寬容大量④，　　　　　　　　　　10

　　　　其際遇爲在下希望所託⑤。

巴達克　甚麼！閣下莫非意在追隨此人？

小　施　不，伴其左右，因他極其寵信在下，

　　　　曾一度爲在下向皇上薦舉。

巴達克　但他已被驅逐；希望很渺茫。　　　　　　　　　　15

小　施　沒錯，暫時渺茫。不過，巴兄，請留意結局：

　　　　在下有位朋友私下透露，

　　　　他的驅逐令已經撤銷，就要奉詔歸來，

　　　　宮內剛才還飛馬

述（頁332），巴達克與小施賓塞兩人都不曾在格勞斯特伯爵家中當過僕
役。

④　原文liberal有二義：一指展示紳士特質者，一指行爲放肆（或放蕩）者。
　　譯文依上下文義取前者。

⑤　依據何琳雪的載述（頁321），小施賓塞（見本書頁59注①）是葛符斯頓（見
　　本書頁7注①）的對頭；葛符斯頓死後（1312年），小施賓塞取代他的職
　　位，擔任宮內大臣（Chamberlain）。

傳送聖旨給皇姪女⑥，　　　　　　　　　　　　20

皇姪女覽旨笑顏逐開，令在下相信

此事關乎她的葛情郎。

巴達克　夠可信的，因為自從他流亡以來，

皇姪女就足不出戶，也不現身；

但在下認為：此段姻緣已然中止，　　　　　25

他被驅離的事令她改變心意。

小　施　皇姪女的初戀之情沒有動搖；

在下以生命賭誓，她將下嫁葛大人。

巴達克　那在下希望因她的庇蔭受寵；

在下從她幼年起，就教她唸書⑦。　　　　　30

小　施　那波兒，閣下必須擺脫學究氣，

學習朝臣的舉止儀態；

單憑黑衣小飾帶⑧，

絨質斗縫，補以嗶嘰料，

鎮日吸取花束芬芳⑨，　　　　　　　　　　35

---

⑥　原文our Lady指已故的格勞斯特伯爵之女瑪格莉特（見本書頁54注㊲及頁106注⑱）。兩人的婚禮在愛德華登基（1307年）後舉行；葛符斯頓在婚後不久才被二度流放。

⑦　巴達克（見頁59注②）係一名教士，獲有牛津博士學位，當過瑪格莉特（見頁54注㊲）的家庭教師，似乎也當家庭牧師。

⑧　此處描述的是典型的窮學究，在學術上一無成就，只好去貴族人家當家庭教師或私人教師。不過，戲文的描述不是中世紀，而是文藝復興時代的情況，故有時代錯誤之嫌。

⑨　聞著花香顯示嬌柔的一面，洋溢著女人味；據傳花香可在瘟疫流行期間預防疫病上身。

　　　　　　或是手執餐巾布，
　　　　　　或在下席[10]長祈禱，
　　　　　　或對貴族哈彎腰，
　　　　　　或是垂頭半闔眼，
　　　　　　口中說：「當然，謹遵命。」　　　　　　40
　　　　　　以此獲得大人物青睞。
　　　　　　閣下必須自豪、大膽、機敏而堅定，
　　　　　　時時伺機而動，直指要害[11]。
巴達克　施兄，您知道在下討厭這類無聊事，
　　　　　　只當虛偽看待。　　　　　　45
　　　　　　在下的老主人在世時，一絲不苟[12]，
　　　　　　連在下的鈕扣都挑剔，
　　　　　　怪罪在下的腦袋大如針頭，
　　　　　　使在下的穿著有如牧師，

---

⑩ 原文table's end指坐在下席。按：從前的餐桌上擺鹽壺的一端為上席
　（above the salt）；另一端為下席，係位低者的座位所在。

⑪ 原文stab隱含「性攻擊」之意。

⑫ 原文precise指正式、拘謹。清教徒（Puritan）經常被指為拘謹的人
　（precisian）。宗教上言行古板拘謹的人即指清教徒。按：清教主義
　（Puritanism）乃十六世紀發生在英國新教內部的一種改革運動，要在嚴格
　服從神意、回歸基督教的本然面貌，以淨化英國國教。此一改革運動深
　受喀爾文（John Calvin, 1509-1564）及其教義的影響。由於清教徒不滿現
　狀，又擔心自己的靈性是否足以得救，因時刻反省，乃致神色憂鬱、感
　傷而拘謹。又由於清教徒一向堅決而激烈反對戲劇，因此往往成了劇作
　家調侃的對象。像莎翁《第十二夜》（*Twelfth Night*, 1600）、蔣生（Ben
　Jonson, 1573?-1637）《鍊金術士》（*The Alchemist*, 1610）與《巴薩羅繆博
　覽會》（*Bartholomew Fair*, 1614）等劇中都曾藉詞諷刺。

雖然內心十分淫蕩，　　　　　　　　　　　　　　50
準備去做各種歹事。
在下並非平凡的學究，
不用「因為」就不會說話。

小　施　而是個說「何故」⑬的人，
　　　　有特殊才華來構成動詞變化⑭。　　　　　　55

巴達克　請別說笑。皇姪女駕到。

　　　　〔退至一旁〕

　　　　皇姪女〔攜信件〕上。

瑪　　　〔自言自語道〕
　　　　葛郎流落異域叫人悲痛，
　　　　葛郎返回英倫叫人喜悅；
　　　　這封信是我親愛的葛郎寄來的。

　　　　〔朗讀〕
　　　　心愛的，你需要甚麼來給自己辯解？　　　　60
　　　　我知道你不能來看我。

　　　　〔朗讀〕

---

⑬ 原文 *propterea quod* 與 *quandoquidem* 皆意為「因為」（because），二者的
　差別在：前者用在散文，較普通；後者用在詩歌，較文雅。兩者在此多
　有諷刺意味。大學生需以拉丁文談話，其談話的口氣與態度遂經常成為
　諷刺的焦點。

⑭ 原文 to form a verb 似有調侃的意味，惟目前已無從得知。其義涵有五：
　(1)虛言假語，(2)口才流暢，(3)口齒清晰，(4)善於言談，(5)活用動
　詞。最後一義另有正確講拉丁文的意涵，似較符合上下文義，譯文因予
　採用。

「我即使死了，也不會離你太久。」
這說明我夫婿全部的愛。
「一旦我背棄你，死亡就逮住我的心。」
但葛郎永眠之處你也要安息。 65
〔將信置於懷中〕
現在且看皇上的信函，
〔朗讀另一封信〕
皇上要我進宮，
去見葛郎。我為何還不走，
既然談及我的成親大喜日？
來人呀！巴達克， 70
備妥座車⑮，我得動身。

巴達克　遵命，皇姪女。

瑪　　　立刻到庭園圍籬等著我；
〔巴達克〕下
施賓塞，你留下來陪我，
因為我有好消息相告； 75
我的夫婿葛郎即將歸國
會跟我們同樣快速到皇宮。

---

⑮ 座車（coach）即四輪大馬車，係一種用來載客的封閉式運輸工具。為使
乘坐舒適，這種馬車採用彈簧懸吊裝置，以分離馬車與運轉架，減少搖
晃。四輪大馬車首在匈牙利乘用，其後傳入歐洲各國。第一輛四輪大馬
車首於1555年為魯特藍伯爵（Henry Manners, 2nd Earl of Rutland, ?-1563）
打造。至1564年以後，英國普遍乘用，成為財富與權位的表徵。由於在
倫敦普遍使用，使得船夫的生意大受影響，而於1613年間陳情抗議。

小　施	我早就知道皇上會要他歸國。
瑪	如果一切順利，我想會如預期，
	施賓塞，你盡的心我會記得。
巴達克	在下銘感五內。
瑪	來，帶路，我渴望到那兒去。
	同下

80

【第二景】①

愛德華、王后、藍卡斯特、小莫提摩、華威克、彭布
羅克、肯特與隨從同上。〔公卿貴族各在其盾牌上劃記
為號。〕

愛德華 風兒很順。就不知道他人為何還未到;
朕擔心他在海上沉船。

王　后 藍卿,瞧皇上多興奮,
整個心神都在倖臣上。

藍 陛下。 5

愛德華 喂,有何消息?葛卿到了嗎?

小　莫 開口閉口「葛卿」!皇上是何意?
皇上還有份量更重的事要煩慮;
法蘭西王已經登陸諾曼第②。

---

① 本景應以泰莫斯(Tynemouth,見第51行)為背景。愛德華就在泰莫斯城
堡(Tynemouth Castle)附近等候葛符斯頓。葛符斯頓在愛德華二世統治
時總共被逐兩次:一次被放逐到愛爾蘭,另一次被流放到法蘭德斯
(Flanders)。馬羅似將第二次的放逐併到第一次上。據何琳雪的載述(頁
320),愛德華二世於1309年7月在契斯特(Chester)召見葛符斯頓。從1312
年1月到5月,國王都在北方。

② 諾曼第(Normandy)為英格蘭的領地,當時並無法軍入侵之事,而是馬
羅的杜撰。按:諾曼第位在今法國北部,包括曼徹(Manche)、嘉爾瓦
多斯(Calvados)、歐爾恩(Orne)、厄爾(Eure)與濱海塞納(Seine-Maritime)

愛德華 小事一樁。朕要何時驅退就驅退；　　　　　　10
　　　 呃，告訴朕，莫卿的盾牌上用何標識③
　　　 準備參加敕令舉行的比武賽？
小　莫 皇上，很普通，不值得一提。
愛德華 請讓朕知曉。
小　莫 皇上這麼想知道，且聽微臣說來：　　　　　　15
　　　 一棵高聳茂密的雪松④
　　　 頂上枝頭棲息著王者之鷹，
　　　 一隻蠹蟲沿著樹皮爬上去，
　　　 爬到樹枝的最高點，
　　　 格言如是說：「平起平坐。」⑤　　　　　　　20

五省。西元前56年，羅馬入侵，劃為帝國一省。西元後五世紀，法蘭克人(Franks)進佔。從八世紀起，維京人(the Vikings)先是蹂躪沿海地區，其後更深入內陸劫掠；至十世紀初，才終於據地定居。這些維京人即日後的諾曼人(Normans)，其地稱為諾曼第。1066年，諾曼地國王威廉入侵英格蘭，兼領英格蘭與諾曼第兩地，是為征服者威廉。1144年，安茹伯爵喬弗瑞征服諾曼第，其子亨利二世登基，建立金雀花王朝(見本書頁84注①)，亦兼領英格蘭和諾曼第兩地。此後英法兩國為爭奪諾曼第而發動多次戰爭。至1490年，諾曼第的永久統治權才落入法蘭西手中。諾曼第有懸崖，有低谷，有丘陵，有草原，也有農田，物阜民富。像盧昂等名城，即在本區；聞名遐邇的白蘭地酒，也以「諾曼第」為名。
③ 原文device指盾牌上的標識(emblem, 或impresa)或紋章，其上通常附有格言。
④ 雪松(cedar tree)，松科(Pinaceae)雪松屬(Cedrus)，常綠喬木，高約35公尺至45公尺不等；針葉短，毬果直立，枝條開展，樹冠不規則；木質輕軟、耐久，樹脂抗潮防腐，多用為建材。其生長地分布於地中海區域至喜馬拉雅山西部。雪松譬喻封建社會的架構，國王在這架構上居於樹枝的最高處。
⑤ 原文Æque tandem(=equal finally, equal in height)指蠹蟲(cankerworm)爬到鳥中之王老鷹的高度，並與老鷹平起平坐，意即：葛符斯頓有如蠹蟲，

愛德華　藍卿的紋章又如何？

藍　　陛下，微臣的比起莫大人的還晦澀。

　　　　普里尼說過：有一尾飛魚[6]，

　　　　別的魚都痛恨，

　　　　因此，一旦被追捕，只好一躍而起；　　　　　25

　　　　就在躍起的當間，正巧被一隻鳥兒

　　　　逮個正著。皇上，微臣的紋章就是這條魚。

　　　　格言如是說：「死亡處處在。」[7]

愛德華　高傲的莫卿！粗野的藍卿！

　　　　這就是兩位對朕的愛？

　　　　這就是你們和解的的結果？　　　　　　　　　30

　　　　你們口頭上表示友善，

　　　　盾牌上為何透露仇恨的心？

　　　　這種情形簡直就是私下誹謗

　　　　御弟康伯爵[8]。

　愛德華即使高如雪松，亦將橫遭摧毀。

[6] 戲文中的Pliny指老普里尼(見本書頁11注⑫)。按：老普里尼在《博物誌》一書上並未提到飛魚(flying fish)，提到的只有、水蛭屬(hirundo)、鰹(bonitoes)等水生動物。按：飛魚分布全球海洋，體形長，有圓鱗，吻短鈍，齒細小，鼻孔一對，能躍出水面，藉其胸鰭(或腹鰭)低空滑翔。在無風狀態時，秒速可達24公尺，遠達400公尺。每年五、六月間，台灣東南海岸的黑潮海流裡，結群聚集者動輒以萬計。像頭城大溪漁港、南方澳漁港、磯崎浴場、石梯坪、成功新港、都藍、杉原浴場、富岡漁港、知本驛亭小吃等地，都可看到新鮮或烤熟的飛魚，價廉物美。參見李嘉鑫，〈發現飛魚：東海岸大搜尋〉，《中國時報》，2001年5月11日，第41版(旅遊周報)。

[7] 原文 *Undique mors est* (=Death is on all sides)意如戲文。

| 王　后 | 皇上息怒。他們全都敬愛您。 | 35 |

愛德華　誰恨葛卿誰就不愛朕。

朕就是那棵雪松，可別搖動太厲害。

〔對眾公卿說〕

諸位這群老鷹可別飛太高，

朕有腳帶可將諸位拉下來，　　　　　　　40

蠹蟲也將以「同高」吆喝

不列顛⑨傲氣最重的眾公卿。

〔對藍卡斯特說〕

儘管你將葛卿比喻成飛魚，

在他起落的當間以死相威脅，

但要吞噬他的不是海中大怪物，　　　　　45

也非污穢至極的哈比鳥⑩。

小　莫　〔對眾貴族說〕尚未歸來就已如此偏袒。

一旦現身又將如何對待？

藍　　就要見分曉了；喔，才說曹操，曹操人已到。

---

⑧　原文my brother指葛符斯頓，而非指肯特。史托認為（頁327）：愛德華或
　許有意日後將權位讓給葛符斯頓，才會如此稱呼。

⑨　Britany（或作Brittany）即Britain，早先指羅馬行省第一與第二不列顛
　（*Britannia Prima and Secunda*），十六世紀期間涵括英格蘭與蘇格蘭兩
　地。

⑩　哈比鳥（Harpy）係希臘神話中，一種首與身似女人而翅膀、尾巴及爪似
　鳥類的怪物，可憎而貪婪；曾在色雷斯（Thrace）國王費尼亞斯（Phineus）
　招待搭乘阿戈號（the Argo）船赴黑海找尋金羊毛（Golden Fleece）的希臘
　英雄（Argonouts）時，偷取食物，並污穢了整個宴席。事見維吉爾《伊
　尼亞德》，第3篇，第274行-第365行。

〔葛符斯頓上〕

愛德華　朕的葛愛卿！　　　　　　　　　　　　　　　　50
　　　　歡迎回到泰莫斯[11]，歡迎來見你的朋友。
　　　　愛卿不在令朕沮喪又憔悴。
　　　　如同少女達娜伊[12]的眾情人，
　　　　當她被人鎖在銅塔內，
　　　　想念既深，變得更任性，　　　　　　　　　　55
　　　　朕的心情即如此。如今看見愛卿
　　　　甜美猶勝先前離開時，
　　　　令朕啜泣之心痛苦又惱恨。

葛　　陛下的言辭勾起微臣的心中話，
　　　　千言萬語難掩內心的喜悅：　　　　　　　　　60
　　　　牧羊人橫遭刺骨寒風傷，
　　　　只待繁花點綴春意鬧。
　　　　微臣想見陛下心更甚。

愛德華　無人迎接葛愛卿？

藍　　迎接他？對。拜見內侍大臣。　　　　　　　　65

小　莫　拜見康華爾伯爵。

---

⑪　泰莫斯(Tynemouth)，位在英格蘭東北部泰恩河(Tyne River)口，泰恩河
　　由此流入北海。

⑫　達納伊(Danaë)係希臘神話中的一位公主。由於神諭說：其子將殺死外
　　祖父，而遭其父阿克利西爾斯(Acrisius)關在一處地下銅室內。殊料天
　　神宙斯(Zeus)化成陣陣金雨，使她懷孕生子，名為波西爾斯(Perseus)。
　　阿克利西爾斯因將母子置入船中順水流下。其後，果在觀看一場競技
　　時，無意間遭其外孫的標槍射中而亡。

華威克　　拜見萌島大統領。

彭　　　　歡迎國務卿。

肯　特　　陛下可全聽到了？

愛德華　　眾卿依舊這樣對待朕？　　　　　　　　　　　　　70

葛　　　　陛下，微臣不能忍受這些侮辱。

王　后　　〔旁白〕可憐的我，吵鬧開始啦。

愛德華　　〔對葛符斯頓說〕

　　　　　回敬他們⑬；朕願為愛卿當見證。

葛　　　　閣下自詡出身高貴，實則卑下有如鉛⑭。

　　　　　回去坐在家中吃佃戶的牛肉⑮，　　　　　　　　　75

　　　　　別在這兒嘲笑葛某人，

　　　　　葛某的思想高尚，不會低鄙得

　　　　　和諸位一般見識。

藍　　　　在下就讓你見識見識。

　　　　　〔拔劍⑯。小莫提摩與葛符斯頓也在混亂中各自拔劍。〕

愛德華　　叛國，叛國！叛賊在哪兒？　　　　　　　　　　80

彭　　　　〔指著葛符斯頓〕在這兒，在這兒。

---

⑬　原文Return it to their throats意為逼他們自食其言（make them eat their
　　own words），亦即揭破其謊言。按：指責他人說謊為一挑釁行為，通常
　　擺明要找對方決鬥。

⑭　貴族應為貴金屬；今將貴族喻為卑金屬，顯然意在貶抑其為「假貴族」。
　　換言之，這些人雖出身貴族，卻無「貴」族高貴的本質。

⑮　原文eat your tenant's beef指貴族沒腦袋（beef-witted）。按：法蘭西人常常
　　譏諷英格蘭人為beefeaters（飯桶）。

⑯　在國王面前拔劍或揮劍顯然就是一種犯上的行為。

愛德華　護送葛卿離去！他們想要謀害他。

葛　　　〔對小莫提摩說〕

　　　　取你性命才能去除這奇恥大辱。

小　莫　惡棍，納命來，除非我一擊不中。

　　　　〔擊傷葛符斯頓〕

王　后　啊，忿怒的莫卿，你幹了甚麼事？　　　　　85

小　莫　殺了他，我償命。

　　　　〔隨從護送葛符斯頓下〕

愛德華　哼，雖然他活著，他的命卿家還是償不起。

　　　　兩位要為這種暴行付出昂貴的代價。

　　　　離開朕的面前！不許靠近王宮！

小　莫　臣不會因葛賊離王宮。　　　　　　　　　　90

藍　　　我等將拉著他的耳朵走上斷頭臺。

愛德華　小心自己的腦袋；他的已經夠安全。

華威克　陛下如此袒護他，小心自己的王冠。

肯　特　華大人，你這種年紀不該講這種話。

愛德華　哼，他們全都合謀來和朕作對；　　　　　　95

　　　　他們竟敢傲然踐踏朕；

　　　　只要朕一息尚存，就會踐踏在他們的頭顱上。

　　　　來吧，艾德蒙，我們走，去糾集人馬。

　　　　只有戰爭才能降低這些亂臣的傲氣。

　　　　國王〔王后與肯特被護送〕同下。

華威克　皇上動怒了，我等火速回城堡去。　　　　　100

小　莫　讓皇上動怒，讓皇上氣死算啦！

藍	兄弟，現在別再跟他吵。
	皇上想靠武力迫使我等屈服；
	所以我等合當團結一致，
	誓將葛賊置諸死地方罷休。 105
小　莫	皇天在上，這小人必死方休。
華威克	在下要他流血，否則死也要他的命。
彭	彭某的誓言也相同。
藍	藍某的沒兩樣。
	如今且派使者⑰去挑激皇上，
	敦促民眾誓言罷黜他。
	一信差上
小　莫	信？信從何處來？ 110
信　差	從蘇格蘭來，大人。
	〔小莫提摩拆信朗讀〕
藍	喂，兄弟，我等的朋友都好吧？
小　莫	家叔被蘇格蘭人俘虜⑱。
藍	哎喲，將他贖回來；振作些。
小　莫	對方的贖金開價五千鎊。 115
	既然是替皇上爭戰而被俘，

---

⑰ 原文heralds指信差或戰時送信至敵營的使者。

⑱ 老莫提摩（見本書頁14注⑳）被俘與國王拒付贖金一事恐係發生在亨利
四世（Henry IV, 在位1399-1413）時代。當時，莫提摩爵士（Sir Edmund
Mortimer, 1251-1304）在威尼斯被俘，亨利四世不但拒付贖金，還不准別
人贖他回來。

	除了皇上還有誰該付？	
	在下就去見皇上。	
藍	好，兄弟，在下願相陪。	
華威克	與此同時，彭大人與在下	120
	先到新堡招兵買馬。	
小 莫	就這麼辦，在下隨後就趕到。	
藍	下定決心，秘密進行。	
華威克	在下向你保證。	
	〔除小莫提摩與藍卡斯特外，餘皆下〕	
小 莫	兄弟，萬一皇上不肯出贖金，	125
	在下將用臣下對主上	
	前所未有過的怒吼震其耳。	
藍	好吧，在下將盡力而爲。——喂，來人啊！	
	〔一衛士上〕	
小 莫	呃，這樣的衛士很稱職。	130
藍	帶路。	
衛 士	大人上哪去？	
小 莫	除了觀見皇上，還會上哪去？	
衛 士	皇上不見客。	
藍	哦，本爵有事稟告。	135
衛 士	大人不准進入內宮。	
小 莫	本爵不准？	
	〔愛德華與肯特同上〕	
愛德華	怎麼，何人在此喧鬧？	

是誰？是你？

〔欲離去〕

| 小　莫 | 不，請留步。微臣有軍情稟報： | 140 |

小　莫　不，請留步。微臣有軍情稟報：　　　　　　140
　　　　　家叔遭蘇格蘭人俘虜。

愛德華　那就贖回來。

藍　　　爲陛下打戰，陛下理當贖他回來。

小　莫　陛下會贖他回來吧？否則——

肯　特　莫大人不會威脅陛下吧？　　　　　　　　145

愛德華　諸位靜靜。朕給你大印信⑲，
　　　　　爲他前往全國各地去籌款。

藍　　　是寵臣葛賊教陛下如此做的吧？

小　莫　陛下，莫氏家族
　　　　　並不這麼貧困，一旦出售土地，　　　　150
　　　　　徵集的人馬將會多到激怒陛下。
　　　　　莫家從不乞求，只用這種方式祈請。

〔將手按在劍上〕

愛德華　朕還要這麼被煩擾？

小　莫　哼，如今陛下單獨在此，臣將一吐肺腑之言。

藍　　　臣下也要；陛下，臣下把話說完就走。　　155

---

⑲　原文broad seal指一種蓋上御璽的信或訓令（brief），可由持信者藉以為特
　　定目的籌款而不受懲罰。李察二世（Richard II, 1377-1399在位）曾在1399
　　年間以這種信在英格蘭募款，以協助君士坦丁堡皇帝對抗土耳其人。戲
　　文中的愛德華意在命小莫提摩（見本書頁14注㉑）乞求，以示其窮無以為
　　繼，從而貶低其身價。

小　莫　無聊的勝利、假面戲、淫蕩的表演，

　　　　鉅額贈禮賜給葛小賊，

　　　　掏空國庫，使得陛下變虛弱；

　　　　民生凋敝，怨聲四起。

藍　　　自招變亂，自尋被罷黜。　　　　　　　160

　　　　軍隊潰離法蘭西[20]，

　　　　既跛又可憐，躺在門前苦呻吟；

　　　　暴狂的奧尼爾[21]率領著成群的愛爾蘭步卒[22]

　　　　就在英格蘭的柵欄區內燒殺擄掠[23]；

---

[20] 此處指亨利六世（Henry VI，在位1422-1461）在位期間的英法戰爭。

[21] 愛爾蘭趁著英格蘭內亂與班諾克本戰役戰敗的機會進犯英格蘭在愛爾蘭的領土。當時，羅勃國王（King Robert I，在位1306-1329）的弟弟愛爾蘭王布魯斯（Edward Bruce，在位1316-1318）應他之請登陸時，受到奧尼爾家族（the O'Neills）的支持，因於1316年受奧尼爾（O'Neill of Tyrone, 1550-1616）的支持與同意，加冕為王。都柏林在莫提摩（Robert Mortimer, 1825-1911）的幫助下，於1317年擊退愛爾蘭軍隊。1318年間，布魯斯在當達克（Dundalk）附近戰死。愛爾蘭的問題再起。期間，奧尼爾家族屢屢製造困擾。奧尼爾為阿爾斯特（Ulster）族首領，史實未載其詳。1592年間經過一番競鬥後，該頭銜終在1593年5月間給交阿魯（Second Earl of Tyrone, Hugh O'Neill, 1550-1616）。

[22] 原文irish kerns指窮困、粗暴而不守軍紀的愛爾蘭步卒，裝備只有弓、箭或短矛，往往不足。

[23] 原文English pale（英格蘭的柵欄區）指英格蘭本土以外的領地，訂有特別法令管理，曾見於愛爾蘭、法蘭西與英格蘭等英軍佔領地。依特別法令，這些地方以柵欄或木樁設界，既便於控制，又可與鄰國區隔，故名。柵欄區隨著英格蘭勢力的增減而增減。當時在愛爾蘭的柵欄區集中在東岸都柏林（Dublin）附近土地，係在亨利二世（Henry II，在位1154-1189）統治期間所設。十六世紀，卡萊（Calais）與英格蘭等地在英人手中期間，都設有柵欄區。

蘇格蘭軍隊長驅直入約克城， 165
一無反抗，搶劫財物難勝計[24]。

小　莫　高傲的丹麥人控制著窄狹的海域[25]，
而你的船艦卻在港內未武裝。

藍　　哪個外國王公派遣大使來？

小　莫　除了一群諂媚之徒，有誰愛敬你？ 170

藍　　溫順的王后是法蘭西王瓦魯阿[26]唯一的姪女，
抱怨你棄她於不顧。

小　莫　王宮內空無一物，只因一國之君能向
世人誇耀的，全都失去：
我是說，你應深深愛敬的眾公卿。 175
謾罵你的傳單滿街飛，
歌謠韻詩[27]唱起推翻王室調。

藍　　北方邊界的居民目睹家園遭焚燬，

---

[24] 蘇格蘭進犯的事發生在愛德華統治末年。班諾克斯本戰役發生在1314年6月。由戰後至1318年間，英格蘭北部經常遭到蘇格蘭的侵擾。當時英王鎮守約克，蘇格蘭進犯英格蘭，在約克鄉間燒殺擄掠。愛德華雖想收復柏威克(Berwick)，但多次興兵者無功而返。另一次侵擾英格蘭北部時，被燒殺擄掠的城鎮不下八十四個，情況不能說不嚴重。

[25] 窄狹的海域(narrow seas)指英法海峽，英格蘭海軍往往無法掌控。不過，愛德華在位期間，並無丹麥人侵擾的事。

[26] 瓦魯阿(Valois)即法王菲力浦四世(Philip IV, 在位1285-1314)。伊莎蓓菈的三個兄弟路易十世(Louis X, 在位1316-1322)、菲力浦五世(Philip V, 在位1316-1322)與查理四世(見頁27注[4])都屬卡貝(Capet)王室，而非瓦魯阿家族成員，只有表兄菲力浦四世才是。

[27] 歌謠與押韻詩(ballads and rhymes)在伊莉莎白時代的英國是最真實、最通俗的文學，只花一便士便可買到。

妻兒遭殺戮，四處亂奔竄，

詛咒你的名姓和葛賊。　　　　　　　　　　180

小　莫　你要何時展示大纛戰場上？

一次就行！手下軍士行進有如伶人[28]，

衣袍亮麗，不似盔甲；而你自身

黃金鑲飾，騎在馬上笑眾人，

搖幌著羽飾的護頭盔，　　　　　　　　　185

女人所贈信物垂飾如標籤[29]。

藍　一臉揶揄的蘇格蘭人趕前來，

唱起歌調大大污衊英格蘭：

英格蘭少女心沉痛，

只因情郎命喪班諾克斯本[30]，　　　　　190

---

[28] 據何琳雪的載述（頁322），「愛德華為了報仇，不止一次親率大軍遠征英格蘭。出發遠征，卻看似凱旋歸來，不像開往戰場廝殺」。

[29] 原文favours指愛的表徵或手套、汗巾、斗蓬之類的紀念品，由女士贈給騎士，在戰場或比武時佩戴。

[30] 班諾克斯本（Bannocksburn）戰役發生於西元1314年6月23日-24日。班諾克斯本係位在蘇格蘭史特林（Stirling）東南的一個小鎮，班諾克斯本古戰場就在鎮區西北5公里處的史特林堡（Castle of Stirling）附近。這場戰役雙方的兵力相當懸殊：英格蘭計有騎兵三千，步卒兩萬；蘇格蘭則僅長矛兵六千名。然而，蘇格蘭軍隊在羅伯特（Robert de Bruce, 1274-1329）的率領下，利用地形之便，將英格蘭步騎困在一處沼澤地，使之動彈不得。而蘇格蘭兵則從吉利斯山（Gillies Mt.）上一湧而下。英格蘭步騎不是死於長矛，就是陷在泥淖中待斃。總計這次戰役英格蘭傷亡與被俘的人員除步騎外，還包括萬勞斯特伯爵（見本書頁54注[37]）、昔爾津（Hereford）伯爵、60名男爵以及數十名騎士；蘇格蘭則僅折損兩名騎士與一些長矛兵。對蘇格蘭來說，這場聞名於世的戰役決定了雙方的關係：蘇格蘭重獲獨立，羅伯特則登基為王，史稱羅伯特一世(Robert I, 在

嘻哈呵呵呵。

英倫王還敢生妄念，

一舉擊潰蘇格蘭？

喃哺囉囉囉 ㉛。

小　莫　賣掉威格模城堡 ㉜，贖回家叔。　　　　　195

藍　　一旦賣掉，我等的寶劍將會買更多。

　　　　倘若皇上動怒，盡可來報仇；

　　　　此後即可見到我等展戰旗。

　　　　〔藍卡斯特與小莫提摩等〕貴族同下

愛德華　朕氣得心都快要脹裂！

　　　　經常被這些亂臣盛氣欺凌，　　　　　　200

　　　　偏偏就怕他們勢大力大不敢報仇！

　　　　難道小公雞的啼叫聲，

　　　　嚇倒了大獅子 ㉝？愛德華，展示大爪，

　　　　流這些亂臣的血來給怒氣療饑渴。

　　　　倘若我殘酷而暴虐，　　　　　　　　　205

位1306-1329)。直到1603間，英格蘭王詹姆士六世(James VI，在位1567-1625)同時接掌英格蘭與蘇格蘭王位，改稱詹姆士一世，(James I，在位1603-1625)，兩地才告復合。

㉛ 這首小調全數引自費邊《編年記》一書(頁169)，由英格蘭少女載歌載舞。

㉜ 威格模城堡(Wigmore Castle)地在威爾斯邊境的昔爾津郡(Hereford shire)上，當時在莫提摩家族保羅(Paul)和拉佛(Ralph)的名下，也算是小莫提摩(見本書頁14注㉑)在昔爾津郡的產業。

㉝ 依據老普里尼《博物誌》(見本書頁11注⑫)上的載述(第8篇頁16、第10篇頁21)，獅子怕雄雞的啼聲。

就讓亂臣自嚐苦果、悔恨莫及。

肯　特　陛下，微臣認為陛下對葛卿的愛，
　　　　勢將毀去國家和陛下；
　　　　如今憤怒的貴族以戰相脅，
　　　　不如永遠驅他離去。　　　　　　　　　　　　210

愛德華　御弟也和葛卿為敵？

肯　特　欸，令我傷感的就是我也護著他。

愛德華　叛徒，滾！去跟莫賊同一邊。

肯　特　微臣正有此意，不願跟著葛賊。

愛德華　滾！別再煩我！　　　　　　　　　　　　　　215

肯　特　陛下連胞弟都如此拒斥，
　　　　藐視眾臣也就不足為奇了。

愛德華　滾！
　　　　〔肯特〕下
　　　　可憐的葛卿，朋友只剩朕一人。
　　　　隨他們胡搞，我倆就此住在泰莫斯，　　　　220
　　　　同在城牆四處散散心，
　　　　縱使橫遭眾臣圍困也不惜！
　　　　王后〔伊莎蓓菈〕、〔瑪格莉特與兩名宮女、葛符斯頓〕、
　　　　巴達克與小施賓塞同上
　　　　來的正是造成這些衝突的禍首。

王　后　陛下，據傳貴族行將興兵叛亂。

愛德華　欸，同樣也據傳你喜歡莫賊。　　　　　　　225

王　后　陛下依舊無端懷疑臣妾。

瑪	陛下,請對王后好言好語。	
葛	〔對愛德華旁白〕	
	陛下,哄哄她,對她說好話。	
愛德華	〔對王后說〕	
	親愛的,原諒朕一時糊塗。	
王 后	陛下的歉意臣妾立刻接受。	230
愛德華	莫小子的氣燄高漲,	
	竟敢在朕的面前揚言以內戰相脅。	
葛	陛下何不將他打入塔獄內?	
愛德華	朕不敢,只因民眾愛戴他。	
葛	哦,那就派人暗殺他。	235
愛德華	但願藍賊和他各自暢飲	
	各自相敬毒酒一大碗!	
	呃,不說他們啦。告訴朕,這些人是誰?	
瑪	先父在世時的兩名僕從③④。	
	懇請陛下多眷顧。	240
愛德華	〔對巴達克說〕	
	告訴朕,你是何方人士?有何紋章?	
巴達克	草民巴達克,紳士身分	
	乃因曾在牛津受教③⑤,而非由於家世。	

---

③④ 由 my Father's servants 一語可知,馬羅略去小吉爾伯特(見本書頁54注
㊳)。小吉爾伯特在班諾克斯本戰役(見本書頁78注㉚)中喪生,由瑪格莉
特(見本書頁54注㊲及頁106注⑱)繼承人。
③⑤ 紳士身分可因曾在牛津就讀而獲得,並可因此受人尊稱為「紳士」

愛德華 巴達克，對朕來說，這樣更好；
聽朕差遣，朕不會虧待兩位。
巴達克 叩謝陛下隆恩。
愛德華 〔指著小施賓塞說〕
愛卿可認識巴卿？
小　施 認識的，回稟陛下。
瑪 他叫施賓塞，出身名門。
請看在微臣面上，讓他們服侍陛下；
陛下很難找到比他們更好的人選。
愛德華 那施賓塞聽旨；看在他的面上，
朕不久就會封愛卿高官。
小　施 官位再高
也比不上聖寵。
愛德華 〔對瑪格莉特說〕
皇姪女，今日是大喜之宴。
葛卿，朕對愛卿寵愛有加，
將皇姪女許配給愛卿，她是
故葛勞斯特公爵的唯一繼承人㊱。
葛 陛下，微臣知道，許多人憎恨我，
但微臣並不在意別人的愛恨。

(Esquire)。巴達克(見本書頁59注②)的確擁有牛津博士學位；但其所以出名，不是因博學，而是因交結小施賓塞，在政壇上有所作為。

㊱ 史實上的瑪格莉特(見本書頁54注㊲)不是唯一的繼承人，而是與另外兩位姊妹同為繼承人，其中一位嫁給小施賓塞(見本書頁59注①)。

愛德華　這些頑固的大臣無法約束朕的行動；　　　260
　　　　獲得寵倖，就可高人一等。
　　　　來，走吧；等婚禮結束，
　　　　再來對付叛賊及其黨羽。
　　　　同下

【第三景】

藍卡斯特、〔小〕莫提摩、華威克、彭布羅克〔及侍從〕
與肯特同上。

肯　特　諸位大人，由於熱愛祖國的緣故，
　　　　在下離開國王來投靠；
　　　　在諸位的爭吵和祖國的利益中，
　　　　率先冒死前來。

藍　　　在下生怕大人耍詐謀，　　　　　　　　　　5
　　　　以愛為計來暗中破壞我等。

華威克　皇上乃大人兄長，我等因而有理由
　　　　往最糟的去想，懷疑大人變節之舉。

肯　特　在下可以榮譽保證真誠；
　　　　如果這還不夠，在下只好就此告辭。　　　　10

小　莫　且慢，艾德蒙。金雀花王室①的人從不

---

① 金雀花王室(House of Plantagenet, 1154-1485)，亦稱安茹王室(House of
　Anjou)或安茹王朝(Angevin dynasty)，統治英格蘭長達330年，期間曾出現
　十四代國王，愛德華二世即為其一。金雀花王室在薔薇戰爭(Wars of Roses,
　1455-1485)結束後中斷。亨利七世(Henry VII, 在位1485-1509)登基，開始
　了都鐸王朝(the Tudor, 1485-1603)的統治。「金雀花」一名因安茹伯爵喬
　弗瑞四世(Geoffrey IV, 1113-1151)常在帽上戴一朵金雀花(broom)而得名。
　喬弗瑞之子亨利二世(Henry II, 在位1154-1189)為金雀花王室首位國王。

打誑語，因此我等願意相信。

彭　　　大人因何背棄皇上？

肯　特　在下已經告知藍大人了。

藍　　　夠了。呃，諸位大人，要知道：　　　　　　　15
　　　　葛賊已經秘密抵達②，
　　　　正在泰莫斯與皇上作樂。
　　　　我等且先率眾攀牆而上③，
　　　　出奇不意，令其措手不及防。

小　莫　在下當先鋒。

華威克　　　　　　在下隨在後。　　　　　　　　　20

小　莫　這幅先祖留下的破旗幟，
　　　　曾經橫掃死海荒蕪的海岸，
　　　　本族即因此得名莫提摩④；
　　　　今將用以登上堡壘城牆。
　　　　擊鼓吹號⑤！只叫他們從歡樂中醒覺，　　25

---

② 葛符斯頓從愛爾蘭返回一事係經眾公卿同意（第1幕第4景第292行-第295行），不能說是「秘密」。據何琳雪的載述（頁320-321），葛符斯頓二度流放到法蘭德斯（Flanders）後，愛德華未經眾公卿同意，就在泰莫斯召見，才算「秘密」。馬羅可能將兩次流放混為一談，才會有此疏失。

③ 據何琳雪的載述（頁321），眾公卿圍攻的是史嘉堡（Scarborough），而非泰莫斯。

④ 就字源而言，Mortimer一名指de Nortuo mari（死海的）。不過，莫提摩家族乃因諾曼第莫提摩村得名，而非如馬羅所說的跟十字軍與死海（Mortuum Mare）有關。

⑤ 原文alarum法文作alarme，義大利文作all'arme，拉丁文作ad illa arma（＝to the arms）。按：在伊莉莎白時代的戲台上，alarums多指吹軍號或擊戰鼓。

　　　敲響葛賊的喪鐘徹雲霄。
　　　〔擊鼓〕
藍　　眾人不得對皇上無禮，
　　　但也不可輕饒葛賊及其黨羽。
　　　同下。〔擊鼓聲〕

【第四景】

〔號角聲響。〕〔愛德華〕國王與〔小〕施賓塞〔從另一門
上〕，葛符斯頓上〔未為愛德華與小施賓塞所見，伊莎
蓓菈、瑪格莉特夫人及侍從同上。〕

愛德華　啊，施賓塞，你說，葛卿呢？

小　施　皇上，臣擔心他已遇害。

愛德華　不，他來啦！哼，就讓叛軍殺掉。

葛符斯頓、〔王后、瑪格莉特與其他公卿〕同上。

眾卿，逃！快逃！叛將佔據了堡壘。

且乘船同赴史嘉堡①；　　　　　　　　　　　　　　5

---

① 眾公卿在藍卡斯特（見本書頁13注⑲）及其黨羽的領導下，幾乎在新城堡
（Newcastle）捕獲葛符斯頓。嗣後，愛德華與葛符斯頓在史嘉堡分手，由陸路赴
華威克（Warwick）。而葛符斯頓則被困在史嘉堡城堡內。至5月9日，葛符斯頓
見大勢已去，只好談條件投降。按：新堡位在英格蘭東北部泰恩河（River Tyne）
上，隔河與蓋特赫（Gatehead）相望，離北海17公里。羅馬人曾在此地墾拓。1080
年間，舊堡建成。1172年-1177年間，亨利二世（Henry II，在位1154-1189）在舊
城堡原址上重建，故名「新堡」，當地因亦定名為新堡。新堡地區的地標除新
堡外，還有分別建於十二世紀與十四世紀的教區教堂與大教堂。當地從十三世
紀起即為煤炭與造船中心。又，史嘉堡位在英格蘭北部約克郡（Yorkshire）北萊
汀（North Riding）東岸，瀕臨北海，景色怡人。全區面積約817平方公里。瀕臨
北海處有一高達88公尺的海岬將水灣一分為二。海岬上早在鐵器時代就已有人
定居，羅馬人則曾在370年前後在此設置信號站。至十世紀，史嘉堡逐漸形成
一處漁村。十二世紀期間修建的一座諾曼第式城堡，應即劇情發生之處。

施卿和朕由陸路離開。

葛　　啊，皇上且慢，叛黨不會傷害陛下。

愛德華　朕不相信叛黨，葛卿，走！

葛　　告辭了，皇上。

愛德華　皇姪女，告辭了。

瑪　　拜別皇上，後會有期。　　　　　　　　　　10

愛德華　告辭，葛卿；告辭，皇姪女。

王　后　不向可憐的臣妾道別？

愛德華　好，好。看在你的愛人莫賊的份上，告辭了。

　　　　除王后伊莎蓓菈外，餘皆同下。

王　后　上天明鑒，臣妾只愛你一人。──　　　　15
　　　　而他卻從臣妾的懷中掙開；
　　　　啊，只望臣妾的臂膀能夠擁抱這塊島，
　　　　讓我能夠拉著他到我要去的地方，
　　　　否則就讓這些滴自眼眶的淚水
　　　　軟化他的鐵石心腸，　　　　　　　　　　20
　　　　等我找到他，永遠不分離！
　　　　眾伯爵〔藍卡斯特、華威克與小莫提摩等〕同上。
　　　　號角聲響。

藍　　不知皇上是如何逃脫的？

小　莫　這位是誰？王后？

王　后　唉，莫卿，是不幸的王后，
　　　　憔悴的心已因由衷的嘆息而枯萎，　　　　25
　　　　體力也因不斷的哀傷而虛耗。

　　　　　　　雙手疲累則是爲了強拉皇上

　　　　　　　離開葛小賊，離開邪惡的葛小賊。

　　　　　　　一切都枉然；當我對著皇上說好話，

　　　　　　　皇上竟然轉身對著寵臣笑。　　　　　　　30

小　莫　別悲嘆。告訴臣下，皇上人在哪？

王　后　閣下找皇上有何事？閣下找的是皇上？

藍　　　不，王后，是該死的葛小賊。

　　　　　　　臣豈敢心懷不軌，

　　　　　　　對皇上暴力相向？　　　　　　　　　　35

　　　　　　　臣只盼爲國剷除葛小賊；

　　　　　　　請將他的行蹤告訴臣下，臣下要他死。

王　后　他已循著水路逃往史嘉堡；

　　　　　　　快去追趕，他無法脫身的；

　　　　　　　皇上已先離他而去，葛賊的隨從少。　　40

華威克　請勿拖延；藍大人，啓程吧！

小　莫　皇上因何和他分手？

王　后　閣下分路進擊，

　　　　　　　兵力可能較弱。

　　　　　　　皇上想要立刻徵集軍隊，　　　　　　　45

　　　　　　　好輕易擊潰你們。所以，快追趕去。

小　莫　河面上正有一艘符蘭明漁船②。

---

② 原文Flemish hoy指符蘭明人（Flemings）在北海（North Sea）上的漁船。
　　按：hoy爲丹麥文，指一種單層甲板的小船，後亦經常出現在泰晤士河
　　上。

	我等上船全速隨後追趕。	
藍	葛賊乘的風正可張起臣的船帆。	
	來，來！快上船！船行只需一小時。	50
小 莫	王后，請留在這處城堡裡。	
王 后	不，莫大人，我要追趕皇上去。	
小 莫	不，不如隨著微臣同赴史嘉堡。	
王 后	愛卿知道皇上多疑，	
	只要風聞你我談過話，	55
	妾身的名譽就會遭物議；	
	因此，莫大人，請走吧。	
小 莫	王后，臣下不能留下多答話；	
	務請細思莫提摩所應得。	
	〔除王后外，餘皆同下〕	
王 后	莫卿，你所應得的就是	60
	伊莎蓓菈能和你永世共相處。	
	想在愛德華的手中找尋愛，	
	偏偏他的眼中只容葛小賊。	
	我將再次向他強力訴衷情；	
	倘若依舊冷漠不聽我的話，	65
	我將攜子前往法蘭西，	
	親向皇兄國王[3]抱怨	

---

[3] 原文my brother指法王查理四世（見本書頁27注④）。就史實言，王后赴
法的事與葛符斯頓無關。

敘說葛賊如何奪走皇上的愛。

只望哀傷終有盡，

葛賊今朝被翦除。

下　　　　　　　　　　　　　　　　70

【第五景】

葛符斯頓被追趕，上。

葛　哼，傲慢的眾公卿，我已逃脫你們的魔掌，
不怕你們脅迫、喊殺和窮追趕；
儘管脫離了愛德華國王的目光，
葛某硬是逃過伏擊。
生還只望（公然抗拒你們這群　　　　　　　　5
糾眾犯上的長鬚①賊），
再度見天顏。

眾公卿〔華威克、藍卡斯特、彭布羅克與小莫提摩領步
卒與侍從〕同上。

華威克　來人啊，拿下！取下他的兵器。

小　莫　〔在士兵逮捕葛符斯頓之際〕
你這擾亂國家安寧的狂妄之徒，　　　　　　10
帶壞皇上，引發這些紛擾，
卑賤的阿諛之徒，投降！若非有辱名聲，
敗壞軍人之名，

---

① 英格蘭貴族通常蓄有長鬍鬚，而法蘭西貴族則剪短或剃淨。葛符斯頓似
對英格蘭人蓄長鬍鬚的風氣甚為不屑。至馬羅時代，英人已經不再蓄
鬚。

本爵就叫你當場伏劍，
血濺五步。

藍　　　　　　人中怪物，
一如希臘娼婦②誘使眾多勇士　　　　　　　　　　15
興動干戈，沙場血成河；
卑鄙小人，不找好運偏找死；
愛德華國王不在此地保護你。

華威克　藍大人，因何還對這奴才費口舌？
來人，帶他走，否則我會揮劍　　　　　　　　　　20
叫他人頭落地。葛賊，短暫的死前準備③
對你已足夠；為了祖國的緣故，
我等行將對你嚴厲執行
死刑。將他吊上枝頭！

葛　　大人！　　　　　　　　　　　　　　　　　　25

華威克　來人！帶下去。
若非由於你是皇上的寵臣，
你就會在我等手中受禮遇④。

---

② 希臘娼婦（Greek strumpet）指海倫（Helen）。海倫係斯巴達國王曼尼勞斯
　（Menelaus）之妻。後被巴利斯（Paris）帶到特洛伊（Troy，在今土耳其），
　因引發了長達十年的特洛伊戰爭（Trojan War）。

③ 原文short warning（簡短的告知）指給死刑犯臨刑前的告知，通常離執刑
　時間頗近。

④ 華威克接著似乎還說了將葛符斯頓斬首的話，但現存戲文未見。不過，觀眾似可
　從前後戲文的對照中獲得理解。葛符斯頓靜聽任眾人辱罵（第8行-第15行），對
　於「血濺五步」或「人頭落地」之類的話並無表示。但一聽說要「吊上枝頭」，
　不免心中一驚。因為只有一般重刑犯才被處以吊刑，貴族或士兵則依律斬首。

〔做出斬首手勢〕

葛　　　感謝眾位大人。在下明白：
　　　　斬首是一種方式，吊上枝頭是另一種；　　　30
　　　　反正全是死。
　　　　〔馬爾特拉弗斯公爵〕阿蘭德伯爵⑤上。

藍　　　呃，是阿蘭德大人？

阿蘭德　眾位大人，本爵奉愛德華國王之命向諸位致意。

華威克　阿蘭德，請說明來意。

阿蘭德　　　　　　　　國王陛下
　　　　聽說眾位擄獲葛大人，　　　　　　　　　35
　　　　特遣在下前來懇求眾位，唯盼可容皇上
　　　　在他死前見一面；皇上明知
　　　　他必死無疑，因傳來口信：
　　　　若能容許皇上懇請，
　　　　皇上將謹記此事在心頭。　　　　　　　　40

華威克　哦？

葛　　　聖名遠播的愛德華，但願您的名聲
　　　　救救可憐的葛某人！

華威克　　　　　　　　　不，不需要。
　　　　阿蘭德，別的事

---

⑤　阿蘭德 (Fitzalan, Earl of Arundel, 1285-1326)在愛德華二世統治早期與
　　眾伯爵互通聲氣。後來因岳父華廉伯爵(Richard Fitzalan, Earl of Arundel
　　and Warrenne, 1307-1376)與藍卡斯特(見本書頁13注⑬)交惡而成為國
　　王的人馬。1326年11月間，小莫提摩下令將他處死。

	同意所囑，但此事務請見諒。 45
	來人啊！將葛賊帶走。
葛	啊！華大人，
	這點延擱給在下希望都不肯？
	眾位大人，在下知道：眾位存心取我性命，
	但請允准愛德華國王這點。
小 莫	要你指定 50
	在下要同意的事？來人，將他帶走！
	〔對阿蘭德公爵說〕
	在下將如此滿足皇上：
	由閣下送人頭回去；讓皇上流下
	淚水在其上，只因他所獲自
	葛賊僅止於此，不然就是一具死屍。
藍	非也，大人。惟恐皇上花費的 55
	甚於他應得的去辦理葬儀⑥。
阿蘭德	眾位大人，這就是皇上的懇求，
	皇上以其名譽發誓：
	只和他說話就送回。
華威克	何時送回？閣下說得出來？阿大人，不行。 60
	我等知道：皇上不理國政，
	逼得公卿採取激烈的手段，

⑥ 據傳愛德華於葛符斯頓死後兩年，不但將他厚葬在蘭里(Langley)，還
以國庫補助全英格蘭各地為他舉行彌撒。

只為葛賊一個人。皇上一旦見[7]到他，
勢必毀誓留下他。

阿蘭德　眾位若不信賴皇上借走的人，　　　　　　　　　　65
　　　　在下保證帶他回來。

小　莫　大人提出此議誠可感佩，
　　　　惟因為我等知道大人是個正人君子，
　　　　所以不願錯待你，
　　　　以免錯殺君子當小偷。　　　　　　　　　　　　　70

葛　　　莫小子，你好卑鄙！這樣太卑鄙啦。

小　莫　拿下去，下流胚子，偷走我王聖名的惡徒！
　　　　和你那夥狐群狗黨爭辯去吧。

彭　　　莫大人，還有諸位大人，
　　　　有關送回葛賊的事，　　　　　　　　　　　　　　75
　　　　由於皇上熱切
　　　　希望在此人死前見一面，
　　　　為了滿足皇上的請求，
　　　　在下願意以名譽擔保：
　　　　送他回去，再帶他回來，
　　　　只要阿蘭德大人　　　　　　　　　　　　　　　　80
　　　　願意和在下同行。

華威克　彭大人，你要幹嘛？

---

⑦　有些評注家認為：seizes與possess皆可含有性的指涉，因此無需將原文
　　seize校正為sees。不過，若維持seize不變，則下行的possess就沒有必要。

還要流更多的血？他已被捕，

難道還不夠？難道如今還要

在「早知如此」的情況下，放走他、讓他走？ 85

彭　　諸位大人，在下不願勉強勸說，

但諸位若肯將人犯交託在下，

在下發誓必定將他帶回。

阿蘭德　藍大人意下如何？

藍　　呃，就依彭大人的話，讓他去。 90

彭　　莫大人，你呢？

小　莫　華大人，你怎麼說？

華威克　哼，隨閣下處置；在下知道後果會如何。

彭　　那就將他交給在下。

葛　　　　　　　　皇上，微臣終將在

死前再見皇上一面⑧。

華威克　〔旁白〕　　　　這可不一定， 95

如果華某的計謀成功。

小　莫　彭大人，我等就將他交給閣下；

閣下保證送他回來。吹號⑨！

〔喇叭聲響起〕除彭布羅克、馬爾特拉弗斯、葛符斯頓

---

⑧　葛符斯頓於5月19日在史嘉堡向彭布羅克投降後，被押到華林津
　　（Wallingford）等待8月國會開會。殊料途經德丁頓（Deddington）時，被華
　　威克逮捕，押至其城堡，在黑低山（Blacklow）斬首。馬羅顯然並未嚴格
　　依據史實。

⑨　原文sound away指吹號以示退兵。

與彭布羅克的手下四名士兵〔與詹姆士、馬伕〕外，餘
皆下。

彭　　〔對阿蘭德說〕大人，請和在下同行；

寒舍離此不遠，略微　　　　　　　　　　　　　100

不順路，在下當率眾同往。

家有美眷當妻室，

大人，不便過門不入添怨言。

阿蘭德　彭大人，這話很得體[10]，

閣下有磁石般的力量　　　　　　　　　　　　105

吸引國君。

彭　　　　　　　哪，大人。過來，詹姆士。

我將這名葛符斯頓交給你；

今晚由你看守。明晨一早

就會解除你的任務；去吧。

葛　　不幸的葛符斯頓，如今要往何處？　　　　110

〔葛符斯頓、彭布羅克的手下與詹姆士〕同下。

馬　伕　大人，我等很快就到柯柏漢[11]。

〔彭布羅克與阿蘭德由馬伕引導〕同下。

---

[10] 原文kindly指適合貴族或丈夫的身分與做法。

[11] 柯柏漢（Cobham）係肯特郡一小鎮，靠近葛雷符桑德（Gravesend）。事實
上，柯柏漢離葛符斯頓被捕處甚遠。馬羅恐係搞錯地點，將牛津郡
（Oxfordshire）德丁頓（Deddington）寫成柯柏漢，畢竟德丁頓才是彭布羅
克的大本營。又，一般編者認為彭布羅克已帶著手下離去，則第111行
台詞應該是馬伕對葛符斯頓說的話。不過，若葛符斯頓說完話就隨著彭
布羅克的手下離去，則這行似又應該是彭布羅克對阿蘭德說的話才是。

【第六景】①

葛符斯頓哀傷著，彭布羅克伯爵手下詹姆士〔及三名士兵〕同上。

葛 唉，叛賊華威克，竟然如此傷害朋友②！

詹姆士 在下知道這些士兵要的就是你的性命。

葛 在下就得手無寸鐵腳鐐手銬喪命？
　　　唉，喜樂的中心，難道卻成為我生命的句點？
　　　倘若諸位都是男子漢，
　　　就請快快送我去見國王。

華威克及其手下同上。

華威克 諸位彭大人的屬下，
　　　不必反抗；快將葛賊交出來。

詹姆士 大人不惜敗壞自己的名譽
　　　來傷害我家大人這位備受尊崇的朋友。

華威克 不，詹姆士，為了祖國不得不爾。──
　　　上，帶走這惡棍。〔葛符斯頓被逮〕
　　　　　士兵們，走！

① 本景緊隨著第2幕，地點就在德丁頓或華威克的城堡附近。
② 此處的朋友(friend)指彭布羅克。史實上的彭布羅克立場並不堅定，不但不與國王為敵，後來甚至支持國王。

5

10

在下會速戰速決。〔對詹姆士説〕

請向你家大人致意,

告訴他:在下會好生處理。

〔對葛符斯頓説〕

走,讓你的鬼魂去和愛德華談心。

葛 叛賊,在下不能見國王?   15

華威克 見天堂的國王去吧,也許;沒有別的國王了。——

帶下去!

華威克及其手下押著葛符斯頓同下。詹姆士及其餘眾

留在原處。

詹姆士 走吧,諸位。反抗無用。

我等火速稟告大人去。

同下

第三幕

【第一景】

愛德華國王、〔小〕施賓塞〔與巴達克〕擊鼓吹笛上。

愛德華 有關朕的朋友，葛愛卿，

朕企盼從眾公卿那兒傳回消息。

唉，施卿，朕傾一國的財富都無

法贖回他！唉，他注定要死。

朕知道莫賊用心歹毒，　　　　　　　5

朕也知道華威克粗暴，藍卡斯特

無情；朕將永遠見不到

皮爾斯，朕的葛愛卿。

眾位公卿竟敢以其傲氣犯上！

小　施 倘若微臣是統治英格蘭的愛德華國王、　10

美麗的西班牙艾琳諾①之子、
偉大的長腿愛德華②的後代，還會容忍
這些無禮而狂妄的亂臣？還會任由這些
賊子在王國內公然抗命？
陛下，恕微臣直言：　　　　　　　　　　　　15
陛下承續先王餘烈，
重視自己的聖德名份，
就不會容許
眾公卿的忤逆得逞。
將他們梟首示眾！　　　　　　　　　　　　20
無疑地這些教訓相信必能收到
殺雞儆猴之效，
教他們聽命於合法的國王。

愛德華　不錯，施愛卿，朕一向太溫厚，
待他們太和善。如今劍已拔出，　　　　　25
倘若他們不送回葛卿，
朕將在他們的頭盔上磨劍梟其首③。

巴達克　陛下理當這般堅定，
不要受制於叛黨的意願才是；

---

① Eleanor of Spain指卡斯提爾(Castile)的艾琳諾(Eleanor, 1241-1290)，係
愛德華一世(Edward I, 在位1272-1307)的首任妻子。
② 原文Longshanks指愛德華一世。愛德華一世的腿長，因綽號長腿愛德華
(Edward Longshanks)。
③ 原文poll their tops」(掛在竿上)指「斬首」取(1)砍去樹頂；(2)接上文
小施賓塞(見本書頁59注①)的poles(第20行)。

　　　　否則陛下就還像個小學童，　　　　　　　　　　30
　　　　只好像個孩子般被人威嚇管教。
　　　　小施賓塞之父〔老〕施賓塞④攜權杖⑤、帶士兵同上。
老　施　國王萬歲，高貴的愛德華，
　　　　在太平時代得意，在戰爭期間如意。
愛德華　歡迎，老先生⑥。是來支援愛德華的嗎？
　　　　請教老先生何方人氏、何處高就？　　　　　　　35
老　施　哪，草民親率一隊弓箭手和槍矛兵⑦，
　　　　步兵⑧和盾牌手⑨，總共四百名，

---

④ 本景中的老施賓塞(Spencer Senior, Hugh le Despenser, 1262-1326)似與
　愛德華初識；實則他位居伯爵，早就是愛德華的朝臣。老施賓塞係最高
　司法官(Justiciar)施賓塞(Hugh le Despenser, ?-1265)之子。最高司法官
　施賓塞曾在亨利三世(Henry III, 在位1216-1272)統治期間站在眾公卿
　的陣營這邊；路易戰役(Battle of Lewes, 1264年5月12日-14日)後，輔佐
　國王，後於1265年在伊符珊(Evesham)附近遇害。老施賓塞曾在愛德華
　一世統治期間征討蘇格蘭，後在愛德華二世朝中為官，一向支持葛符斯
　頓，而與藍卡斯特(見本書頁13注⑲)為敵。藍卡斯特死後，他和小施賓
　塞(見本書頁59注①)左右朝政(1322年-1326年)。眾公卿因他貪婪無饜
　而恨他。而他則終於在1326年10月間在布里斯托(見本書頁131注⑪)被
　俘問吊。
⑤ 杖(truncheon)象徵權威。
⑥ 老施賓塞生於1262年。若指1322年波羅橋(見本書頁14注④)戰役前，則
　他應該是60歲。他死時64歲，而非某些史學家雖稱的90歲。若指1312
　年葛符斯頓遇害當年，則他僅50歲。
⑦ 矛(lances)的兩端尖銳，可插在弓箭手前，以便戰鬥時給予保護。
⑧ 銅戟(brown bills)係步兵用的戟(halberds)；亦即長柄柄端上附加戰斧而
　成的兵器。銅戟不是鐵製的黑戟(black halberds)，而是銅製品。戟以銅
　製，可防生鏽。戲文中的銅戟指步兵，屬換喻(metonymy)。
⑨ 原文targeteers指攜盾的步兵。

前來覲見陛下，

誓言捍衛吾王愛德華的皇權。——

草民名叫施賓塞，就是小施賓塞的父親，　　　　　　　　　40

決心效忠陛下永不渝，

唯盼皇恩澤及他，也澤及我等。

愛德華　施賓塞，這位是令尊[10]？

小　施　回稟皇上，·正是。

為了報答皇恩，

家父願在陛下御前效命。　　　　　　　　　　　　　　45

愛德華　老先生，再次萬分歡迎。

施卿，這份對朕的愛和善意

證明愛卿的心性高貴[11]。

施卿，朕封你為威爾特郡伯爵[12]，

此後聖寵隆恩，　　　　　　　　　　　　　　　　　50

將如豔陽普照愛卿身上。

另外，聽說布魯斯公爵要賣地[13]，

---

[10]　愛德華首次直呼老施賓塞（見本書頁103注④⑥）之名，顯見已與他建立
　　　私交。

[11]　小施賓塞（見本書頁59注①）為一介平民，出身並不高貴。

[12]　威爾特郡（Wiltshire）不曾在中世紀期間封給任何家族。馬羅似有意以李
　　　察二世時代的施柯羅普（Sir William Le Scrope, 1245/1255-1298）為威特
　　　爾郡伯爵（Earl of Wiltshire）。老施賓塞在波羅橋戰役（見本書頁14注④）
　　　後晉封為溫契斯特伯爵（Earl of Winchester）。由於溫契斯特侯爵
　　　（Marquiess of Winchester）擁有威爾特郡伯爵的封號，馬羅似有意將二者
　　　合而為一。

[13]　賣地的事係何琳雪的說法（頁325），發生在1321年。何琳雪稱該地地主

　　　　莫家正在接洽這樁事，
　　　　爲了進一步表明朕的愛，
　　　　愛卿將從朕獲助，出價高過眾伯爵；　　　　　　　　55
　　　　施卿，盡情花費，千萬別吝惜。
　　　　眾士兵，給予厚賜，三度歡迎諸位。
小　施　陛下，王后駕到。
　　　　王后〔伊莎蓓菈〕、其子〔愛德華王子〕⑭及法國人勒文⑮
　　　　同上。
愛德華　御妻，有何消息？
王　后　陛下，不名譽、也令人不快的消息：
　　　　忠實可信的朋友勒文，　　　　　　　　　　　　　　60
　　　　以書信和口信前來稟報；
　　　　臣妾之兄法王瓦魯阿，
　　　　由於陛下怠慢朝貢事宜，
　　　　已將諾曼第納入版圖⑯。

　　　爲William de Bruce公爵，實則應作William de Braose(1175-1215)。
⑭　愛德華一世於1282年間征服威爾斯以後，封其子愛德華(即日後的愛德
　　華二世)爲威爾斯王子(Prince of Wales)，一則慶賀，二則以王子爲威爾
　　斯的統治者。此後，歷代英格蘭王位繼承人就加銜爲威爾斯王子。不過，
　　愛德華「王子」(Prince Edward, 1312-1377)在其父愛德華二世被罷黜後，
　　就在1327年1月登基。儘管他曾受封爲英格蘭監國(Custos或Guardian)，
　　卻不曾像其父和其子當過威爾斯王子，顯見戲文稱他「王子」並不恰當。
⑮　勒文未見於史籍，而是馬羅創造的人物。
⑯　據何琳雪的載述(頁334)，法王因英王不肯朝貢而進佔阿奎丹(Aquitaine)
　　的「幾個市鎮與城堡」(diverse townes and castels)，而不是如戲文所説
　　的，「將諾曼第納入版圖」。

　　　　這些是書信，這位是信差。　　　　　　　　65

　　　　〔呈上書信〕

愛德華　勒文，歡迎。〔對伊莎蓓菈說〕噴，阿莎⑰，

　　　　　倘若這就是全部，

　　　　瓦魯阿和朕不久即將重修舊好。

　　　　但朕的葛卿——朕將永遠見不到，

　　　　如今再也見不到？御妻，這椿事

　　　　朕將命御妻和皇太子去辦理；　　　　　　70

　　　　去找法王交涉⑱。

　　　　皇兒可要勇於在法王御前

　　　　以莊重的態度傳達訊息。

太　子　這種任務托付給兒臣　　　　　　　　　75

　　　　這麼年輕的王子承擔，不嫌過重。

　　　　父王，別擔心；大天柱托

　　　　在阿特拉⑲肩上都不會

---

⑰　阿莎(Sib)係王后伊莎蓓菈(見本書頁27注④)的暱稱。

⑱　王后於1325年間銜命赴法，冀能說服其兄查理四世(見本書頁27注④)。彭希歐(Ponthieu)與基恩(Guienne)兩地先後於1325年9月2日與10日交給小愛德華。小愛德華於同年9月12日赴法尋母，時年十三。由於長久接近母親，因而深受其母影響。按：英法兩國早就曾為基恩的擁有權發生糾紛。1293年-1298年間，愛德華一世為了爭奪該地而與法蘭西王腓力四世(Philip IV, 在位1285-1374)交惡，幸經教皇博義八世(Boniface VIII, 在位1294-1303)居間調停，事端始未擴大。為求雙方和解，愛德華一世娶腓力四世之妹瑪格莉特(Margaret, 1279-1316/1317)，王子愛德華(即日後的愛德華二世)則娶腓力四世女兒伊莎蓓菈(即日後的王后)。

⑲　阿特拉(Atlas)係古典神話中的一名泰坦族(Titans)，因受天神宙斯

比父王托付重擔給兒臣安全。

王　后　皇兒，如此鹵莽娘擔心
　　　　你在世的時日不太多⑳。　　　　　　　　　　　80

愛德華　御妻，朕命你速與皇兒
　　　　揚帆啓航，勒文將隨後
　　　　儘快趕去。
　　　　挑選公卿陪愛卿同行。
　　　　安心去吧，朕將留在國內應戰。　　　　　　　85

王　后　臣下挑釁皇上，簡直就是違逆倫常的戰爭：
　　　　但願上帝滅絕這些叛徒！陛下，臣妾告辭，
　　　　準備前往法蘭西。
　　　　〔伊莎蓓菈與愛德華王子同下〕
　　　　阿蘭德上

愛德華　甚麼，阿蘭德自行一人返回？

阿蘭德　啓稟陛下，因爲葛大人已死。　　　　　　　90

愛德華　哼，叛徒！處死朕的朋友？
　　　　阿蘭德，說！是愛卿抵達之前死的，
　　　　還是親眼目睹朕的朋友被處死的？

阿蘭德　啓稟陛下，都不是。因爲他被半路攔截時，
　　　　刀兵和敵人將他團團圍住；　　　　　　　　95

（Zeus)懲罰，以跪姿肩負地球。

⑳　愛德華三世(Edward III, 在位1327-1377)15歲踐位，18歲親政，統治英
　　格蘭長達五十年。意志堅強果敢、英明有爲，頗具其祖愛德華一世的才
　　略膽識。

> 微臣傳達聖旨，
> 要求放人——不如說是懇求——
> 說，臣以榮譽保證，
> 願意負責帶他
> 來見陛下，然後送回去。　　　　　100

愛德華　說，叛黨拒絕朕的要求？

小　施　高傲的惡棍！

愛德華　沒錯，施卿，一干亂黨。

阿蘭德　微臣覺得他們起先無動於衷；
> 華大人不肯聽從，
> 莫大人也差不多，彭大人和藍大人　　105
> 話最少。就在眾人斷然
> 拒絕接受微臣的保證，
> 彭大人便以溫和的口氣說：
> 「諸位大人，由於陛下派人要他
> 並且承諾會安然送回，　　　　　110
> 在下願意接下這樁事：送他去，
> 然後交回諸位手中。」

愛德華　哦，那愛卿為何沒回來？

小　施　一定是有人心狠手辣。

馬　華大人半路攔截。　　　　　115
> 只因彭大人交給下屬看管後，
> 就騎馬返家，以為人犯安全無虞；
> 殊料在他回來前，華威克早已埋伏，

將他送上死地，在一處壕溝

砍下他的首級後回營㉑。 120

小　施 好殘忍的行逕，全然違背軍法。

愛德華 唉，朕應該說話，還是嘆息而死？

小　施 陛下理當揮劍去找叛賊

雪仇恨、鼓舞軍心，

不可任由殺友的的兇手沒報應。 125

陛下高舉皇旗上戰場，

進軍去將叛賊趕出藏身穴㉒。

愛德華 〔跪下〕以萬物之母的大地為誓，

請上天與運轉不息的眾星體明鑒㉓，

憑著這隻右手和先王的寶劍， 130

㉑ 據何琳雪說（頁321），葛符斯頓於1312年6月19日經眾公卿審判後，由藍
　卡斯特（見本書頁13注⑲）在黑低山（Blacklow Hill）監斬。

㉒ 原文holes指狐狸穴。獵狐時，通常都用煙火將狐狸從其藏身之穴燻出。
　此處指逼出叛黨。按：狩獵原為英國貴族與莊園地主的一項重要戶外聯
　誼活動。每年，倫敦南安普頓宮（Southampton Palace）一帶以及許多農莊
　都將這當做田野除害的活動。即使在廿一世紀的今天，像英國王儲威廉
　（Prince William Arthar Philip Louis, 1982-）都還是個中好手。然而，由於
　保育觀念抬頭，英國下議院已於2001年1月17日以壓倒性的票數通過〈禁
　獵令〉（執政工黨的十二位閣員全數主張全面禁獵），最快可望在2002
　年-2003年成為正式法案，屆時狩獵這項「習俗」勢將違法。英國傳統
　的狩獵指不帶槍枝，而以人、馬與獵犬等在郊外追捕狐狸、大野兔等野
　生動物的活動。這次下院通過的〈禁獵令〉一旦付諸施行，獵狐這項傳
　統活動勢必成為絕響。有關禁狐令的報導，請見江靜玲，〈倫敦報導〉，
　《中國時報》，2001年1月19日，第9版（國際新聞）。

㉓ 托勒密宇宙觀（Ptolemaic cosmology）認為：移動的中心圍繞地球；而日
　月以及行星也都被認為繞著地球軌道運行（見本書頁99注③）。

還有隸屬王冠的一切榮耀，
朕將爲他取下首級和生命多如
領地、堡壘、城鎮和高塔。
變節的華威克！叛逆的莫提摩！
倘若朕還是英格蘭國王，誓在血湖中
拖行你們的斷頭殘軀，　　　　　　　　　　135
在血泊中灌飽喝足，
再以同樣的血沾塗皇旗，
讓皇旗上的血色顯示
永遠復仇的記憶　　　　　　　　　　　　140
在可咒的叛徒子孫上身——
你們這些殺了葛卿的惡徒。
朕要在這榮耀與信賴之地
冊立施卿爲王儲；
朕就憑著對卿家的愛晉封卿家爲　　　　　145
格勞斯特伯爵與宮內大臣㉔，
不管時間，不顧敵人。

小　施　陛下，眾公卿派來一名使者
　　　　求見陛下。

愛德華　宣他上殿。　　　　　　　　　　　　　　150

㉔　小施賓塞（見頁59注①）並非依世襲晉封；老施賓塞只是故格勞斯特伯爵
　　的僕從。按：小施賓塞娶格勞斯特伯爵（見頁54注㊳）三位繼承人中最年
　　長的伊琳諾（Eleanor）。但他雖被封爲宮內大臣，卻不曾正式封爲格勞斯
　　特伯爵。倒是休鳥（見本書頁54注㊳）於1336年被封爲格勞斯特伯爵。

　　　　　眾公卿所遣使者持紋章㉕上。

使　者　繼承英格蘭法統的國王愛德華萬歲！

愛德華　朕相信派你來的那些人並不希望如此。

　　　　　你從莫賊㉖和叛黨來的──

　　　　　好一群暴橫的叛賊！

　　　　　哼！說明來意。　　　　　　　　　　　　155

使　者　武裝起義的眾公卿派在下向

　　　　　陛下致敬，願陛下萬歲福壽。

　　　　　眾公卿囑託在下稟告皇上，

　　　　　倘若陛下願意不以流血

　　　　　消弭這場災難，　　　　　　　　　　　　160

　　　　　就請擺脫身旁

　　　　　這名有如枯枝般的施小賊；

　　　　　否則皇室的藤蔓被毒死，金枝玉葉㉗

　　　　　環繞著的皇冠

　　　　　也將因受制於惡毒的暴發之徒而黯然失色。　165

　　　　　眾公卿願誠心鑒請陛下

㉕　原文coat of arms為(1)十五、六世紀流行的戰袍；(2)盾形紋章。

㉖　愛德華即將在波羅橋（見本書頁111注㉖）迎戰的眾公卿以藍卡斯特伯爵（見本書頁13注⑲）為首，而非小莫提摩（見本書14注⑳及注㉑）。事實上，莫提摩叔姪在該次戰役同年（1322年）稍早就已棄械投降，關進倫敦塔獄（見本書頁23注㊸）。

㉗　原文royal vine指愛德華王冠上裝飾著的四片大小草莓葉；爾後的英格蘭王，至亨利四世（Henry IV, 在位1399-1413），王冠上依舊飾有草莓葉，而非葡萄藤。

珍惜美德和高貴之性，
敬重老臣，
擺脫油滑巧偽之徒。
倘獲恩准，眾公卿將以其榮譽和性命　　　　　　　170
誓言盡忠報國。

小　施　哼，叛賊，還敢耀武揚威？

愛德華　滾！不必多等答案，只管滾。
叛賊！朕要如何排遣、玩樂和找伴，
都要你們來指定？　　　　　　　　　　　　　175
在你離開前，且看朕和施卿的關係
到底是怎麼斷絕的。

　　擁抱〔小施賓塞〕

如今且回叛賊處，
告訴他們：朕將因他們謀害葛卿
施以懲罰。滾，滾開；　　　　　　　　　　　180
愛德華將以火和劍緊隨在後。

　　使者下

眾卿可看到這些叛徒多狂傲？
眾軍士，振作起來，保衛朕的權益；
朕在此時，就在此時，行將進軍平亂賊。
前進！

　　同下

【第二景】①

軍號、衝鋒、大戰與撤退。

〔愛德華〕國王、〔老〕施賓塞、小施賓塞及保皇派眾公

卿同上。

愛德華 我方爲何吹起退軍號？進擊！眾將官！

今日朕將揮劍報大仇，

指向這些膽敢武裝

挑釁朕的叛黨。

小　施 陛下，微臣毫不懷疑：正義終將獲勝。　　　　5

老　施 主上，這沒錯；可讓雙方

暫喘一口氣；我方人馬流汗又沾塵，

---

① 馬羅濃縮了眾公卿叛亂的事。他略過1320年的紛擾；叛亂成功、流放施
家父子；國王重掌政權；以及獲得寵臣。1321-1322年的動亂只濃縮成
一次動亂和一次戰役。該次戰役顯然是指於1322年3月16日發生在約克
郡波羅橋的衝突(見本書頁14注④)。史實是：國王在1321年10月間掌權
後，決意進勦盤據在威爾斯邊地(Welsh March)的眾公卿。這些公卿曾
聯手圍攻施家父子，後在8月20日獲赦無罪。冬天的戰事相當順利，莫
提摩於1322年1月底在橋北(Bridgenorth)投降。愛德華於2月間召回施家
父子。此時，藍卡斯特(見本書頁13注⑲)及其黨羽南進，但只到伯頓
(Burton-on-Trent)就退兵。愛德華取肯諾渥斯(Kenilworth)與塔特伯里
(Tatbury)兩處堡壘。哈克雷爵士(見本書頁14注④)於3月16日在波羅橋
之役獲勝。而昔爾津伯爵(Earl of Hereford)戰死；藍卡斯特被俘，押至
彭福瑞特(Pomfret)見愛德華二世。愛德華並未參戰。

幾乎全都給嗆著，開始熱得頭發暈，

撤退②正可重振士氣。

眾公卿、小莫提摩、藍卡斯特、〔肯特〕、華威克與彭
布羅克等同上。

小　施	叛黨已至。	10
小　莫	藍大人，瞧，愛德華就在遠處	
	媚臣的簇擁中。	
藍	就讓他在那兒，	
	等他為媚臣付出昂貴的代價。	
華威克	沒錯，否則華某的寶劍勢將空出鞘。	15
愛德華	叛賊，因何膽怯吹起退軍號？	
小　莫	不，愛德華，不。是你的媚臣發暈先逃跑。	
藍	媚臣即將背棄你和眾家，	
	因為他們都是叛賊，必定出賣你。	
小　施	一臉叛逆相，叛逆的藍賊。	20
彭	滾，下流的暴發戶，竟敢如此藐視眾貴族③？	
老　施	興兵稱亂、聚眾犯上，	
	難道你們認為	
	還算意圖崇高、行為可敬？	
愛德華	他們即將為此身首異處	25
	來平息本王的怒氣。	

---

② 原文retreat有二義：(1)休息，(2)撤退。

③ 史實上的彭布羅克立場多變。他先支持眾公卿，卻在葛符斯頓死後投效
愛德華的陣營。本劇中的彭布羅克則立場相當一致。

小　莫　昏君，你想戰至最後一兵卒，
　　　　寧可寶劍浸在臣民的鮮血中，
　　　　也不肯驅離隨侍在旁的佞臣？

愛德華　沒錯，一干叛黨！與其遭人這般藐視，　　　　30
　　　　不如就讓英格蘭的城鎮化爲土礫堆如山，
　　　　耕鋤犁到王宮大門前。

華威克　好個自暴自棄、違天逆理的決定。
　　　　吹號進擊！聖‧喬治④保佑英格蘭
　　　　和眾公卿的權利！　　　　　　　　　　　　35

愛德華　聖‧喬治保佑英格蘭和愛德華國王的權利！
　　　　〔華威克及其徒眾由一門下，愛德華及其士兵由另一門
　　　　下〕

---

④ 守護聖徒（patron saint）指專門保護某人、某地、某教會或某國家的聖徒，
　其選定通常依其與守護對象的關係而定。聖‧喬治（Saint George）就是
　一位守護聖徒。他是一名基督教殉教者，生平不詳。從六世紀起就盛傳
　他曾從惡龍毒爪下救出一名少女的故事。聖‧喬治原本係熱內亞的守護
　聖徒。據說，理查一世（Richard I, 在位1189-1199）熱衷於十字軍（the
　Crusades）東征事宜。期間，爲了向熱內亞表示敬意，在其大纛上畫了聖‧
　喬治的畫像。其後並在睡夢中聽見戲文中的吶喊。愛德華二世時代，在
　卡萊（Calais）的英軍曾以此爲吶喊聲。其後愛德華三世（見本書頁107注
　⑳）爲彰顯亞瑟王（King Arthur）傳奇標榜的騎士精神與理想起見，特於
　1348年將英格蘭最高勳章嘉德勳位（Order of the Garter）獻給聖‧喬治，
　並且正式認定聖‧喬治爲英格蘭的守護聖徒。此處不無時代錯誤之嫌。

【第三景】

愛德華、〔老施賓塞、小施賓塞、巴達克、勒文及士兵〕
眾公卿〔肯特、華威克、藍卡斯特與小莫提摩等〕及其
他俘虜同上。

愛德華　哼！驍勇的眾公卿，哼！這場仗不是靠運氣，
　　　　而是看爭端和動機是否合乎正義，
　　　　你們的傲氣終遭滅滅。你們的頭顱，
　　　　朕將高高掛起，叛徒！如今正是時候，
　　　　朕將一雪你們藐視之恨，　　　　　　　　　　5
　　　　也將爲愛卿之死報大仇，
　　　　諸位明知朕的魂魄和他相繫：
　　　　葛卿啊，朕的葛愛卿——
　　　　哼，叛徒、惡棍，都是你們殺了他！

肯　　特　皇兄，眾公卿爲了陛下和天下，　　　　　　　10
　　　　才清理諂媚之徒離君側。

愛德華　御弟，你還這麼說；帶走，離開朕的面前。
　　　　〔肯特下〕
　　　　可咒的小人，朕出於關心，
　　　　才派人帶話去請求
　　　　諸位讓他來和朕話別，　　　　　　　　　　15

再由彭賊押解他回去；
你這高傲的華賊①覷準人犯，
竟然違背軍法將他斬首？
為此，你的頭顱將懸在眾人之上②，
一如你的怒氣甚於他人。　　　　　　　　　　20
華威克　暴君，本爵藐視你的威脅和恫嚇，
　　　　你只能加軀體之苦於我身。
藍　　　最糟不過死，寧死獲重生，
　　　　也不願在暴君統治下苟活。
愛德華　溫大人③，帶下去，　　　　　　　　　25
　　　　華威克和藍卡斯特這兩名強悍的賊頭，
　　　　朕命卿家立刻斬下首級。
　　　　帶走！
華威克　再會了，空虛的世界。
藍　　　親愛的莫提摩，再會了④。

---

① 史實上的華威克（見本書頁14注㉓）早在1315年間就已病歿。
② 華威克死於1315年。馬羅或許是為了體現詩的正義（poetic justice）而讓華威克被斬首。實則其子湯姆士（Thomas）並未參戰。華威克本人並未被斬首，而是遭囚禁、罰款，嗣後才獲開釋，理由是：動亂期間暗助叛黨。
③ 溫契斯特（Winchester）指老施賓塞（見本書頁103注④及⑥）。老施賓塞於1322年間受封為威爾特郡（Wiltshire）伯爵。愛德華在此處稱他為溫契斯特侯爵（Marquess of Winchester）。在馬羅當時，這兩個頭銜由保雷特（William Paulet, 1271-1356）一人擁有。
④ 莫提摩叔姪（見本書頁14注⑳及㉑）都已關進塔獄（見本書頁23注㊸）。老莫提摩後死在塔獄中。但戲文稱他遭蘇格蘭人俘虜（第2幕第2景第116行），不合史實。

〔華威克與藍卡斯特⑤由老施賓塞押下〕

小　莫　英格蘭啊，你對公卿好無情，　　　　　　　　　　30

哀悼這場災難吧！瞧你是如何被摧毀的！

愛德華　將那高傲的莫賊押進塔獄⑥去。

留心看管。其餘眾人，

一律就地正法。

去吧！　　　　　　　　　　　　　　　　　　　　35

小　莫　甚麼，莫提摩！粗糙的石壁

關得住你那一飛沖天的能耐？

不，愛德華，你這英格蘭的禍源⑦，辦不到的；

莫提摩的希望遠遠凌駕他的命運。

〔小莫提摩被押下〕

愛德華　鼓號齊鳴！朋友們，與朕同行進！　　　　　　40

愛德華就在今天重新加冕為王！

〔鼓號齊鳴〕除小施賓塞、勒文與巴達克外，其餘皆下。

小　施　勒文，本爵信任你，

為的是要營造愛德華國王領土的安寧。

---

⑤　藍卡斯特（見本書頁13注⑲）在彭福瑞特城堡（Castle of Pomfret）接受一
　　組貴族的審訊，原本要處以拖、吊、斬首等重刑。但因他是皇親，故僅
　　於3月22日以叛國通敵罪名斬首。

⑥　原文the Tower指倫敦塔獄（見本書頁23注㊸）。按：史籍上並未載明愛德
　　華二世因何僅將小莫提摩一人關進塔獄。

⑦　原文scourge指「天罰」（瘟疫、戰爭等）。馬羅時代常用來指夷平他國的
　　君王。參見 2 Tamburlaine : "Be all a scourge and terror to the
　　world."（I.iii.63）

快快前去，依照指示：

用金銀財寶買收法國眾公卿[8]； 45

一如宙斯化成陣陣金雨通過

守衛去找達娜伊[9]。

好讓如今身在法國的王后伊莎蓓菈

一無奧援，無法攜著幼子渡海， 50

踏上愛德華的領土。

勒　文　那正是眾公卿和狡猾的王后

早就算計好的。

巴達克　欸，哼！勒文，你看

眾公卿還是把腦袋擺在斷頭台上算計的好。

他們想搞的，劊子手會給盡數落空。 55

勒　文　兩位大人請勿多慮。屬下當秘密以

英格蘭的黃金賄賂法蘭西王公，

好讓伊莎蓓菈再怎麼發怨言，

法蘭西都將不會被她的淚水所撼動。

老　施　那就即刻前往法蘭西，勒文，去吧！ 60

宣告愛德華國王百戰獲全勝。

同下

---

⑧ 賄賂法蘭西眾王公的事，並非劇情所示這麼單純。事實上，依據何琳雪
的說法（頁336-337），其中還涉及王后（見本書頁27注④）返英以及她和
施家父子（見本書頁59注①，頁103注④及⑥）之間的糾葛。

⑨ 達納伊（Danaë）為一名公主（見本書頁70注⑫）。

第四幕

【第一景】

肯特伯爵艾德蒙上。

肯　特　吹起順風前往法蘭西[①]。吹吧，輕緩的風，
　　　　吹到艾德蒙為英格蘭的利益抵達目的地。
　　　　大自然啊，此事且屈從我祖國之意：
　　　　皇兄——不，是殺友的大屠夫——
　　　　傲慢的愛德華，竟將我貶離御前[②]？
　　　　但我將赴法蘭西，去給滿腹委屈的王后打打氣，

5

---

① 戲文中的肯特在倫敦與小莫提摩（見本書頁14注㉑）同赴法蘭西。實則肯
　特為駐法大使，與德爾漢主教（Bishop of Durham）敦促法王解決爭端。
　由於法王不為所動，愛德華才在1325年間另遣王后赴法遊說。換句話
　說，王后赴法的時間在肯特之後，而非如戲文所說在他之前。戲文顯然
　不合史實。
② 據何琳雪的說法（頁332），肯特不曾被愛德華驅逐，而是奉命隨著王后
　前往基恩（Guienne）去跟法蘭西當局處理公爵領地（duchy）事宜。

　　　　證實愛德華多驕縱！
　　　　無道昏君竟爾屠殺貴族，
　　　　寵倖馬屁精！莫大人，在下只等
　　　　你順利脫身③；陰霾的黑夜啊！
　　　　好好助成他的計畫吧。　　　　　　　　　　　　10
　　　　〔小〕莫提摩喬裝上。

小　莫　喂！走在那兒的是誰？
　　　　大人，是你嗎？

肯　特　莫大人，是在下④。
　　　　迷藥奏效了嗎⑤？

小　莫　正是，大人；獄卒全都在沉睡，
　　　　在下感謝他們，讓我安然逃脫。　　　　　　　15
　　　　大人要登船赴法蘭西嗎？

肯　特　恐怕還未。
　　　　同下

---

③　據何琳雪的說法（頁334-335），小莫提摩逃出塔獄（見本書頁23注㊸）一
　　事與肯特一無干係。馬羅可能採用蒍拉弗頓的載述（頁204），將小莫提
　　摩越獄與肯特赴法兩樁事結合為一。

④　據史實的載述，小莫提摩給獄卒服下迷藥逃出倫敦塔獄後，與王后同赴
　　法蘭西。逃走的時間為1324年8月1日，在王后奉命赴法之前。又，迷藥
　　由王后提供。

⑤　給小莫提摩（見本書頁14注㉑）迷藥的據說是昔爾津主教亞當（見本書頁
　　165注⑥），惟並無史籍可稽。

【第二景】

王后〔伊莎蓓菈〕與其子〔愛德華王子〕同上。

王　后　唉，皇兒，法蘭西的朋友全都不理睬我們；
　　　　王公貴族殘忍，國王也無情。
　　　　我們該當如何？

太　子　　　　　　　　母后，回英格蘭去，
　　　　好生取悅父王，然後去他的①
　　　　甚麼皇叔在法蘭西的朋友。　　　　　　　　　　　　5
　　　　兒臣保證很快就可贏得父王喜歡；
　　　　父王愛我勝過千個施賓塞。

王　后　唉，皇兒，你搞錯了，至少這點就是。
　　　　你以爲我們還能琴瑟交相鳴？
　　　　不，不，破鏡難重圓。好個殘忍的瓦魯阿！　　　　　10
　　　　伊莎蓓菈真不幸！一旦法國不理睬，
　　　　何處，唉，還有何處可舉步？

約翰爵士②上。

---

① 原文a fig用以表藐視，通常伴著陽具的動作；亦即將拇指插入口中，或
　凸出食指與中指之間，同時説：「去你的！」（Give a fig!）。按：Fig一
　詞似由西班牙文引進，指毫無價值的東西。

② 約翰爵士（Sir John of Hainault, 1315-1374）係威廉公爵（Count William of

約　翰　　王后，您好？

王　后　　　　　　　　　唉，親愛的約翰爵士，
　　　　　　不曾如此洩氣如此沮喪過。

約　翰　　王后，在下聽說皇上[3]好無情。　　　　　　　15
　　　　　　王后，請別氣餒，高貴的心不屑
　　　　　　絕望。王后願隨在下移駕黑諾特[4]，
　　　　　　暫與太子住下待時機？——
　　　　　　殿下怎麼說？願意甩開霉運，
　　　　　　隨著朋友一道走？　　　　　　　　　　　　20

太　子　　母后喜歡去，我就喜歡去。
　　　　　　英格蘭王或法蘭西王宮
　　　　　　都不能叫我離開母后身旁，
　　　　　　待我強壯能拿槍矛上戰場，
　　　　　　再找高傲的施賊取首級。　　　　　　　　　25

約　翰　　說得好，殿下。

Hainault, 1317-1345)的胞兄，也是愛德華三世(見本書頁107注⑳)未來
王后菲莉巴(Philippa, 1311-1369)的叔叔。

③　此處的皇上指法蘭西國王查理四世(見頁27注④)。

④　黑諾特(Hainault)在低地國法蘭德斯(Flanders)境內，毗臨法蘭西南部。
　　按：「法蘭德斯」一名源自八世紀，意為「低地」(Lowland)或「洪氾
　　地」(Flooded Land)，係中世紀位在歐洲西南的一個低地國，包括今法
　　國諾爾(Nord)郡、比利時東法蘭德斯(East Flanders)與西法蘭德斯(West
　　Flanders)以及荷蘭吉蘭(Geeland)等地。法蘭德斯曾在十二世紀期間建
　　立統一的國家。經過多次衝突與戰爭後，終於在十五世紀併入法國版
　　圖。該地經濟以農業為主，素以羊毛聞名於世。由於濱臨北海，位居地
　　中海、北歐半島及波羅的海的中樞地帶而成為歐洲商業中心。

王　后	唉，我的寶貝，你的委屈娘哀痛，
	你的成功娘歡喜。
	唉，親愛的約翰爵士，即便要到歐洲
	最邊陲，或到達奈河⑤的河岸上，　　　30
	我們也要隨你同赴黑諾特，我們願意去。
	侯爵⑥是一位高貴的紳士，
	相信他會歡迎我。
	呃，是誰？
	〔肯特伯爵〕艾德蒙與莫提摩同上。
肯　特	王后千秋，
	幸福勝於您在英格蘭的朋友。　　　　35
王　后	皇叔和莫大人都活著！
	歡迎到法國。傳聞大人
	若非已死，就是瀕臨死亡。
小　莫	王后，瀕臨死亡較正確；
	啊，莫某死裡逃生待良機，　　　　　40
	逃脫塔獄得自由，
	〔對太子説〕
	活命將為殿下舉大纛。

⑤　達奈伊(Tanaïs)即頓河(River Don)的拉丁文名，伊莉莎白時代的人咸認
　　為這條河是歐亞兩洲的界河。達奈伊河岸(shore of Tanaïs)指最南或最
　　東的地域。按：頓河係俄羅斯在歐洲部分的主要河流之一，位在窩瓦河
　　(the Volga)與轟伯河(the Dnieper)之間，全長1,870公里，流域面積42萬
　　平方公里，其幹流與支流皆富魚類，更有灌溉與航運之利。
⑥　侯爵(Marquis)指約翰爵士的胞兄威廉公爵(見本書頁123注②)。

太　子　倘若父王還健在，莫卿是何存心？

　　　　不，莫大人，我相信我不會。

王　后　〔對太子說〕不會，皇兒？爲何不會？娘希望　　　　45

　　　　情況不比這糟糕；

　　　　〔對肯特與小莫提摩說〕

　　　　唉，諸位大人，我等在法國無親無故。

小　莫　拉格蘭德先生⑦是王后的朋友，

　　　　在我們抵達時透露了全部的消息：

　　　　王公貴族有多冷漠？法王的無情也都

　　　　表露無遺。啊，王后，正義所趨，　　　　　　　　50

　　　　槍戟避三舍；儘管許多戰友

　　　　都已遭殺害──比如華大人、蘭大人

　　　　以及我黨我派中的人──

　　　　臣下仍向王后保證，我們在英格蘭的朋友

　　　　看到我們備戰殺敵人，　　　　　　　　　　　　55

　　　　準會喜極拋帽上天、拍手稱慶。

肯　特　爲了英格蘭的榮譽、和平與安寧，

　　　　但望一切順利，愛德華被降服。

小　莫　大人，這就非靠寶劍不成功。

　　　　昏君斷斷不肯離佞臣。　　　　　　　　　　　　60

約　翰　諸位英格蘭的大人，由於冷漠的法王

---

⑦　格蘭德先生（Monsieur le Grand）爲虛構人物。據何琳雪的說法（頁334），
　　小莫提摩在法蘭西期間，由一名叫菲休爾（John de Fieules）先生接待，
　　但並未提到格蘭德先生之類的人物。

拒絕派兵援助他這位憂傷的皇妹，

諸位且和王后同赴黑諾特。請勿疑慮，

我等即將獲得慰藉、金錢、人手和朋友， 65

來向英王挑戰爭江山[8]。

殿下認為這種爭戰如何？

太　子　我看愛德華國王會獲勝。

王　后　皇兒，不許造次；不可讓

如此熱心相助的朋友失望。 70

肯　特　約翰大人，請見諒。

這些要給王后解除悲苦的慰藉，

全都聽候大人安排。

王　后　正是，御弟。願天上的神

順利實現你的提議，親愛的約翰！ 75

小　莫　這位高貴的紳士熱衷爭戰，

想來必是生來助我的舶船港。

約翰爵士名聞天下，

英格蘭王后和眾公卿正落難，

因閣下而獲得生養休息。 80

約　翰　王后，走吧。殿下，請隨在下來，

英格蘭眾公卿將在黑諾特受款待。

〔同下〕

---

⑧　原文 base 指一種叫作「捕人戲」（prisoner's base）的童戲。參加者在兩壘間跑來跑去，一旦被碰觸就算被捉。Bid a base 即冒著被捕的危險向對手挑戰。

【第三景】

〔愛德華〕國王、阿蘭德、施家父子等同上。

愛德華　歷經多次激戰的威脅後，

英格蘭王愛德華及其盟友獲大勝。

愛德華及其盟友獲勝不再被宰制。

〔對小施賓塞說〕

格勞斯特大人，可聽到消息？

小　施　陛下，甚麼消息？　　　　　　　　　　　　　　　5

愛德華　啊，喂，據說有一場大執法

正在全國各地進行中①。阿蘭德大人，

你有官方名單，對吧？

阿蘭德　〔拿出名單〕陛下，是塔牢獄官送來的。

愛德華　請讓朕看看。內容是甚麼？　　　　　　　　　10

施卿，唅唅。

小施賓塞唸著〔被處決者的〕名姓②。

---

① 藍卡斯特(見本書頁13注⑲)有多位朋友及黨羽都遭處決：貝德密爾
(Badlemere)在坎特伯里、吉福德(Gifford)在格勞斯特、柯里福德
(Clifford)與莫伯瑞(Mowbray)在約克郡。

② 遭處決者的清單並未在戲文內，否則恐將造成演出的困難。何琳雪(頁
331)提供的清單計為：
The Lord William Tuchet, the Lord William Fitzwilliam, the Lord Warren

　　　　怎會如此？他們一個月前還急吠；

　　　　哼，朕誓言要讓他們不吠也不咬。

　　　　呃，諸位，法蘭西傳回了消息。格勞斯特，朕看

　　　　法蘭西眾王公喜好英格蘭的黃金，　　　　　　　　　15

　　　　以致伊莎蓓菈求援無門。

　　　　還有甚麼事？愛卿可曾宣告

　　　　捕獲莫賊的賞金③？

小　施　回稟陛下，宣告了；倘若他人在英格蘭，

　　　　不久就會就逮，毫無疑問。　　　　　　　　　　　20

愛德華　愛卿說：「倘若」？施卿，千真萬確④的是

　　　　他人在英格蘭的土地上。皇家海關總監

---

　　de Lisle, the Lord Henry Bradborne, and the Lord William Chenie, barons, with John Page, an esquire, were drawn and hanged at Pomfret.

'And then shortly after, Roger Lord Clifford, John Lord Mowbray, and Sir Gosein d'Eevill, barons, were drawn and hanged at York.

'At Bristol in like manner were executed Sir Henry de Willington and Sir Henry Montford, baronets.

'And at Gloucester, the Lord John Gifford and Sir William Elmebridge, knight.

'And at London, the Lord Henry Teies, baron.

'At Winchelsea, Sir Thomas Culpepper, knight.

'At Windsor, the Lord Francis de Aldham, baron.

'And at Canterbury, the lord Bartholomew de Badelismere and the Lord Bartholomew de Ashbornham, barons.

'Also at Cardiff, in Wales, Sir William Fleming, knight, was executed.

'Divers were executed in their counties, as Sir Thomas Mandit and others.

③　何琳雪說（頁338），只要捕獲小莫提摩，不論死活，賞金一千馬克。不過，這項宣告在王后與小莫提摩帶兵登陸英格蘭後才發出，似嫌太遲。

④　原文as true as death(=as sure death)意為「必定」、「的確」。

不會如此輕忽敕令。

信使〔攜信〕上。

嘿，帶來甚麼訊息？從哪來的？

信　使　陛下，從法蘭西傳回的信件⑤和消息，　　　　　　25

是勒文經由格勞斯特大人呈給陛下的。

愛德華　唸唸。

小　施　（唸著信）

英王陛下尊鑑：

在下已遵囑處理法蘭西王公貴族，其結果令王后心生
不滿、苦惱萬分，如今已悵然離去，與侯爵之弟約翰
爵士偕往法蘭西。同行者尚有艾德蒙大人、莫提摩大
人以及　貴國國內各方人士。據可靠消息顯示，彼等
意欲儘快與陛下在英格蘭決戰。謹此奉　聞。

勒文謹呈

愛德華　哼，壞蛋，那莫賊脫逃了嗎？

和他結伴同行的還有艾德蒙？　　　　　　　　　　40

難道約翰爵士帶頭走⑥？

以上帝之名，歡迎惡妻幼子。

英格蘭歡迎你們和這夥暴徒。

---

⑤ 據何琳雪的載述（頁337），有關王后的消息係由厄西特主教（Bishop of
Exeter）施達波頓（Walter Stapleton, ?-1326）於1326年間傳回。厄西特主教
原本跟王后滯留法蘭西，後來偷返英，將王后的處境與心情稟告愛德
華。

⑥ 原文lead the round指帶頭起舞。Round 與roundlay都指舞蹈，roundlay
特指牧羊人的舞蹈。

耀眼的阿波羅駕車奔馳越天際[7]，

灰暗的[8]夜神乘著鏽蝕的鐵車[9]，　　　　　　45

但願你我相見的時刻縮短，

好讓朕看到最盼望的日子，

能在戰場上會見這些叛徒。

唉，最令朕痛心的倒是皇兒[10]，

竟被如此誤導去支持惡行。　　　　　　50

朋友們，到布里斯托[11]去[12]增強兵力；

---

[7] Phoebus(光明的)指阿波羅(Phoebus Apollo)。古典神話中的日神為赫利歐斯(Helios)，每天驅其馬車由東而西橫過天際。但一般往往將阿波羅誤為日神，此處即一例。

[8] 注釋家或將dusky作dusty，但這或因印錯而成，不足為訓。何況，就音響效果與意義言，都無必要。

[9] 「生鏽的鐵車」一語可參見《帖木兒(下)》(*Tamburlaine the Great, II*)：
"Ugly darkness with her rusty coach." (V.I.294)

[10] 原文little boy指日後的愛德華三世(見書頁107注[20])。當時為1326年，太子只有十四歲。

[11] 此處的事件似經凝縮。依據何琳雪的說法(頁338-339)，愛德華原本想到威爾斯的沼澤地招募兵馬，旋因大勢已去，只好暫駐布里斯托(Bristle)，再由布里斯托前往威爾斯。馬羅顯然略過愛德華從倫敦撤退的亂局。按：布里斯托位在倫敦以西210公里處的亞芬河谷地(Avon Basin)，瀕臨大西洋。羅馬人佔領英格蘭期間即曾在此地駐軍。建於12世紀的聖瑪莉教堂(St. Mary)優美而壯麗。

[12] 由於失去的倫敦居民的支持，愛德華二世只好逃往格勞斯特，再轉赴威爾斯。原本打算逃往愛爾蘭或倫迪島(Lundy Island)，惜因逆風，無法成行。按：原文Lundy一名係據古代北歐半島日耳曼語*lunde*而來，意為「海鷗」(puffin)。倫迪島位在布里斯托海峽上，離英格蘭西南德玟郡(Dervinshire)北部海岸18公里，面積4平方公里，多由花崗岩構成，最高峰僅142公尺。島上東南部的非花崗岩區，經長期風化後，形成一處海灣，可資登陸。該島在1150年-1647年間為英格蘭王所有，其上建有

而風啊，讓他們逆向折返陸地，
也讓他們逆向駛出受傷害[13]。
同下

城堡與教堂。
[13] 愛德華原本希望逆風將肯特與莫提摩吹回英格蘭，偏偏兩人遇到順風，
安抵法蘭西。

【第四景】

王后〔伊莎蓓菈〕、太子〔愛德華王子〕、〔肯特伯爵〕艾
德蒙、〔小〕莫提摩、約翰爵士〔以及士兵〕同上。

王　后　諸位大人，諸位親愛的鄉親父老①，
　　　　歡迎；一帆風順回到英格蘭
　　　　離別貝爾吉亞②的好朋友，
　　　　來和祖國的朋友爭戰。——一樁沉重的事
　　　　發生在兩兵相接、劍矛③齊出之時，　　　　　　　5
　　　　內戰使得親族同胞
　　　　相互殘殺，身側
　　　　遭到武器刺傷。但有何法？
　　　　這一切毀滅全由昏君造成④。

---

① 據何琳雪的載述(頁337)，王后、肯特、愛德蒙、皇太子、約翰爵士(見
　本書頁123注②)以及小莫提摩(見本書頁14注㉑)等人率領2,757人渡
　海，於1326年9月15日在英格蘭東部莎福克(Suffolk)哈維治(Harwich)附
　近一處叫歐威爾(Orwell)的港口登岸，受到當地民眾的熱烈歡迎。
② 原文Belgia即低地國(拉丁文作Gallia Belgica)或低地日耳曼(Lower
　Germany)。此處指黑諾特(見本書頁124注④)一帶，即今比利時。
③ 原文glaive泛指矛(spear)；但在十六世紀期間亦指劍(sword)、戟(bill或
　halberd)及闊劍(broadsword)等兵器。
④ 何琳雪(頁342)總評愛德華在位二十年的統治為：「荒淫失政」(wanton
　misgouernance)。

而愛德華，你才是罪魁兼禍首： 　　　10
放縱輕浮⑤國土成廢墟，
致使海峽血橫流。
你本該當起治下子民的守護神⑥。
但你──

小　莫　不，王后要當戰士，
言辭就不必如此激切。 　　　15
諸位大人，既然我們蒙上天允准
爲殿下的權益帶兵前來，
爲了祖國，我們謹向殿下發誓
服從、效忠和熱誠。
爲了愛德華公然加諸我等、王后及祖國的 　　　20
冤屈和傷害，
我等率兵舉劍報仇，
以使英格蘭王后能在平和中重獲
尊嚴和榮譽⑦，依此
我等將可清君側， 　　　25
掃除揮霍英格蘭國庫之徒。

約　翰　大人，吹號。前進！

---

⑤ 原文looseness指：(1)輕浮而疏忽的行逕；(2)淫亂、好色、猥褻。
⑥ 原文patron原指守護聖徒(見本書頁115注④)，此處指父親形象(father-figure)。
⑦ 據何琳雪說(頁337)，王后與太子滯留法蘭西不肯返英，愛德華二世因將兩人的封地全數佔有。

　　　愛德華會以爲我們前來諂媚他。

肯　特　但願他還未受過更大的諂媚。

　　　〔喇叭聲響起。同下。〕

【第五景】

〔愛德華〕國王、巴達克、〔小〕施賓塞在戲台上四散奔逃。

小　施　陛下，逃，逃！王后的兵力強過我軍，
　　　　她的盟友增多，陛下的人數減少①。
　　　　航向愛爾蘭去喘口氣②。

愛德華　甚麼？朕豈是生來逃命，
　　　　而讓莫賊的家族當起征服者③？　　　　　　5
　　　　牽馬過來，朕要激勵軍心，
　　　　在這烈士塚④下留名聲。

巴達克　啊，不，陛下；果敢的王者之心

────────────

① 原文fail有三義：(1)兵疲，(2)戰死，(3)人數減少。指小莫提摩登陸歐威爾（見本書頁133注①）後，四方響應，盟軍增多。

② 依照何琳雪的載述（頁337），愛德華原本的構想是：若大勢已去，則逃往倫迪島（見本書頁131注⑫）或愛爾蘭山間沼澤地，以避開追捕。但因遇到逆風，船隻在海上一整週無法前進，只好在威爾斯格拉莫根郡（Glamorganshire）上岸（頁339）。

③ 依本劇劇情可知：老莫提摩（見本書頁14注⑳）已遭蘇格蘭人俘虜（第2幕第3景第67行）。此後劇情未再交待，其生死因而未卜。史實上的老莫提摩則已於1326年8月3日死在倫敦塔獄（見本書頁23注㊸）內。原文應取單數形Mortimer指小莫提摩才是。依劇情或史實都可知老莫提摩已死；但譯文仍依原文將錯就錯，由細心的讀者自行分辨。

④ 原文bed of honor原指陣亡戰士墓，此處指英格蘭。

不宜這時展現。逃吧！後有追兵。

〔同下〕

【第六景】

〔肯特伯爵〕艾德蒙攜劍帶盾〔上〕。

肯　特　他往這條路逃，但我來得太遲。

唉，愛德華，我心爲你生傷悲。

高傲的莫小子，因何帶劍追殺

繼承法統的國王？

卑鄙小人，因何如此悖親情，　　　　　　　　5

竟爾興兵反叛皇兄和皇上？

降下復仇之雨在我這可咒的頭上！

上帝站在正義的一邊，

懲處這種逆倫的叛亂！

愛德華，莫賊存心奪你命；　　　　　　　　10

啊，快逃！艾德蒙，平息怒氣。

不僞裝就沒命，因爲莫賊

和伊莎蓓菈在密謀的當間相擁吻；

而她的確擺出了一張愛的臉龐。

呸，去他那孵出死和恨的愛！　　　　　　　15

艾德蒙，走吧。布里斯托①對「長腿」族裔

---

① 依何琳雪（頁339）的載述，當時的布里斯托（見本書頁131注⑪）由老施賓

生叛變。可別落單啓疑竇；

高傲的莫賊就在左近窺探你的行動。

王后〔伊莎蓓菈〕、〔小〕莫提摩、小王子〔愛德華〕及約
翰爵士同上。

王　后　勝仗由眾王之神

賜給為正義而戰且又畏懼神怒的人。　　　　　　　20

由於我方大獲全勝，

感謝上蒼偉大的安排，也感謝諸位[2]。

諸位大人，在我軍向前推進以前，

本后為了對心愛的皇兒表示關愛和關心，

謹此冊封太子為　　　　　　　　　　　　　　　25

副王[3]；而命運之神既然

註定他的父王如此不幸，

諸位大人，諸位親愛的大人，這樁事

就由諸位決定如何處置最適當。

塞（見本書頁103注④及注⑥）戍守。肯特奉王后之命奮力圍攻，民眾因
顧及國家安全舉城投降，老施賓塞也遭擒獲。

[2]　約翰爵士（見本書頁123注②）協助王后招募兵馬，才能獲勝；準此，則
you當指約翰爵士。但王后登陸後，獲得各方支持，故you亦可指其「盟
友」或支持者。譯文以「諸位」統指各方人馬。

[3]　副王（Viceroy, Lord Warden）通常在國王未成年或出缺時任命，替國王代
行職權。據史籍的載述，威爾斯親王愛德華曾被封為英格蘭副王，愛德
華二世卻不曾當過威爾斯親王。就在老施賓塞（見本書頁103注④及⑥）
於布里斯托（見本書頁131注⑪）被吊死的當天，王后（見本書頁27注④）
派遣主教與伯爵，經由全「國」人民的同意，以其父之名敕封愛德華三
世（見本書頁107注⑳）為監國（Custos）。

肯　特　王后，臣沒有惡意，只是想問　　　　　　　30
　　　　愛德華戰敗王后將如何處置？

太　子　請問皇叔說愛德華甚麼④？

肯　特　皇姪，指令尊；皇叔不敢稱他爲國王。

小　莫　肯特大人，這些問題還用提嗎？
　　　　此非王后和我等所能掌握，　　　　　　　　35
　　　　只要民眾和議會都同意，
　　　　令兄就要遭罷黜。
　　　　〔對伊莎蓓拉旁白〕
　　　　我不喜歡艾德蒙這種同情的口氣。
　　　　王后務請及早防範他變節。

王　后　〔對小莫提摩旁白〕
　　　　大人，布里斯托市長知道我們的心意嗎？　　40

小　莫　〔旁白〕王后，知道的。兵敗者
　　　　難以輕易逃脫。

王　后　　　　　　　　巴達克在君側；
　　　　好個內侍大臣，對不對，大人？

約　翰　施家父子也是。

肯　特　〔旁白〕這是愛德華給國家帶來的毀滅⑤。　　45

───────────────

④　太子的意思是：肯特未稱愛德華為國王，顯然對愛德華不敬。

⑤　1598年本將此行配給肯特。如此一來，就可強烈顯示肯特刻意擺脫小莫提摩（見本書頁14注㉑）與王后的懷疑。但編輯家通常多將此行配給小莫提摩，似乎也頗能吻合小莫提摩的個性。又，原文在Edward前後沒有逗點，顯然指愛德華是禍首；若在Edward前後加上逗點，則本行的「這」（This）指愛德華的蠢行造成王后與小莫提摩兩人合謀這樁事。譯文取前

黎斯⑥與布里斯托市長同上，〔老〕施賓塞〔被士兵押〕
　　上。

黎　斯　神佑王后伊莎蓓菈和殿下！
　　　　王后，布里斯托市長和市民
　　　　爲表示愛戴和忠誠，特請臣下到御前
　　　　獻上這名叛國賊——
　　　　淫亂的小施賓塞之父老施賓塞。　　　　　　　　　50
　　　　此人一如無法無天的羅馬卡提萊⑦
　　　　揮霍英格蘭的財富和國庫。

王　后　感謝眾位公卿。
小　莫　　　　　　　　閣下此舉之隆情
　　　　理當獲得聖寵和獎賞。　　　　　　　　　　　　55
　　　　但國王和另一名施賓塞逃往何處？

黎　斯　受封爲格勞斯特伯爵的小施賓塞
　　　　隨同油腔滑調的學者巴達克一起逃走，
　　　　剛剛才和國王搭船同赴愛爾蘭。

小　莫　但願旋風將他們吹回來，不然就全淹死！　　　60

者。

⑥　黎斯全名Rice ap Howell中的ap意爲「…的兒子」（=son）。依何琳雪的載
　　述（頁339），黎斯與老施賓塞（見本書頁103注④）的被捕或遇害皆無干
　　係，只是被押去搜捕愛德華（見本書頁142注⑨）。

⑦　卡提萊（Catiline即Lucius Sergius Catalina, 109-62 B.C.）係羅馬政治家西
　　塞羅（Marcus Tullius Cicero, 106-43 B.C.）時代一名陰謀叛亂的羅馬貴族，後
　　因西塞羅反對而失敗。1590年，「卡提萊」一名，成爲「叛國」的代稱。
　　惟卡提萊既非國王的寵臣，也不曾揮霍公帑；如此喻指，似有未妥。

　　　　　　他們會被逼出藏身處，這點我不懷疑。

太　子　　我還見不到父王嗎？

肯　特　〔旁白〕
　　　　　　愛德華真可悲，被迫離開英格蘭的領土！

約　翰　　王后，還有何事待辦？爲何滿臉困惑？

王　后　　本后悲嘆皇上的不幸。可是，唉，　　　　　65
　　　　　　本后投入這場戰爭只因憂心祖國。

小　莫　　王后，別憂心，也別哀怨；
　　　　　　皇上摧毀國家和自己，
　　　　　　我等只好盡力設法矯正。
　　　　　　在此同時，且將這名叛徒推出斬首；　　　70
　　　　　〔對老施賓塞說〕
　　　　　　閣下的腦袋無特權⑧。

老　施　　「叛徒」指反叛國君之徒；
　　　　　　他們不爲愛德華的權益而戰。

小　莫　　帶下去；太多話。
　　　　　〔老施賓塞被押下〕
　　　　　　　　　　霍威爾之子黎斯⑨，

---

⑧　老施賓塞（見本書頁103注④及注⑥）受封爲爵，依律絞刑可免，斬首難
　　逃。事實上，依何琳雪的載述（頁339），他是身著盔甲被吊死的；之後，
　　頭被砍下，送往他的封地溫契斯特（Winchester）。

⑨　黎斯原與衆公卿互通聲氣，後在1322年間投降，被關進塔獄（見本書頁
　　23注㊸）。其後，王后下令將他押到威爾斯，以期透過他對當地的熟悉
　　去搜捕愛德華二世。果然就在尼斯寺（monastery of Neith）發現愛德華的
　　行蹤。黎斯之名或作Master Keson Uphowel, Rosus, Rhesus。

命你好生侍奉王后，　　　　　　　　　　　75
王后已在國中居要津，
正得追捕反抗的逃亡者⑩。
王后，我等必須同時廣徵意見
才能在巴達克、施賓塞及其同黨
戰敗後，追捕到底不放過。
同下　　　　　　　　　　　　　　　　　80

---

⑩ 原文runagate指「叛逃者」（runagates或runaways）、「流浪者」（vagabonds）或「叛國者」（traitors），似與「叛逃者」（renegades=deserters, mutiners）混淆。在伊莉莎白時代，該辭意指情願自我放逐的天主教徒。據傳，這些教徒奉命在歐陸神學學校製造事端，或從事暗殺與擾亂治安之類的工作。

【第七景】

〔尼斯寺〕方丈、僧人、〔國王〕愛德華、〔小〕施賓塞、
與巴達克〔後三者喬裝成僧人〕同上。

方　丈　陛下，別多慮，別害怕。
　　　　貧僧將儘量小心不聲張
　　　　確保陛下龍體無危殆，
　　　　免得像陛下被人追捕期間——　　　　　　　　　5
　　　　陛下本人和同伴——
　　　　遭人懷疑，備受無情的侵害，
　　　　一如在這亂世遭逢危險。

愛德華　方丈，你的臉上應該不藏著欺騙；
　　　　唉，倘若你當過國王，你的心
　　　　已然被朕的悲苦深深感動，　　　　　　　　　10
　　　　就會不由得同情朕的處境。
　　　　從前的我，
　　　　儼然威儀、富貴堂皇，
　　　　主宰生殺大權，
　　　　怎會反而使得生死變得悲慘？　　　　　　　　15
　　　　來，施賓塞；來，巴達克。坐在朕的身旁；
　　　　如今且來談談哲學觀，

　　在聞名的藝術溫床裡①，

　　吸吮柏拉圖和亞里士多德的乳汁。

　　方丈，這種沉思的人生②只在天上有。　　　　　20

　　啊，但願朕能靜渡人生守孤寂！

　　唉，可惜朕和諸位朋友正在被追捕，

　　他們追捕的就是諸位的生命和朕的羞辱。

　　呃，好僧人，不要爲了金銀財寶和小錢

　　出賣朕和同伴。　　　　　　　　　　　　　25

僧　人　倘若只有貧僧知道

　　陛下的藏身處，陛下儘可安坐無虞。

小　施　沒人知道；但我深深疑心

　　寺外草地有個陰鬱的人影；

　　陛下，他往我等這邊熟視良久，

　　而臣知道全國各地都在備戰狀態——　　　　30

　　懷著大恨深仇追捕我等的性命。

巴達克　我等原擬航向愛爾蘭，可憐啊！

　　偏偏風向逆轉、暴風狂雨猛吹襲，

　　只好登岸在此焦思，惟恐　　　　　　　　　35

　　莫賊及其黨羽來搜捕。

---

① 原文nurseries of arts即大學，此處特指牛津與劍橋兩所大學。

② 原文life contemplative即contemplative life（冥想的人生）。這種人生適與積極的人生（active life）相對。前者出世，必須虔信守獨；後者入世，積極進取。二者在聖‧奧古斯汀（St. Augustine, 354-430）《上帝之城》（City of God）一書中都有詳盡的描述。

愛德華　　莫賊！誰提莫小賊？

　　　　　誰拿莫賊之名傷害朕？

　　　　　好個血腥的叛賊！〔跪下〕方丈，在您膝上

　　　　　枕著這個滿是憂思的頭。　　　　　　　　　　　　40

　　　　　〔將頭枕在方丈膝上〕

　　　　　啊，但願永遠不再睜開眼，

　　　　　永遠不再抬高頹喪的頭，

　　　　　永遠不再拾起垂死的心！

老　施　　陛下，瞧。巴大人，這股困倦

　　　　　絕非好兆頭。我等被出賣了！　　　　　　　　　　45

　　　　　黎斯、一名刈草人、萊斯特伯爵③〔帶兵〕攜鉤鐮④同

　　　　　上。

刈草人　　我以生命爲誓，這些就是大人追捕之人。

黎　斯　　朋友，夠了。——陛下，快走吧。

　　　　　我們依命行事。

萊斯特　　〔旁白〕

---

③　萊斯特伯爵（Henry Earl of Leicesteran Lancaster, ?-1345）係藍卡斯特伯
　　爵（見本書頁13注⑲）的胞弟。他在兄長死後，隨即接收其一切權利（1324
　　年），也在反抗軍登陸英格蘭時（1326年）與其他貴族擁護王后去「清君
　　側」。及愛德華三世（見本書頁107注⑳）登基，他成爲太傅與議會領袖，
　　展開與小莫提摩（見本書頁14注㉑）的鬥爭，並終於在1327年間接收了藍
　　卡斯特（Lancaster）、萊斯特（Leicester）、林肯（Lincoln）以及德爾比（Derby）
　　等原屬其兄的轄地。

④　原文Welsh hooks在《牛津英語辭典》（OED）上有（1）戟（partisans）與（2）
　　鉤鐮（bill-hooks）二義；前者爲軍械，後者屬農具。評論家因二者孰正孰
　　誤，爭論不休。依上下文義看，應指後者。

莫提摩敦促王后簽下敕令。

莫提摩還有甚麼不敢⑤要王后做的？　　　　　　　　50

唉，瞧他坐在那兒指望無人見，

只想逃過追捕其性命的人手中。

誠哉斯言：「破曉時刻傲然掌王權，

日落時分旋即被推翻。」⑥

啊，萊斯特，切勿這般激切。　　　　　　　　　　55

〔大聲地〕

施賓塞和巴達克，在下不稱呼閣下的身分和頭銜，

只以叛國罪逮捕兩位。

別指望官銜能保命，且聽命受縛；

在下奉的是王后伊莎蓓菈的敕令。

陛下因何這般沮喪？　　　　　　　　　　　　　　60

愛德華　啊，天哪！我在世上最後的福祉，

卻凝成這一切的不幸！啊，我的命星！

諸位因何對國王如此無情義？

來吧，萊斯特，就以伊莎蓓菈之名，

奪走我的生命和同伴？　　　　　　　　　　　　　65

---

⑤ 原文gallant有二義：(1)大膽(bold)；(2)情人。本文依上下文義採第一
　義，譯為「敢於」。

⑥ 原文引自古羅馬悲劇作家西尼嘉(Lucius Annaeus Seneca, 4 B.C.-A.D. 65)
　的《塞耶斯提斯》(*Thyestes*)一劇：
　　Whom the rising sun has seen high in pride,
　　him the setting sun has seen laid low. (ll. 613-614)
　簡單的說，其意實即：朝見其驕，夕觀其敗。

哪，喂，劈開我這悸動起伏的胸膛，

取走朕的心，放走朕的人。

黎　斯　帶走。

老　施　〔對萊斯特說〕請容許

在下向陛下道別。

方　丈　我的心看到這幅景象真難過；　　　　　　　　70

一國之君還得忍受這些話和狂妄的命令！

愛德華　施卿，唉，施愛卿，我們只好就此分手。

小　施　陛下，只好如此；隨天怒去吧。

愛德華　不，隨地獄和殘酷的莫賊安排；

仁慈的上天不必如此做。　　　　　　　　　　75

巴達克　陛下，悲傷吵鬧都枉然。

謹向陛下長拜別；

命運已定，微臣惟恐自己和陛下都一樣。

愛德華　爾後見面只等在天堂，別想在人間。

萊斯特，你說，朕的下場將如何？　　　　　80

萊斯特　陛下必須前往肯諾渥斯⑦。

愛德華　「必須」！國王「必須」前往，這話令人多難受。

萊斯特　此處備有座轎⑧侍候

---

⑦ Kenilsworth或作Kenelworthe，古作Killingworth，係在華威克郡（Warwickshire）內華威克區的一處教區兼城鎮，中世紀期間由諾曼古堡四周發展而成。戲文中的Kenilsworth指區內一處城堡。按：華威克郡位在亞芬河（the Avon）河畔、伯明罕東南31公里處。

⑧ 原文litter即轎子，指安裝在兩根槓上的臥床或睡椅，兩端由人肩抬或由馱獸扛載。轎子早在埃及、波斯、巴勒斯坦等地就已使用。古羅馬只有

        陛下；天色已不早。

黎　斯　最好現在走，天黑以前趕一程。　　　　　　　　85

愛德華　備有座轎？把我放在殯車上，

        送我進入地獄門；

        就讓閻王爲我敲起喪魂鐘⑨，

        巫婆站在冥河⑩岸上嚎叫朕的死，

        只因愛德華的朋友就剩這些和這些⑪，　　90

        偏偏這些勢必都成暴君的劍下魂。

黎　斯　陛下請上路。這些別擔心，

        只因我等行將看到兩人的腦袋被截短。

愛德華　嗯，會怎樣的，就會怎樣⑫。一定得分手：

        親愛的施賓塞、溫順的巴達克，一定得分手。　95

        〔捽脫僧袍〕

        喬裝用的僧袍，脫掉！我的傷悲不做假！

        方丈，後會有期。萊斯特，你等我，

    皇帝的后妃與元老院的元老夫人才可乘坐。至十七世紀始在歐洲流行。

⑨ 普魯托（Pluto）即霍底斯（Hades），係希臘神話中地獄的統治者。其鐘（Pluto's bell）見諸中世紀神話，而未見於古典神話，或指專為將死之人敲起的喪鐘。

⑩ 希臘神話中的地獄由五條河環繞著，冥河（Acheron）即為其一。冥河意為「悲苦之河」（river of woe）；亡魂必須渡過此河，始能進入地獄，獲得安息。冥河上的渡船夫柯隆（Charon）即專司載送亡魂渡河事宜。

⑪ 原文 but...these 據1598年本，可能是戲台説明，要愛德華指小施賓塞（見本書頁59注①）與巴達克（見本書頁59注②）兩人，再指方丈與僧侶；下行的「這些」再回指小施賓塞與巴達克兩人。

⑫ 原文 that shall be shall be（會怎樣的，就會怎樣）為一義大利諺語，即拉丁文 *Che serà, sera*（＝What will be will be），語帶宿命的無奈。

我一定走。告別朋友，就告別生命！

愛德華〔被押解著〕與萊斯特同下。

小　施　噢！陛下走了？高貴的愛德華走了？

就此分手永遠不再相見面？　　　　　　　　100

崩解吧，天體[13]！火球脫軌吧！

大地啊！化爲空氣吧！主上走了，

走了，走了。唉，永遠不再來。

巴達克　施大人，在下相信我們的靈魂就此離軀殼；

生命的陽光[14]被剝奪。　　　　　　　　　105

找尋新生命，仰起目光，

心手相連仰望上天永恆的寶座；

展示歡顏償還自然的債務[15]，

滿腹經綸的總結是：

施大人，我們全都爲死而活；

施大人，全都爲死而活，爲落下而升上[16]。　110

黎　斯　好啦，好啦，把這些說教的話留到你們抵達指

定的地點[17]再說吧。諸位已在英格蘭幹過了好

---

[13]　天體（sphere of heaven）指太陽。

[14]　伊莉莎白時代的戲劇常將國王喻為太陽（the sun），參見莎劇《李察二世》（*Richard II*, III.iii. 62-64。按：太陽象徵權威、光明、榮耀等。戲文中，「生命中的陽光」（sunshine of our life）因指愛德華而言。

[15]　原文pay nature's debt（付自然的債）為諺語，指死亡。

[16]　巴達克認為：人皆為死而生，隱指中世紀「大人物崩落」（*de casibus*）的悲劇觀。

[17]　原文place appointed（指定之地）指絞架（gallows or scaffold）。受刑人通常會在死前說些具有道德意味的話。

事。——閣下走了吧？

刈草人 小的相信大人會給賞吧？

黎　斯 給賞？呃，朋友。當然！跟我進城去。

小施賓塞與巴達克被押解，同下。

第五幕

【第一景】

〔愛德華〕國王、萊斯特、〔溫契斯特〕主教[1]〔與特拉索[2]〕攜王冠〔與隨從〕同上。

---

[1] 溫契斯特主教(Bishop of Winchester)施錘特津(John de Stratford, ?-1348)曾任職宗教會議書記。教皇於1323年派他去當主教。但因愛德華二世希望該職由司法大臣(Chancellor)巴達克(見本書頁59注[2])出任,為此對於教皇的安排甚感忿怒。而施錘特津也為此記恨在心,在奉派出使法蘭西為大使期間參與反對施家父子的陰謀。嗣後,他設法協調雙方的歧見,和王后在布里斯托(見本書頁131注[11])同意太子當全國總監(Guardian)。他奉命去搜捕愛德華二世。愛德華被捕後,他要愛德華放棄王位,愛德華立刻屈服。其後,溫主教先後出任財務大臣(Treasurer, 1326年11月-1327年1月)、司法大臣(Chancellor, 1330年-1334年、1335年-1337年、1340年4月-6月)、坎特伯里大主教(1333年-1348年)等要職。在小莫提摩東窗事發後,又出任愛德華三世(見本書頁107注[20])的財務大臣(1330年11月)。

[2] 特拉索(Trussell, 即Sir William Trussell, fl.1322-1331),曾任法官與外交官,當時為下院(House of Commons)發言人(Proctor)。國會於1327年1月7日聚會,當時愛德華已被關進肯諾渥斯。1月20日愛德華繳冠

萊斯特　陛下，請稍安勿躁，別再多哀傷。

　　　　設想肯諾渥斯城堡即王宮，

　　　　陛下在此暫住只爲消遣，

　　　　非因被迫或者不得已。

愛德華　萊卿，倘若溫柔的話能夠安慰我，　　　　　　　5

　　　　你的話早就減緩了我的傷悲，

　　　　只因你一向體貼而寬愛。

　　　　平民百姓的悲苦很快就沖淡，

　　　　國王的悲苦則不然。林中野鹿受創傷，

　　　　奔走找尋白鮮敷傷口③；　　　　　　　　　　　10

　　　　威嚴的獅王一旦皮肉被刺傷，

　　　　輒以怒爪拉扯撕裂，

　　　　傲然睥睨卑下的土地

　　　　飲其血，從此騰躍起高空。

　　　　我今亦如是；心雖無畏，　　　　　　　　　　　15

　　　　但莫賊勢必以其勃勃野心擒伏，

　　　　而那無情的王后伊莎蓓菈好虛假，

（abduction）當天，他以國會的名義宣佈放棄對愛德華的效忠。

③　白鮮（dittany or dictamnum）為多年生植物，生長在乾燥林地，高30公分，花小，形如鐘，呈白色或玫瑰紫色，其葉散發薄荷味，據傳對發燒與蛇傷具有神奇療效。鹿或其他動物遭箭射傷，會自行尋覓白鮮療傷。等箭被逼出傷口，傷口自然癒合。這種說法從亞里斯多德（Aristotle, 384-322 B.C.）、西塞羅（Marcus Tullius Cicero, 106-43 B.C.）與維吉爾（Virgil, 70-19 B. C.）起，就已有之。參見古羅馬博物學家老普里尼《博物誌》（見本書頁11注⑫），II.xli.97；又見John Lyly, *Euphues, in Complete Works*, ed. R. W. Bond（Oxford, 1902）, I, 208.

就此將我囚禁牢籠④裡。
這般過分的激情填滿我心靈，
一如我常以怨恨輕蔑的翅膀　　　　　　　20
振羽高飛上天際，
謹向眾神控訴兩人犯逆行。
只是每逢想起帝王身，
自當去找莫賊和賤人，因其所為
報仇兼雪恨。　　　　　　　　　　　　25
王權喪失，帝王又如何？
不過晴空底下一陰影！
逆賊掌權，我只空有國王名。
頭戴王冠卻要受人制——
而莫賊和逆后　　　　　　　　　　　　30
行逕可恥，玷污婚姻床，
我卻坐困憂心穴⑤，
肘邊依舊有傷悲，
心中常伴苦怨嘆，
心在淌血，只因這種轉變太怪異。　　　35
你說，如今我必須交出王冠，

④ 原文mew即鷹籠或籠子(cage)，為監禁的代稱。mew源自拉丁文*nutare*(=to change)，原指「換毛」；後專指鳥兒換毛時關閉之所，狀似牢籠。亦指動物或鳥兒大養肥待宰時先擺置的籠子，故有「待宰」之意。

⑤ 原文cave of care(憂心穴)指監牢。因犯通常被關在地牢或監獄。cave(洞穴、岩窟)象徵黑暗、痛苦或無知，因亦指「地牢」。

好讓莫賊篡位登大極？

溫主教 陛下誤會了；為了英格蘭的利益

和王儲的權利才會要王冠。

愛德華 不，是為莫小賊，不是為愛德華的頂上頭，　40

只因他是一隻已被狼群團團圍住的小羔羊，

霎時性命就會被剝奪。

倘若高傲的莫賊真的戴起這王冠，

但願上天就將王冠變成永燃的熊熊烈火⑥！

否則就如狄西芬的蛇髮圈⑦，　45

纏繞著他那可憎的鬢角邊！

好讓英格蘭的藤蔓⑧不凋萎，

愛德華人雖死，名長留。

萊斯特 陛下，何必如此耗費時光？

眾人都在等答覆。王冠給不給？　50

愛德華 唉，萊卿，只要想起

無端失去王冠和王國，

讓出權位，交給野心勃勃的莫小賊，

---

⑥ 紀元前五世紀古雅典悲劇作家尤里皮底斯（Euripides, 480-406 B.C.）在
其《米迪雅》（*Medea*, 431 B.C.）一劇中描述傑森（Jason）離棄米迪雅
（Medea）去愛柯魯莎（Creusa, 或名Glauce）的經過。米迪雅為報仇起見，
給柯魯莎一頂黃金冠，戴上即噴出熊熊火燄，將柯魯莎活活燒死（第2
幕，第1186行-第1194行）。

⑦ 狄西芬（Tisiphone）係希臘神話中三位復仇女神（the Furies）中的一位，頭
髮皆為蛇（見本書頁50注㉗）。

⑧ 葡萄藤蔓（vines）即葡萄藤，象徵豐饒，喻皇家世系永世興旺、傳流久遠。
不過，中世紀與文藝復興時代的英格蘭並無葡萄園。

就感覺沈重得有如高山壓倒喜樂，
心情惡劣已極，有如遭謀殺。　　　　　　　　　55
唉，天命若此，我不聽從又奈何？
（取下王冠）
哪，王冠拿去——愛德華的命也拿去！
英格蘭不能同時分由兩王共統治。
啊，請稍候。且讓我當國王至夜晚，
凝神注視這頂耀眼的黃金冠；　　　　　　　　60
好讓雙眼獲得最後的滿足，
頭顱接納最後的光彩，
共同放棄想望的權利。
永照不息吧，天上的驕陽；
永遠別讓靜夜佔領這國度。　　　　　　　　　65
別動，天上眾星辰⑨！
時光季節全都停下來，
好讓愛德華依舊當起英倫王。
唉，燦爛的白晝光芒偏偏急流逝，
而我只好放棄想望的黃金冠。　　　　　　　　70
無情的畜牲，靠著虎乳哺育始長成⑩，
因何睜眼看著主上被推翻？

---

⑨ 原文watches指一夜分成的四「更」；element指「天空」(sky)。
⑩ 民間相信，人的品格在哺乳期間就已形成。原文中的tiger為「殘酷」、「血腥」、「狡點」、「兇猛」、「貪婪」、「野蠻」、「陰險」與「叛逆」等的代詞。

我是說，王冠和無罪的生命。

瞧，畜牲啊，瞧，我要再次戴上黃金冠。

〔戴冠〕

甚麼，諸位無懼於主上的忿怒？　　　　　　　75

唉，愛德華好不幸，被人誤導真愚蠢。

他們不似往日在意你皺眉，

而是企圖另立新選王，

此舉令我滿懷絕望的怪念頭，

這些念頭受到無盡的痛苦煎熬；　　　　　　80

痛苦當中偏偏無處找慰藉，

只覺王冠在頭上。

爲此且讓我多戴片刻。

特拉索　陛下，議會要求立即給答案，

只好請問陛下讓不讓？　　　　　　　　　85

王怒。

愛德華　不讓！只要氣未斷——

叛賊，滾。去和莫賊同流合污。

選立、謀立、擁立，隨你心所欲；

他們和你們的血行將確立此叛逆。

溫主教　我等將帶回這訊息，告辭。　　　　　　　90

〔溫契斯特主教與特拉索行將離去〕

萊斯特　〔對愛德華說〕

陛下，喚回他們，好言對待，

　　　　因為他們一走，殿下勢必失去權位[11]。

愛德華　召他們回來。我已無力可說話。

萊斯特　〔對溫契斯特說〕

　　　　大人，主上願意讓位。

溫主教　不願意，就隨他去——　　　　　　　　　95

愛德華　啊，但願我可隨我意！唉！天地合謀

　　　　使我處境悲慘。〔脫下王冠〕

　　　　哪，接下王冠。

　　　　接下吧？不，這雙無辜的手

　　　　不因犯下如此骯髒的罪行而有罪。

　　　　你們當中最想喝我血的，　　　　　　　100

　　　　也將被稱為弒君者，

　　　　拿走王冠吧。甚麼，動了心？同情我？

　　　　那就喚來無情的莫小賊，

　　　　還有那賤人，冷酷如鋼的眼神

　　　　只會迸出火花不會流眼淚。　　　　　　105

　　　　且慢，只因我寧可不見他們，

　　　　哪！哪！〔交出王冠〕

　　　　　　　　唉！親愛的天上神，

　　　　叫我藐視這暫時的炫麗，

　　　　永遠坐在天國的王座上！

[11] 據何琳雪的載述（頁340），來人設法說服愛德華二世，讓他情願交出，說詞是：如果他拒絕，民眾想起他的昏庸，就會挑選其他世系的人選來接掌政權。在這種情況下，愛德華只好同意。

| | 來吧，死神，請用指頭闔上我的眼， | 110 |

來吧，死神，請用指頭闔上我的眼，　　　110
否則我若活著，就讓我忘了我自己。

溫主教　陛下──

愛德華　別稱我陛下！滾！離開我眼前！
　　　啊，原諒我；悲傷使我變瘋狂。
　　　別讓那名莫賊當起太子的護國卿[12]；
　　　虎口都比　　　　　　　　　　　　115
　　　他的擁抱還安全。將這轉交給王后，
　　　〔給手帕〕
　　　上面先被我的淚水沾濕過，又被歎氣所風乾。
　　　倘若王后睹物不感動，
　　　就把手帕帶回浸在我的鮮血中。　　　120
　　　請向皇兒致意，囑他治理國家
　　　勝過我。但我怎會犯過，
　　　除非太慈憫？

特拉索　謹向陛下辭別。

愛德華　再會。　　　　　　　　　　　　125
　　　〔溫契斯特主教與特拉索同下〕
　　　　　　我知道下回他們帶來的消息
　　　將是我的死，歡迎死降臨；
　　　對可憐的人來說，死亡算是幸福。

---

[12] 護國卿(Protect, 即Lord Protector)或稱攝政王(regent)。按：護國卿一職
要到西元1427年間才設置；愛德華二世統治期間(1307年-1327年)並無這
種稱呼。馬羅顯然搞錯史實。

柏克萊⑬上，〔將信交給萊斯特〕

萊斯特　另一封信。帶來甚麼信息？

〔朗讀著信〕

愛德華　信息將如我預料。來吧，柏克萊，來，

且將信息告訴我這裸露的胸膛。　　　　　　　　130

柏克萊　陛下，請勿以為歹念

可以藏在出身高貴的人心裡。

願為皇上效勞盡忠誠，

柏克萊情願誓死拯救皇上脫敵手。

萊斯特　〔唸信〕

陛下，臣奉王后之命　　　　　　　　　　　　135

辭去職務。

愛德華　如今由誰看管我？必定是你吧，大人？

萊斯特　正是，陛下。敕令如此說。

〔出示信函〕

愛德華　〔拿信〕莫提摩具名在此。

他的名字撕裂我的心，我也大可撕裂他名字！　　140

〔撕信〕

---

⑬ 萊斯特（見本書頁146注③）在王后率軍登陸時就加入其陣營，但對愛德
華並無強烈的敵意。柏克萊（Sir Thoma Berkeley, 1245-1321）則不然。稍
早，其父莫里斯（Sir Maurice Berkeley, 1218-1281）因支持藍卡斯特伯爵
（見本書頁13注⑲）而在1321年間遭到逮捕；他繼承的城堡曾被施家父子
侵奪，人則被囚在華林津（Wallingford）。王后揮軍前往布里斯托（見本
書頁131注⑪）途中，攻下柏克萊城堡，並將城堡物歸原主。柏克萊對愛
德華的憎恨，可想而知。

　　　　　這種差勁的報仇多少紓緩我的心。〔撕信〕
　　　　　但願他的肢體被支解，一如這封信！
　　　　　聽哪，不朽的天上神⑭，允准我的願望變成真。

柏克萊　陛下必須立刻隨著臣下同往柏克萊。

愛德華　哪去都隨你；任何地方全一樣，　　　　　　　　145
　　　　　每塊土地葬身都適合。

萊斯特　〔對柏克萊說〕
　　　　　大人，儘量照顧他。

柏克萊　在下以誠相待。

愛德華　敵人同情我的處境，
　　　　　我被帶離的原因就在此。　　　　　　　　　　　150

柏克萊　陛下以為柏克萊會殘忍？

愛德華　不知道；但只是這點我肯定：
　　　　　一死百了，我也只能死一次。
　　　　　萊斯特，後會有期。

萊斯特　陛下且慢；臣下當沿途護送。　　　　　　　　155
　　　　　同下

―――――――――――――――――――

⑭　天神(Jove或Jupiter)係羅馬眾神中最大的神。

【第二景】

〔小〕莫提摩與王后伊莎蓓菈同上。

小　莫　美麗的伊莎蓓菈，如今我倆總算心滿意足。

　　　　昏君手下驕縱的腐吏

　　　　已被吊上高高的絞刑架①，

　　　　而他自己則身繫牢獄。

　　　　聽我安排，由我倆共同治國。　　　　　　　　5

　　　　姑且留心童稚似的恐懼，

　　　　只因我們如今逮住了老狼的耳朵②，

　　　　萬一老狼溜走，我倆勢必遭逮捕；

　　　　被捕總比捕人難受。

　　　　王后，我倆當務之急　　　　　　　　　　　10

　　　　就是儘快擁立太子登大極。

　　　　我當護國卿，

　　　　我倆權位更加大，

---

① 依據何琳雪的載述（頁339），小施賓塞（見本書頁59注①）被吊死在15呎高的絞架上。

② 原文hold an old wolf by the ears典出希臘成語：Τδυλυκου Τωυ ωΤων Εχω意為「騎虎難下」、「進退維谷」或「窘迫到極點」。此處的「老狼」（an old wolf）指愛德華二世。按：狼有狡黠、血腥、腐敗、貪婪、懦弱、殘酷、顢頇、無能、頑固、兇殘等意涵。

　　　　藉著國王之名簽文件。

王　后　親愛的莫提摩，你是我的生命，　　　　　　15
　　　　請相信我愛你至深；
　　　　我視皇兒寶貴如雙眸③，
　　　　只要皇兒安然無恙，
　　　　其父的命運由你裁決，
　　　　我都願意欣然表贊同。　　　　　　　　　　20

小　莫　我要先確知他被罷黜的訊息，
　　　　之後就由我一人處置他。
　　　　信差〔攜信〕上。〔溫契斯特主教隨後捧著王冠上。〕
　　　　信件，哪來的？

信　差　〔呈上信件〕
　　　　大人，從肯諾渥斯來的。

王　后　皇上的情況目前如何？

信　差　回稟王后，龍體康泰，但憂思滿懷。　　　　25

王　后　唉，可憐的人哪，但願我能撫平他的憂傷。——
　　　　多謝溫大人。〔對信差說〕喂④，下去吧。
　　　　〔信差下〕

溫主教　皇上情願放棄王冠。

王　后　啊，大好的消息！去傳皇兒進殿。

溫主教　還有，在這封信封好前，柏大人就已先到，　　30

---

③ 原文as dear as one's eyes意為「至為珍貴」。眼睛乃靈魂之窗，至為寶貴；王后以「眼」為喻，要在指出：太子在她心目中的地位，不容置疑。
④ 原文sirrah為嘆詞，用在上對下；亦可用來表憤怒或蔑視。

因此，如今他已離開肯諾渥斯。
臣等聽說艾德蒙預謀⑤
救駕脫困。
柏大人滿懷同情心，
一如先前看管的萊斯特。

王　后　那就另找他人當監管⑥。

〔溫契斯特主教下〕

小　莫　別管我——御璽⑦在此。

〔對戲台外呼喚〕

來人啊！傳顧爾尼和馬崔維斯⑧進殿。
為了挫敗艾德蒙這蠢才的計謀，

35

---

⑤　據何琳雪的載述（頁341），艾德蒙曾先後多次救駕：一次是在1327年，
可惜未果；另一次在1329年（頁348），當時艾德蒙不知愛德華二世已死。
馬羅顯然將兩次壓縮成一次。只是艾德蒙是否親自救駕，史籍上未見交
代。

⑥　王后似乎不在意當著溫主教的面說得露骨，因為溫主教算是她與小莫提
摩　（見本書頁14注㉑）的心腹。不過，依據史實的載述，溫主教並沒有
參與謀害愛德華二世的事，其角色實則應由昔爾津主教（Bishop of
Hereford）亞當（Adam of Orlton, 1285-1345）扮演。一般史家多將這樁事
算在昔爾津主教的頭上。亞當與詩鎚特津（Stratford of Winchester）兩人
都是教皇任命來與愛德華二世為敵的。不同的只是：溫主教是小莫提摩
的同夥。

⑦　御璽（Privy Seal）的重要性僅次於國璽（Great Seal）。御璽在十三世紀初
始用。由於其重要性，掌璽大臣（Lord〔Keeper of the〕Privy Seal）也成為
朝中要臣。

⑧　何琳雪分別稱Gurney與Matrevis為Sir Thomas Gurney 與Sir John Maltraevers
（或作Mauntreveres）。馬羅則去其頭銜，將他們當兇手或刺客之類的人
物看待。

就得解除柏克萊的職務，移開國王，　　　　　　40
只有我倆知道他所在⑨。

王　后　可是，莫大人，只要他活著，
　　　　我倆或皇兒還會有安全？

小　莫　說，要立刻將他處死？

王　后　但願他已死，這筆帳才不會算在我頭上。　　45

　　　　顧爾尼與馬崔維斯同上。

小　莫　夠了。
　　　　〔不讓王后聽到〕
　　　　馬大人，立刻寫封信，
　　　　以朕⑩的名義給柏大人，
　　　　命他將皇上交給你和顧大人；
　　　　事情辦妥朕將簽署。

馬　　　遵命，大人。

小　莫　　　　　　　顧大人。

顧爾尼　　　　　　　　　大人？　　　　　　　　50

小　莫　如今莫某得以隨意轉動幸運輪⑪，

---

⑨　據史實的載述，當時的安排確屬如此。儘管愛德華二世早在1327年9月
　　21日就已橫遭謀害，但肯特在1329年間密謀救駕時，仍以為愛德華二世
　　還在人世。

⑩　原文we, our與ourself(第48行、第50行)係國王自稱，即「朕」，顯見小
　　莫提摩(見本書頁14注㉑)躊躇滿志，稱帝的野心已露(有關代名詞的使
　　用，詳見本書導讀第七節〈翻譯問題〉)。

⑪　幸運之輪(Fortune's wheel)指十六世紀期間的插畫上往往畫著幸運之神
　　在推輪運轉，以決定人的命運。戲文中，小莫提摩顯然認為他在主導推
　　動的力量。

而你既然要靠莫某發跡，
就請竭盡手段使他消沉，
不給好話聽，不給好臉看。　　　　　55

顧爾尼　遵命，大人。

小　莫　最重要的是：由於我們聽說
　　　　艾德蒙計謀解救他，
　　　　夜裡將他移動居處，
　　　　然後移到肯諾渥斯，　　　　　60
　　　　接著又從該處移回柏克萊。
　　　　沿途還要使他更憂煩，
　　　　對他說粗話；無論如何，
　　　　倘若他哭，誰也不許安慰，
　　　　還要加重狠話叫他更悲傷。　　65

馬　　　大人放心，屬下遵命。

小　莫　去吧。盡速前去。

王　后　〔接續著早先的談話〕
　　　　這封信寄到哪？給國王？
　　　　請代我向皇上致意，
　　　　告訴他，我白操心，　　　　　70
　　　　無法給他減憂解救他。
　　　　帶這去給他，當做愛的見證。
　　　　〔給馬崔維斯一只戒指⑫〕

⑫　或謂王后給的是珠寶。不過，據何琳雪的載述（頁341），王后給的是「客

馬　　　王后，遵命。

顧爾尼與馬崔維斯同下。伊莎蓓菈與〔小〕莫提摩留
著。太子〔愛德華〕與肯特伯爵交談上。

小　莫　〔對伊莎蓓菈旁白〕
　　　　裝得真好；再裝下去，親愛的王后。
　　　　殿下和肯特伯爵來啦。　　　　　　　　　　　　　　75

王　　后　〔對小莫提摩旁白〕
　　　　他在那童稚的耳裡說著悄悄話。

小　莫　〔對伊莎蓓菈旁白〕
　　　　倘若他有辦法接近殿下，
　　　　我倆的計謀和策略恐將遭破壞。

王　　后　〔對小莫提摩旁白〕
　　　　對待艾德蒙友善些，彷彿一切都安好。

小　莫　〔對肯特大聲說〕
　　　　敬愛的肯特大人，一切可好？

肯　特　無恙，親愛的莫大人。王后可好？　　　　　　　80

王　　后　很好——倘若我的夫君、你的皇兄獲釋。

肯　特　聽說他最近同意退位。

王　　后　這就令我更傷感。

小　莫　　　　　　　　　我也是。

肯　特　〔旁白〕　　　　　　哼，假模假樣。　　　　　85

王　　后　好皇兒，過來。娘必須和你談談。

氣而洋溢著情愛的信以及一些衣物」，並未指明戒指。

〔將太子拉到一旁〕

小　莫　大人是殿下的叔叔，血緣相近，
　　　　就當殿下的保護人吧⑬。

肯　特　大人，我不行。保護兒子的
　　　　除了給他生命的母親還有誰？──在下指王后。　　90

皇太子　母后，請勿勸說兒臣戴王冠。
　　　　讓父王當國王。兒臣年幼，不會治國。

王　后　你當知足，因為這是皇上的意思。

皇太子　且讓兒臣先見父王一面才願答應。

肯　特　對，就這樣，親愛的皇姪。　　95

王　后　御弟，您知道那是不可能的。

皇太子　為甚麼，難道父王已駕崩？

王　后　不，上帝不許！

肯　特　但願這些話由衷而出。

小　莫　反覆無常的艾德蒙，他關進囹圄。
　　　　是你造成的，你還偏袒他嗎？　　100

肯　特　如今在下更有理由補救。

小　莫　告訴你，如此虛假之人
　　　　不宜接近皇太子。

　　　　〔對太子說〕　　105

　　　　殿下，他出賣皇兄國王，別信賴他。

⑬　當時，肯特的地位並不顯赫，倒是萊斯特（見本書頁146注③）與藍卡斯
　　特（見本書頁13注⑲）當了皇太子的監護人。萊斯特係藍卡斯特的胞弟。
　　他雖然加入王后的陣營，卻在幼主登基後敵視小莫提摩。

皇太子　但他如今爲此懺悔且哀傷。

王　后　皇兒，過來，跟這位和善的大人和娘一道走。

皇太子　兒臣只願跟母后，不願跟莫提摩。

小　莫　哼，小輩，竟爾如此藐視莫某？　　　　　　　　110
　　　　〔抓住皇太子〕那我就強押著你走。

皇太子　肯特皇叔，救命！莫提摩欺負我。
　　　　〔小莫提摩與皇太子同下〕

王　后　艾德蒙御弟，請勿妄動；我們都是他的朋友。
　　　　伊莎蓓菈的血緣比起肯特伯爵更接近⑭。

肯　特　皇嫂，愛德華由我負責。把他交給我。　　　　115

王　后　愛德華是我的兒，我要保護他。
　　　　〔下〕

肯　特　我要莫賊知道他欺侮我。
　　　　我要趕赴肯諾渥斯城堡去，
　　　　從敵人手中救出年老的愛德華⑮，
　　　　好向莫賊和你報仇怨。　　　　　　　　　　　120
　　　　〔下〕

---

⑭　王后是太子的母親(一等親)；肯特是愛德華二世的同父異母弟弟，是太子的叔叔(三等親)。就親等言，當然是王后較近。

⑮　史實上的愛德華這時才42歲，死時也不過43歲；原文以年老的(agèd)形容，若非馬羅搞錯，就是用來區別父子；否則就是表示愛德華被折磨後，老態已現。

【第三景】

馬崔維斯與顧爾尼押著國王，〔士兵持火炬〕同上。

馬　陛下，請勿憂心；我們都是您的朋友。
人註定要活在苦惱中；
走吧，延宕勢必危及我等的生命。

愛德華　朋友們，不幸的愛德華必須往何處？
難道可憎的莫賊下令不給休息？
我要像隻夜梟[①]般受苦，
別的有翅族看到都討厭？
他心中的忿怒何時才舒緩？
他的心中何時才對血滿足？
倘若我的血還可以，立刻剖開這胸膛，
就將我的心給伊莎蓓菈和他兩人；
這是他們瞄準的主目標。

顧爾尼　不，陛下。王后下令

---

① 原文nightly bird指梟(鴟鴞)或貓頭鷹(owl)。按：鴟鴞為肉食性猛禽，頭大、爪尖、喙鉤，兩眼朝前，羽毛呈斑駁棕色，以鳥、魚、蟹、昆蟲、爬蟲類與哺乳類動物為主食。鴟鴞多在夜間活動，因和黑夜與鬼魂相關，為女巫的帶信者；民間咸以之為死亡的預兆。鴟鴞在住屋附近鳴叫往往預示災難、死亡、病恙與惡運等。

保護陛下人身安全。

陛下心情激動反倒添哀傷。 15

愛德華 如此待我才會增大我的悲傷。

但我的感官遭受惡臭困擾，

生命的氣息還能持久？

英格蘭王被人關在地牢裡，

沒吃東西腹中饑； 20

每日就以碎心的啜泣當三餐，

心扉幾乎就要被撕裂。

老愛德華如此苟活，一無憑藉可舒慰，

儘管眾人還憐憫，卻也只好如此離開人世間。

啊，親愛的朋友，給我水喝，止我口渴， 25

也清除體內排泄物②。

馬 〔從臭水溝內取水〕

我等奉命給你溝中水。

坐下，就爲陛下權充理髮師。

愛德華 叛賊，滾！甚麼？你要謀殺我？

還是要用髒水窒息我？ 30

顧爾尼 不，清洗你的臉，剃掉你的鬚，

免得被人認出而救走。

馬 何必掙扎？全然白費工夫。

---

② 原文excrements（=fecal, feces, faeces）古指「毛髮」（hair），但愛德華顯
然指「排泄物」（filth, ordure）。馬崔維斯與顧爾尼兩人故意聽錯，認定
剃去鬚髯爲愛德華的本意。

愛德華　鶿鶒仍可抗拒獅子的力氣，

　　　　只是全枉然；懇求暴君之手生憐憫，　　　　　　35

　　　　努力全白費。

　　　　兩人以髒水為他洗臉、剃鬍鬚。

　　　　眾神知道無數的憂思

　　　　正隨侍著我這可悲的靈魂，

　　　　啊，請睜眼看看這些大膽狂徒③，

　　　　竟敢欺侮他們的主上英倫王。　　　　　　　　　40

　　　　啊，葛卿，為了你，我才受辱。

　　　　而你和施家父子則因我而亡，

　　　　千次的羞辱我都因你才忍受。

　　　　施家父子的英靈無論在何處，

　　　　都將祝福我。啐，我要為他們而死。　　　　　45

馬　　　他們和你的靈魂不會為此生悔意。

　　　　走，走吧。熄滅火炬；

　　　　我等摸黑進入肯諾渥斯。

　　　　〔熄滅火炬〕

　　　　〔肯特伯爵〕艾德蒙上。

顧爾尼　喂，來者何人？

---

③　此處馬羅顯然呼應英國詩人兼劇作家洛齊(Thomas Lodge, 1558?-1625)
　　《內戰的創傷》(*Wounds of Civil War*, 1586-1588)一劇上的詩行：
　　　Immortal powers that know the painful cares
　　　That weight upon my poor distressed heart,
　　　O bend your brows and level all your looks
　　　Of dreadful awe upon these daring men. (IV.ii.87-90)

　　　　〔眾人拔劍〕

馬　　　看緊國王；是肯特伯爵。　　　　　　　　　　　50

愛德華　啊，御弟，幫忙救救我！

馬　　　分開兩人！推國王進去。

肯　特　眾士兵，容我和他說句話。

顧爾尼　伯爵膽敢偷襲，拿下！

肯　特　叛賊，放下武器！交出國王！　　　　　　　　55

馬　　　艾德蒙，投降；否則格殺勿論！

　　　　〔肯特被逮〕

肯　特　卑鄙的惡徒，為何逮捕我？

顧爾尼　〔對士兵說〕

　　　　綑好，押他入朝廷。

肯　特　朝廷就在此？國王在此，朝廷即在此④。

　　　　我要謁見皇上。諸位因何攔阻我？　　　　　60

馬　　　莫大人在處才是朝廷。

　　　　閣下要被押到那邊去，告辭。

　　　　馬崔維斯與顧爾尼押著〔愛德華〕國王下。〔肯特伯爵〕

　　　　艾德蒙與眾士兵留著。

肯　特　啊，可悲的王國，

　　　　亂臣掌權，國王繫囹圄！

士兵甲　我們因何還拖延？諸位，押到朝廷去。　　　65

肯　特　哼，既然皇兄不能獲開釋。

---

④　十六世紀的王宮固然在一定點，但亦可隨國王所在移動。

押到哪都行，赴死也無妨。

〔肯特被押解〕同下。

【第四景】

〔小〕莫提摩獨自上。

小　莫　國王非死不可，否則莫某就遭殃。

如今民眾開始同情他。

誰置愛德華於死地，

等他兒子成年誰就要償命。

因此我將巧妙處理這樁事。　　　　　　　5

這封由朕①的朋友寫的信，

雖是要他死，卻說保他命：

〔誦讀〕

「別怕殺國王，他死才好。」

「別怕殺國王，他死才好。」

換個唸法，意義就另樣：　　　　　　　　10

「別殺國王，可要擔心最糟的情況才好。」②

---

① 原文ours為王者自稱時所用（即「朕」），小莫提摩以此自稱，顯示他以
國王自居，篡位奪權之心昭然若揭。又，何琳雪（頁341）指這封「信」
出自昔爾津主教亞當（見本書頁165注⑥）的手筆。

② 史評家認為意義模稜兩可的這行話取自摩爾（Thomas de la Moor）的話
（見Ward, *History of Dramatic Literature*, i.198）。摩爾曾目睹愛德華讓位
這一幕。後來，何琳雪依據摩爾的話（頁341），說：昔爾津主教亞當就
是透過這些模稜兩可的字句去暗示兩人謀害愛德華二世：*Edwardum*

「別殺國王，可要擔心最糟的情況才好。」

就不加標點這樣吧，

一旦他的死碰巧被發現，

馬大人等人就可頂罪，　　　　　　　　　　　　　15

朕雖主使反倒可脫罪。

信差鎖在房間裡，

他得送信兼辦事。

叫他帶去秘密的信物當憑藉，

一旦任務完成即格殺。　　　　　　　　　　　　20

〔取鎖開門〕

賴特本③，出來。

〔賴特本上〕

　　　　　　　你的決心沒變嗎？

---

occidere nolite timere bonne est.(=To kill Edward will not fear it is good.)
何琳雪說：這封信由王后、主教等人密封，標點打成：*Edwardum occidere
nolite timere, bonum est.*其英譯是：Kyl Edward do not fear it is a good
thing.標點打成：*Edwardum occidere nolite, timere bonne est.*則其英譯
為：　To seek to shed King Edward's blood /Refuse to feare I count it good.
兩句的意思就因標點的位置不同而歧異。這在拼字學(orthography)上稱
為逗點法(comma)。

③ 殺手賴特本(Lightborne)純係為劇情效果而取，並無史實根據。此類角
色在1580年代與1590年代的悲劇中常見。這個名字適與契斯特神秘劇組
(Chester cycle)中撒旦手下相關。當時流傳的話說：An English Italianate
is the Devil incarnate.(英語中的義大利名是魔鬼的化身。)1591年底，一
名義籍殺手奉派赴英去執行暗殺伊莉莎白女王的任務，引發當時社會的
恐慌。戲文敘及殺手在拿不勒斯受訓的情形。對文藝復興時代的英國人
來說，拿不勒斯係當時義大利各城市中最危險之地。

賴特本　大人，還用說嗎？決心更堅定！

小　莫　你可想過如何完成計畫？

賴特本　欸，欸。沒人會知道他到底怎麼死的。

小　莫　賴特本，但你看到他的神色會心軟。　　　　　25

賴特本　心軟？哈！哈！在下從前心軟慣了。

小　莫　好吧，好好④去幹，要保密。

賴特本　大人不必多指示，

　　　　　殺人此非我首次。

　　　　　在下曾在拿不勒斯學會如何毒花朵⑤，　　　30

　　　　　如何使用布條塞斷喉頭通氣口⑥，

　　　　　如何用針扎穿喉氣管，

　　　　　如何趁人熟睡暗用鵝毛管

　　　　　吹點粉末吹進耳朵裡，

　　　　　如何撬開嘴巴倒水銀。　　　　　　　　　35

　　　　　而我另有辦法更巧妙。

小　莫　是甚麼？

---

④ 原文bravely可解為(1)「無畏地」、「勇敢地」；(2)「傑出地」、「妥當地」。譯文取後者。

⑤ 十六世紀期間，用毒犯罪的事頗為流行。用手套、用花等用毒的方法屢有可聞，許多方法也曾用來對付伊莉莎白女王。馬羅筆下的《馬爾他的猶太人》(*The Jew of Malta*)提到用花或花香(第3幕第5景第62行-第100行，第4幕第5景第110行-115行)；《巴黎大屠殺》(*The Massacre at Paris*)提到用手套(第1幕第2景第13行-第17行)與毒刀(第3幕第4景)等都是。

⑥ 這種布條阻氣法乃將人緊緊綁在柱上，塞住鼻口，然後用水將布條灌入喉嚨。灌水時，要時時拉動布條，以防窒息。這種堵住氣孔的方法可免留下痕跡。

賴特本 啊,不。請恕罪;屬下的手段不便明說。

小　莫 我不在乎是甚麼,省得被人知道。

〔給信〕將這交給顧大人和馬大人。　　　　　　　　40

每十哩就換馬。

〔給信物〕這拿去。去吧,別再見到我。

賴特本 別再見到?

小　莫 對,除非帶回愛德華的死訊。

賴特本 屬下火速去辦。告辭,大人。　　　　　　　　45

〔下〕

小　莫 太子我控制;王后我指揮;

一「躬」低低鞠到地;

傲氣十足的王公見我走過也致意。

我簽署、我撤令、我為所欲為。

別人怕我甚於愛我,就讓別人怕我⑦。　　　　50

我皺眉,朝廷上下臉色都蒼白。

我用亞里斯達克斯⑧的目光看太子,

他則一如孩童挨鞭笞。

---

⑦ 義大利佛羅倫斯政治家馬基維利(Niccolo Machiavelli, 1469-1527)《君王論》(Del Principe)一書在當時只以手稿流傳,被視同禁書。戲文呼應書上所說的:「由於很難讓人同時又愛又怕,較安全的是被怕,而非被愛。」(第17章)。按《君王論》一書至1640年才有英譯本,但在馬羅當時頗受非難。

⑧ 亞里斯達克斯(Aristarchus of Samothrace, 220-143 B.C.)係紀元前二世紀中葉住在亞力山卓(Alexandria)一名析注荷馬詩的文法家及教師,以嚴峻粗暴聞名。西塞羅稱他為「嚴峻的批評家」,此後其名即成「嚴峻的批評家」的代稱。

別人硬將攝政的職位託給我，

爲我所欲懇求我。　　　　　　　　　　　　　　55

我在會議桌上，神情夠嚴肅，

看似靦腆的清教徒⑨。

首先我就抱怨健康差，

說是「負擔太沉重」⑩，

直到朋友插手慫恿，　　　　　　　　　　　　60

「我才接下這職務」⑪。

總之，如今我已成了攝政王。

如今萬事已抵定：王后和莫某

行將統治天下和國王，無人管束我兩人。

我將折磨我敵人，升遷我友人，　　　　　　　65

我想支配的事，誰人敢插手？

「偉大若我即連命運都還不能傷害。」⑫

今天正是加冕日⑬，

---

⑨ 清教徒（Puritans）一詞在馬羅時代並不常見。他曾在《巴黎大屠殺》一劇中，指法國新教徒為「清教徒」（第2幕第4景第55行）。至伊莉莎白女王統治末期，清教徒與劇院掀起爭端。像莎翁與蔣森（Ben Jonson）等都曾在其戲劇中加以嘲笑（見本書頁62注⑫）。

⑩ 原文 *onus quam gravissimum*（拉丁文＝ an exceedingly heavy burden）意為「重擔」，係指派總督時用的法律術語。

⑪ 原文 *Suscepi* that *provinciam*（拉丁文＝ I undertake that duty, I accepted the province〔responsibility〕）意即「我接下這職務」，為法律術語。

⑫ 原文 *Maior sum quam cui possit fortuna nocere*（拉丁文＝ I am great beyond Fortune's harm）意如戲文，取自奧維德《變形記》，第6篇，頁98。

⑬ 依據何琳雪的載述，愛德華三世（見本書頁107注⑳）於1327年2月2日聖

這令我和王后都歡喜。

〔內台傳來喇叭聲〕

喇叭聲響；我得去就位。 70

幼主、〔坎特伯里大〕主教、代戰者⑭、貴族、王后〔與
扈從〕同上。

主　教　蒙神恩，英格蘭國王兼愛爾蘭大統領，

愛德華國王萬歲！

代戰者　倘若任何基督徒、異教徒、土耳其人或猶太人

膽敢宣稱愛德華不是真正的國王，

也願以劍公然主張， 75

本人就是在此候教的代戰者。

〔靜默〕

小　莫　無人上前。吹起喇叭！

〔喇叭聲響起〕

幼　主　代戰者，哪，敬你。（向他致敬）

〔舉起高腳杯〕

燭節(Candlemas)當天由坎特伯里大主教雷諾茲(見本書頁26注③)在西
敏寺加冕。

⑭　代戰者(championship)為世襲職位，由林肯郡施克華斯畢(Scrivelsby)莊
園主擔任。愛德華三世統治期間，莊園由馬爾緬(Marmian)家族掌管，
1377年交給戴莫克爵士(Sir John Dymoke, 1315-1381)接管。其後人在伊
莉莎白女王加冕的場合中，就擔任代戰者。按：代戰者在加冕典禮進行
期間，全副武裝縱馬進入西敏廳(Westminster Hall)。經傳令官宣達後，
扔下鐵手套(gauntlet)，單挑任何質疑國王權利之人。在場人士若無異
議，則由國王舉銀杯向他致意，再將銀杯當場贈送給他。這種儀式至喬
治四世(George IV, 在位1820-1830)始廢。

王　后	莫大人，請照管皇兒。	
	眾士兵押著肯特伯爵上。	
小　莫	給劍和戟押著的那名叛賊是誰？	
士　兵	肯特伯爵艾德蒙。	
幼　主	所爲何事？	80
士　兵	他想趁著屬下將國王押往肯諾渥斯的當間	
	以暴力強行帶他走。	
小　莫	艾德蒙，閣下企圖搭救國王？說！	
肯　特	莫賊，沒錯；他是在下的國王，	
	而你偏偏逼迫太子戴王冠。	85
小　莫	砍下他的頭！就地正法！	
肯　特	砍下我的頭？卑鄙的叛賊，我藐視你。	
幼　主	〔對小莫提摩說〕	
	大人，他是皇叔，留他活命。	
小　莫	陛下，他是敵人，將他處死⑮。	
	〔眾士兵正待押走肯特〕	
肯　特	慢著，惡棍！	90
幼　主	親愛的母后，倘若我不能赦他罪，	
	請向攝政王懇求饒他命。	
王　后	皇兒不敢。爲娘不敢多說話。	
幼　主	我也不敢，但我認爲我該下命令；	

---

⑮ 原文martial law本作「軍法」、「軍令」或「戒嚴令」解；此處指「就地正法」，無需審判。按：肯特救駕被捕一事不合史實。據何琳雪的載述（頁348），肯特係在國會接受貴族的審判。

但既然不行，待我爲他求情。   95
大人，倘若你肯讓皇叔活下，
等我成年我將報答你。

小　莫　是爲陛下和天下好。
　　　　〔對眾士兵説〕
　　　　要我下令幾次才會帶他走？

肯　特　你是國王嗎？我得死在你的命令下？   100

小　莫　在我們的⑯命令下。——再說一遍，押他走！

肯　特　讓我留下說句話；我不走。
　　　　皇兄皇姪都是王，
　　　　兩人也都不吸我的血。
　　　　爲此，眾位士兵，諸位打算押我哪兒去？   105

　　　　眾士兵押著〔肯特伯爵〕去斬首。
　　　　〔小莫提摩及其隨從、坎城主教、眾貴族、代戰者同下。
　　　　愛德華三世與伊莎蓓菈留下。〕

幼　主　倘若皇叔如此被謀殺，
　　　　我在他的手中還能找到甚麼安全？

王　后　別怕，好孩子，娘會保護你對付敵人。
　　　　倘若艾德蒙還活著，只怕就會置你於死地。
　　　　來吧，皇兒，我們騎馬到園裡去打獵。   110

幼　主　皇叔艾德蒙會跟我們共騎嗎？

---

⑯　此處原文our相當模棱兩可。表面上，our指幼主的監護人小莫提摩自己
　　和王后兩人；但亦可僅指小莫提摩本人。

王　后　他是叛賊，別想他。來。

　　　　同下

【第五景】

馬崔維斯與顧爾尼同上。

馬　　　顧大人，不知國王是否已死；
　　　　關在水深及膝的地牢內，
　　　　其間流過城堡的渠道水，
　　　　由此持續揚起的濕氣，
　　　　足以毒害任何人，　　　　　　　　　　　　　5
　　　　何況國王的身體纖弱。

顧爾尼　馬大人，在下也不知道。昨夜
　　　　在下只是開門給他丟食物，
　　　　就幾乎被臭味嗆死。

馬　　　他的身體足以承受　　　　　　　　　　　　10
　　　　我們給他的痛苦；為今之計，
　　　　我們且再打擊他的心志。

顧爾尼　找他出來，待我激怒他。

　　　　賴特本上

馬　　　慢著，來者何人？

賴特本　〔出示信件〕
　　　　　　　　攝政大人向兩位致意。

〔馬崔維斯與顧爾尼兩人看著信〕

顧爾尼　〔對馬崔維斯旁白〕

　　　　寫的甚麼？在下不知如何解讀。　　　　　　　　　　15

馬　　　顧大人，信上沒加標點：

　　　　〔誦讀〕「別怕殺國王，他死才好。」

　　　　文意如此。

賴特本　〔出示信物〕

　　　　認得這個信物？給我國王。

馬　　　呃，稍候；立刻給你答覆。　　　　　　　　　　　　20

　　　　〔對顧爾尼旁白〕

　　　　這惡棍是被派來殺國王的。

顧爾尼　〔對馬崔維斯旁白〕

　　　　在下所見略同。

馬　　　〔對顧爾尼旁白〕

　　　　　　　　一等謀殺得逞，

　　　　就得處置他。

　　　　「讓他死！」〔對顧爾尼說〕國王交給他。

　　　　還用說嗎？〔對賴特本說〕

　　　　　　　　鑰匙拿去；這就是地牢①。　　　　　　　　25

　　　　〔指著地牢的門〕

　　　　請按照大人的命令行事。

賴特本　在下知道如何處理。兩位且迴避──

_____

① 原文 lake 即「地牢」(dungeon, underground pit)，與「地獄」(hell)相關。
　按：lake 源自拉丁文 *lacus* (=den, cave, pit 等義)。

但別走遠；在下需要兩位的協助。

且到隔壁房間替我生個火，

給我一把鐵叉，可要燒得火紅的。   30

馬　　好的。

顧爾尼　還要別的甚麼嗎？

賴特本　別的？一張桌子、一床鵝毛薦②。

顧爾尼　就這些？

賴特本　欸，欸；在下招呼就請搬進來。   35

馬　　放心。

顧爾尼　〔給火把〕

　　　　這把火給你帶進地牢用。

賴特本　嗯。

　　　〔馬崔維斯與顧爾尼同下〕

　　　　現在該辦事了；從來沒人

會像這位國王這般受宰制。

---

② 有關謀害愛德華的工具，史籍上的載述多有出入。何琳雪說殺手用「重重的鵝毛薦或桌子」壓住國王，先將一號角（horn）插進愛德華的屁股眼內，再將燒得火紅的鐵叉插入內臟翻動，其目的在煅損內臟，不在皮肉留下任何「傷痕」（頁341）。史托說，殺手趁著愛德華躺在床上的當間，拿著十五個人才扛得起的重草薦將他壓得窒息而死，並將一條燒得火紅的鐵叉叉入他的肛門，以燒煅內臟（頁357-358）。葛拉弗頓說：殺手將「一張大桌」放在他的腹部，然後重壓其身體。此時，國王醒來，輾轉呻吟。殺手隨即將一號角插進身體而將他弄死（頁218）。費邊不提細節，只說：愛德華「慘死」在小莫提摩（見本書頁14注㉑）的手下（頁194）。馬羅似是綜合這些說法，兼用鵝毛薦與桌子，先將愛德華壓在鵝毛薦上，才將火紅的鐵叉叉入。

〔打開地牢的門〕

喝！必定是地牢錯不了。　　　　　　　　　　　　　40

〔愛德華上〕③

愛德華　來者何人？甚麼火光？閣下因何來此？

賴特本　來安慰皇上，給皇上帶來好消息。

愛德華　可憐的愛德華在閣下臉上找不到安慰；

　　　　惡徒，我知道閣下分明是來謀害我。

賴特本　陛下，謀害您？　　　　　　　　　　　　45

　　　　在下心中絕無加害的意思。

　　　　王后派在下前來看您的遭遇，

　　　　只因她對您的悲慘很同情。

　　　　眼見國王處境這般悽慘

　　　　有誰還能忍著不落淚？　　　　　　　　　　50

愛德華　已經哭了？且聽我說，

　　　　你的心即便堅硬④有如

　　　　顧馬兩人的鐵石心腸，

　　　　在我說完遭遇以前也會先融化。

---

③ 此處的場景應有改變才是，有些本子並未標明「愛德華上」等字眼。這或係因愛德華進場不合傳統，可能也不在提詞人（prompter）直接掌控之下。或謂地牢設在戲台下方（即「地獄」），賴特本打開活板門（trapdoor，第40行），然後在下面的對白中從活板門冒出（第58行顯示他已不在地牢）。或謂愛德華在賴特本拉開布幕時，出現在戲台後部。

④ 高加索（Caucasus）位在俄羅斯境內黑海（Black Sea）與裏海（Caspian Sea）之間的廣闊地峽，面積44萬平方公里，為南歐與西亞的分水嶺，其地以荒涼寒冷聞名。按：Caucasus原指堅硬的岩塊（hard rock）。

他們關我的這處地牢就是 55
排放整座城堡污物的下水道。

賴特本　啊，壞蛋！

愛德華　而我就站在穢泥臭水中；
這十天，惟恐我睡著，
有人不斷敲鼓聲。 60
雖然我是一國之君，他們卻只給我清水和麵包，
好讓我沒睡沒吃食，
神智不清，渾身都麻木，
到底有無四肢連我自己也不知。
啊，但願我的血液順著每條血管滴下來， 65
一如我的淚水滴落破爛的衣衫上。
告訴王后：令我始料未及的是，
當年我曾為她比武法蘭西，
馬上挑下克里蒙公爵⑤。

賴特本　陛下別再說！這番話已使我心碎！ 70
躺在薦上⑥休息片刻。

愛德華　閣下的臉色隱藏著死亡，
我可看出閣下的眉宇露殺機。
請暫緩片刻；停下你那血腥之手，

---

⑤ 馬上比武的事，未見於史實。
⑥ 此處的戲台安排交待不清。場景雖未改變，但地牢內原本無床，何時搬
入並未交待。或謂場景不在地牢，而在地牢上頭的房間。而床，想即第
33行賴特本所吩咐的「鵝毛薦」。不過，戲文並未交待如何搬上戲台。

致命一擊之前讓我先看看，   75
瞬間我將命喪赴黃泉，
我心或將更爲堅信我的神。

賴特本 陛下因何如此不肯信賴我？

愛德華 閣下因何如此存心欺騙我？

賴特本 我的兩手不曾沾過無辜的血，   80
如今也不會沾上國王的血。

愛德華 會我的腦袋生出這種念頭請見諒⑦。
我且留下珠寶一件⑧，請收下。
我心依舊恐懼，不知爲何如此；
交出此物全身關節直顫抖。
唉，你若心中暗藏謀害的意圖，   85
惟望此物叫你改變心意救你靈魂。
閣下知道我是個國王？——唉，提到這個名號，
令我感到深陷悲苦的地獄裡。我的王冠在哪？
沒了！沒了！而我偏偏還活著⑨？   90

賴特本 陛下熬夜熬累心神，躺下休息吧。

〔國王躺下〕

愛德華 若非憂傷叫我醒著，我是應當歇息才是。

---

⑦ 本行原文中有兩個thought，令許多編注者大感困擾。或謂第一個thought
應作fault；或謂第二個thought可作suspicion（懷疑、疑慮）解。

⑧ 珠寶或即第21景第71行王后所贈送者。如今愛德華交給賴特本，或係他
臨終前最後一次對王后的不忠。

⑨ 國王不能沒有王冠。加冕表示賦予權威、榮耀以及國家統治權。失冠即
失去權威；失冠的國王，等於已死。

整整十天不曾闔過眼。

如今說話眼皮就闔起，卻因恐懼

又睜開。⠀⠀⠀⠀⠀⠀⠀⠀⠀⠀⠀⠀⠀⠀⠀95

〔賴特本坐在床上〕

咦，閣下因何坐在床上？

賴特本 陛下啓疑，在下就走開。

愛德華 不，不。倘若閣下意在謀害我，

仍會再折返，因此請留下。

〔睡著〕

賴特本 睡著了。

愛德華 〔驚醒〕

啊，別讓我死！但留下。啊，暫且留下來！⠀100

賴特本 陛下，怎麼回事？

愛德華 耳際老是傳來營營聲，

告訴我說：一旦睡著就會長眠永不醒。

這種恐懼令我渾身顫抖；

請問：閣下爲何來此地？⠀⠀⠀⠀⠀105

賴特本 來取你性命。——馬大人，進來⑩！

〔馬崔維斯上〕

愛德華 我太虛弱，無法抗拒。

親愛的神，助我接納我的靈魂！

---

⑩ 第33行提到的「鵝毛薦」，第71行已搬到戲台上。有些編注者將「鵝毛薦」視爲另一道具，再行搬入。但由兩人如此搬動，難免拖延劇情，使高潮無法即時出現。

賴特本	桌子搬進來。〔馬崔維斯下〕
	〔馬崔維斯與顧爾尼搬桌攜熱鐵叉上〕[11]
愛德華	啊,饒命;不然就讓我快快死! 110
賴特本	哪,放下桌子,在上踏踩;
	別太用力,免得身子瘀傷。
	〔將愛德華壓在地上,將桌子壓在其上。賴特本用鐵叉
	謀殺。愛德華在慘叫聲中死去。〕
馬	在下惟恐這聲慘叫吵醒全鎮的居民,
	我等趕快上馬離開。
賴特本	請先告訴我:事情幹得不俐落? 115
顧爾尼	幹得好。給你這個當報酬。
	刺死賴特本
	來,將這屍體棄入壕溝,
	然後帶著國王的遺體去見莫大人。
	走吧!
	〔攜兩具屍體〕同下。

---

⑪ 「鵝毛薦」如何使用,戲台說明上未見。或係當緩衝,以防愛德華身體
直接接觸桌面而瘀傷。若愛德華先前躺在鵝毛薦上,兇手勢必先將他壓
在地上。否則,賴特本只給愛德華當寢具用,讓愛德華誤以為安全無虞。

【第六景】

〔小〕莫提摩與馬崔維斯〔分由不同的門〕同上。

小　莫　馬大人，事情辦妥，殺手已死？

馬　　　回稟大人，正是。在下倒希望事情沒辦完。

小　莫　馬大人，倘若你現在想懺悔，

　　　　我就當神父①。

　　　　你不肯守如如瓶，　　　　　　　　　　　　　5

　　　　就當莫某的劍下魂。

馬　　　大人，顧爾尼已逃亡，在下擔心

　　　　他會出賣我兩人；所以讓我也逃亡吧。

小　莫　逃往蠻邦去吧②！

馬　　　多謝大人。　　　　　　　　　　　　　　　10

　　　　〔下〕

小　莫　至於我自己，我聳立有如天神的巨樹③，

---

① 原文ghostly father原指（聽取將死之人告白的）神父，此處指殺手。

② 依據何琳雪的載述（頁341-342），馬、顧兩人事後皆遭罷黜。顧爾尼逃往馬賽三年後被捕，在押往英格蘭途中遇害。馬崔維斯則藏身在日耳曼，以懺悔之心終其餘生。

③ 原文Jove's huge tree指橡樹（oak），以其樹幹粗、樹身穩、樹性強、樹齡長與樹型美著稱。由於橡樹素有「樹王」(King of trees)的美稱，因常用以象徵勇氣、力量、穩重、耐久、信心、莊嚴（如王者）。

別人和我相比不過小灌木。
眾人聞我名姓都顫抖，我則不怕任何人；
且看有誰膽敢爲他的死告發我？
　　　王后〔伊莎蓓菈〕上。

王　　后　啊，莫提摩，國王吾子聽到消息，　　　　　　　15
　　　　　知道父親的噩耗，指稱我倆謀殺他。

小　　莫　謀殺又如何？國王還年幼。

王　　后　欸，欸。但他扯髮擰手，
　　　　　誓言找我倆報仇怨。
　　　　　如今已到會議廳　　　　　　　　　　　　　　　　20
　　　　　去尋求貴族的協助和支持。
　　　　　　國王愛德華三世、朝臣〔與扈從〕同上。
　　　　　唉唷！瞧他人已到，眾人一起簇擁他。
　　　　　莫提摩，如今我倆的悲劇將開始。

貴族甲　　陛下，別怕。當知您是國王。

幼　　主　〔對小莫提摩說〕惡棍！　　　　　　　　　　　　25

小　　莫　陛下怎麼啦？

幼　　主　別以爲朕怕你的話；
　　　　　先父因你的叛逆而遇害。
　　　　　你該死；在他那哀傷的靈車上，
　　　　　將擺著你那可恨可咒的頭顱，　　　　　　　　　　30
　　　　　給世人見證因你的手段，
　　　　　父王才會英年早殁。

王　　后　好皇兒，別哭泣。

幼 主	別阻止我哭泣；他是我父王。	
	倘若娘對父王的愛有兒臣的一半，	35
	就不會如此泰然承受他的死訊。	
	兒臣擔心娘和莫賊合謀。	
貴族甲	〔對小莫提摩說〕	
	閣下因何不給皇上回話？	
小 莫	因為在下認為不屑被指控。	
	是誰膽敢說我謀害他？	40
幼 主	叛賊，是鍾愛的父王在朕的心中說的；	
	而且明白的說：謀害他的就是你。	
小 莫	可是，陛下沒有別的證據？	
幼 主	有的，倘若這就是莫賊的手跡。	
	〔出示信件〕	
小 莫	〔對伊莎蓓菈旁白〕	
	顧爾尼背信，出賣了我和他自己。	45
王 后	〔對莫提摩旁白〕	
	我也擔心如此；殺人藏不住。	
小 莫	〔對伊莎蓓菈旁白〕	
	是我的筆跡。你待如何？	
幼 主	你派遣了一名殺手去。	
小 莫	甚麼殺手？把我派去的人帶出來。	
幼 主	哼，莫賊，你明知他已被你殺害；	50
	你也會如此。──為何還留他站在這裡？	

押進囚車④，拖出去！

哼，吊死他，把他剁成四大塊！

將他頭顱立刻帶回給我⑤。

王　后　好皇兒，看在娘的面上，饒了莫提摩吧。　　　　　　　55

小　莫　王后，別央求。我寧死

　　　　也不願向個黃口小兒求饒。

幼　主　將叛賊、殺手通通押下去。

小　莫　卑鄙的命運，如今我才發現在你的轉輪上

　　　　有個最高點。在你要一飛沖天之際，　　　　　　　　60

　　　　卻叫你一頭栽下。這個最高點我已碰到，

　　　　既然無處可再昇個最高，

　　　　又何必對著沈淪哀傷？

　　　　永別啦，美麗的王后。別爲莫某哭泣，

　　　　我藐視世間，一如過客　　　　　　　　　　　　　　65

　　　　去探尋未知的國度。

幼　主　〔對眾公卿與扈從說〕

　　　　甚麼！還讓叛賊拖延？

---

④ 原文hurdle指（送死刑犯赴刑場用的）囚車或簫橇。按：中世紀與文藝復
　興時代的叛國者通常以拖、吊與肢解等方式處決。但少數案例，如馬羅
　時代的艾瑟西斯（Henry Bourchier, 2nd Earl of Essex, ?-1539）等，則僅處
　以斬首。

⑤ 被判叛國罪（high treason）者，通常在拖、吊、剖腹後肢解成四塊。史實
　上的小莫提摩（見本書頁14注㉑）遭遇似乎並非如此。據何琳雪的載述
　（頁349），小莫提摩在刑場被剖腹吊死後，屍體吊在刑架上兩天兩夜，
　才「厚葬」在一處教堂墓園。不過，另有一說是：他先被斬首後，再剁
　成四塊。

〔小莫提摩由貴族甲與衛士押下〕

王　后　看在娘給你生命的份上，
　　　　別流莫提摩的血。

幼　主　這就證明母后流了先父的血，　　　　　70
　　　　否則不會為莫賊求情。

王　后　娘流了皇上的血？不！

幼　主　欸，母后，是您；傳聞這麼說。

王　后　傳聞不真實；為了愛你，　　　　　　　75
　　　　流言才會造假中傷可憐的我。

幼　主　〔對眾公卿說〕
　　　　我認為母后不會如此無情。

貴族乙　陛下，微臣惟恐傳聞屬實。

幼　主　母后，父王的死您涉嫌，
　　　　為此，朕判您進塔獄⑥。
　　　　且待深入的查究就可證實。　　　　　　80
　　　　即便我是母后的親生子，
　　　　且莫以為我會寬待或心軟。

王　后　不，讓我死，為娘的已經活得太久，
　　　　既然皇兒想要縮短娘的時日。

幼　主　〔哭泣著〕　　　　　　　　　　　　　85

---

⑥ 據何琳雪說（頁349），王后並未被關進塔獄（見本書頁23注㊸），而是被
　禁閉在諾福克（Norfolk）萊興城堡（Castle Rising）。嗣後，愛德華三世（見
　本書頁107注⑳）除親自處理王后的房地產業外，還每年提供兩千英鎊的
　生活費，也還每年去探視一次（見本書頁27注④）。

　　　　押下去！母后的話逼著我落淚；

　　　　母后再多說，我就會心軟。

王　后　不讓我哀傷心愛的亡夫，

　　　　跟著別人陪他進墳墓？

貴族乙　王后，陛下要您走。

王　后　他忘了我。慢著，我是他母后。　　　　90

貴族乙　無濟於事的。王后請移步。

王　后　甜蜜的死亡來吧，省去我的悲傷。

　　　　〔伊莎蓓菈被押下〕

　　　　〔貴族甲提著小莫提摩的頭顱上〕

貴族甲　陛下，莫賊的頭顱在此。

幼　主　拉來先父的靈車，上面擺著這顆頭顱，

　　　　取朕的治喪服來。

　　　　〔扈從下〕

　　　　　　　　可咒的頭顱！　　　　95

　　　　若我先前能如現在一般宰制你，

　　　　你就不會策畫這項大叛逆⑦！

---

⑦　馬羅將小莫提摩（見本書頁14注㉑）被捕、受審與執刑的過程強力凝縮。
據何琳雪的載述（頁348-349），當時國會於路加節期間（Luke's tide）在諾
汀漢（Notingham）開會。儘管小莫提摩身邊擁有將近二百名騎士，但幼
主在眾公卿的協助下，順利將他及其子逮捕，然後押往倫敦塔獄（見本
書頁23注㊸）囚禁。國會旋即在西敏集會，譴責小莫提摩的惡行。當時，
王后似已因小莫提摩而懷孕，也只有她才關心小莫提摩的處境。不久，
國會以謀害愛德華等五項罪名控告小莫提摩叛國，並判他死刑。於聖‧
安德魯節（St. Andrews）晚間押往倫敦泰本（Tiborne）刑場接受吊刑。屍體
吊在吊架上兩天兩夜後，才取下交由小寺僧處理。隔日清晨就「厚葬」

〔僕從送來愛德華二世的靈車與治喪服上〕

靈車已到；眾卿助我表達哀傷之情。

父王在上，謹給您遇害的英魂，

獻上叛賊的人頭。　　　　　　　　　　100

且讓兒臣眼中流下的淚水，

見證內心的悲慟和真誠！

〔扶著靈車與送葬行列同下〕

在教堂墓園。嗣後又移靈到小莫提摩的封地威格模（Wigmore）。何琳雪、史托與費邊等都說小莫提摩被吊死，惟獨葛拉弗頓說他是被斬首後再遭肢解。

重要參考書目

I. 基本資料

Bevington, David, et al., eds.

    1995   *Tamburlaine*, Parts I and II; *Doctor Faustus*, A- and B-Texts; *The Jew of Malta*; *Edward II* （Oxford: Oxford UP）.

Bowers, Fredson, ed.

    1981   *The Complete Works of Christopher Marlowe* （Cambridge: Cambridge UP）.

Briggs, William Dinsmore, ed.

    1914   *Edward II* （London: David Nutt）.

Brown, John Russell, ed.

    1982   *Marlowe: Tamburlaine the Great, Edward the Second, and The Jew of Malta: A Casebook* （London: Macmillan）.

Charlton, H. B. and R. D. Waller, eds.

    1955   *Edward II* （1933; London: Methuen）.

Edward, Thomas, ed.

1950   *Christopher Marlowe: Plays*   (New York: Dutton).

Ellis, Havelock, ed.

1956   *Christopher Marlowe: Five Plays*   (1887; New York: Hill and Wang).

Forker, Charles R., ed.

1994   *Edward the Second*   (Manchester: Manchester UP).

Gill, Roma, ed.

1971   *The Plays of Christopher Marlowe*   (Oxford: Oxford UP).

Greg, W. W., ed.

1926   *Edward II*   (Oxford: Oxford UP).

Kirschbaum, Leo, ed.

1962   *The Plays of Christopher Marlowe*   (Cleveland: The World Publishing Company. Meridian Books).

Knox R. S., ed.

1923   *Edward the Second* (London: Methuen).

Merchant, W. Moelwyn, ed.

1987   *Edward the Second* (1967; rpt. New Mermaids. London: A & C Black).

Pendry, E. D. and J. C. Maxwell, eds.

1976   *Christopher Marlowe: Complete Plays and Poems* (London: Dent).

Parks, Winfield and Richmond Croom Beatty, eds.

1935   *The English Drama: An Anthology 900-1642* (New York: W. W.

Norton).

Proser, Matthew N., ed.

1963 *Complete Plays* (New York: The Odyssey Press).

Ribner, Irving, ed.

1963 *The Complete Plays of Christopher Marlowe* (New York: The Odyssey Press).

1957 *The English History Play in the Age of Shakespeare* (Princeton: Princeton UP).

Ridley, Irving, ed.

1963 *The Complete Plays of Christopher Marlowe* (rpt. 1909; New York: The Odyssey Press).

Ridley, M. R., ed.

1909 *Marlowe's Plays and Poems* (Everyman's Library, rpt. 1963; London: Dent).

Rowland, Richard, ed.

1994 *The Complete Works of Christopher Marlowe* (Oxford: Oxford UP), Vol. III.

Steane, J. B., ed.

1969 *Christopher Marlowe: The Complete Plays* (Harmondsworth: Penguin Books).

Tancock, Osborne William, ed.

1987 *Edward the Second* (1931; Oxford: Oxford UP).

Tatlock, John Strong Perry, and R. G. Martin, eds.

1938 *Representative English Plays, from the Miracle Plays to Pinero*

（New York; London: Appleton-Century）.

Thomas, Edward, ed.

1950 *Christopher Marlowe: Plays*（New York: Dutton）.

Tomas, Vivien, and William Tydeman, eds.

1994 *Christopher Marlowe: The Plays and Their Sources*（London, New York: Routledge）.

Verity, A. W., ed.

1896 *Edward the Second*（London: J. M. Dent）.

Wagner, Wilhelm, ed.

1871 *Christopher Marlowe's Tragedy of Edward the Second*（Hamburg: Boyes & Geisler）.

Wiggins, Martin and Robert Lindsey, eds.

1998 *Edward the Second*（New Mermaids, 1967, rpt; London: A & C Black）.

World's Classics

1939 *The Plays of Christopher Marlowe*（Oxford: Oxford UP）.

II. 論著及其他

Abbott, E. A.

1870 *A Shakespearean Grammar*（New York: MecMillan and Company）.

Angier, Natalie

1993　"Report Suggests Homosexuality Is Linked to Genes", *The New York Times*, Friday, July 16: A1, A12.

Arber, Edward, ed.

1875-1877　*A Transcript of the Registers of the Company of Stationers of London, 1554-1640* (5 vols. London: n.p.).

Bakeless, John

1942　*The Tragical History of Christopher Marlowe* (2 vols. Cambridge, M A: Harvard UP).

Benaquist, Lawrence M.

1975　*The Tripartite Structure of Christopher Marlowe's Tamburlaine Plays and Edward II* (Austria: Salzburg).

Bentley, Gerald Eades

1941-1968　*The Jocobean and Caroline Stage* (7 vols. Oxford: Oxford UP).

Bevington, David and James Shapiro

1988　" 'What Are Kings, When Regiment Is Gone?' The Decay of Ceremony in *Edward II* ," in '*A Poet and a Filthy Play-maker*': *New Essays on Christopher Marlowe*, eds. Kenneth Friedenreich et al., (New York: AMS Press), pp.263-278.

Bergler, Edmund

1956　*Homosexuality* (New York: Collier Books).

Bieber, Irving et.

1962　*Homosexuality: A Psychoanalytic Study of Male Homosexuals* (New York: Vintage Books).

Bloom, Harold, ed.

1986　*Christopher Marlowe*（New York: Chelsea）.

Bodleian Library MS Rawlinson D 213

1950　"Notes on English Retail Book- Prices, 1550-1640," *The Library* 5.5: 82-112.

Boyette, Purvis

1977　"Wanton Humour and Wanton Poets: Homosexuality in Marlowe's *Edward II*, " *Tulane Studies in English* 12: 33-50.

Brandt, Bruce Edwin

1992　*Christopher Marlowe in the Eighties: An Annotated Bibliography of Marlowe Criticism from 1978 through 1989*（West Cornwall, CT: Locust Hill）.

Brereton, J. Le. Gay

1911　"Marlowe: Some Textual Notes," *MLR* 6: 94-96.

Brodwin, Leonora Leet

1964　"*Edward II*: Marlowe's Culminating Treatment of Love," *Journal of English Literary History* 31: 139-155.

　　　"Marlowe and the Actors." Tulane Drama Review 8（1964）: 121-130.

Brooks, Harold F.

1968　"Marlowe and Early Shakespeare," *Christopher Marlowe : Mermaid Critical Commentaries Series*, ed. Brian Morris（London: A&C Black Ltd.）, pp.65-94.

Brown, John Russell

1964 "Marlowe and the Actors," *Tulane Drama Review* 8: 155-173.

Brown, John Russell, ed.

1982 *Marlowe: Tamburlaine the Great, Edward the Second, and The Jews of Malta: A Casebook* (London: Macmillan).

Campbell, Lily B., ed.

1938 *The Mirror for Magistrates*, Edited From *Original Texts in the Huntington Library* (Cambridge: Cambridge UP).

Chambers, E.K.

1923 *Elizabethan Stage* Qxfard: The clarendon Press.

Cole, Douglas

1995 *Christopher Marlowe and the Renaissance of Tragedy* (Westport, Conn.: Greenwood).

1972 *Suffering and Evil in the Plays of Christopher Marlowe* (New York: Gordian).

Deats, Sara Munson

1980 "Myth and Metamorphosis in Marlowe's *Edward II*," *Texas Studies in Literature and Language* 22.3 (Fall): 304-321.

1981 "*Edward II*: A Study in Androgyny," *Ball State University Forum* 22.1: 30-41.

Eliot, T. S.

1963 *Elizabethan Dramatists* (London: Faber and Faber).

Empson, William

1946 "Two Proper Crimes," *The Nation* 163: 444-445.

Fabyan, Robert

1559 *The Chronicle of Fabian...continued...to thende of Queen Mary* (2 vols. London: John Kingston).

Fricker, Robert

1953 "The Dramatic Structure of *Edward II*," *Review of English Studies* 34: 204-217.

Friedman, Richard

1988 *Male Homosexuality: A Contemporary Psycho-analytic Perspective* (New Haven: Yale UP).

Fryde, Natalie

1979 *The Tyranny and Fall of Edward II 1321-1326* (Cambridge: Cambridge UP).

Gatti, Hilary

1989 *The Renaissance Drama of Knowledge* (New York: Routledge).

Geckle, George L.

1988 *Tamburlaine and Edward II: Text and Performance* (Atlantic Highlands: Humanities).

1988 *Tamburlaine and Edward II* (Basingstoke, Hampshire: Macmillan).

Graften, Richard

1569 *The Chronicle at Large and Meere History of the Affayres of Englande* (2 vols. London; rpt. Kalamazoo, Michigan: West Michigan Up, 1997).

Grantley, Darryll, and Peter Roberts, eds.

1996 *Christopher Marlowe and English Renaissance Culture*

(Aldershot: Scolar Press).

Greg, W. W., ed.

1970   *A Bibliography of the English Printed Drama to the Restoration* (4 vols. London: Bibliographical Society).

Guy-Bray, Stephen

1991   "Homophobia and Depoliticizing of *Edward II*," *English Studies in Canada* 17: 125-133.

Hakim, Rima

1990   "Marlowe on the English Stage: 1588-1988: A Stage History of Three Marlowe's Plays, *Dr. Faustaus, Edward II*, and *The Jew of Malta*" (University of Leeds thesis).

Hamilton, J. S.

1988   *Piers Gaveston, Earl of Cornwall 1307-1312: Politics and Patronage on the Reign of Eward II* (Detroit, Michigan: Wayne State UP).

Harbage, Alfred

1952   *Shakespeare and the Rival Tradition* (Bloomington: Indiana UP).

Hattaway, Michael

1982   *Elizabeth Popular Theatre: Plays in Performance* (London: Routledge & Kegal Paul).

Henderson, Philip

1952   *Christopher Marlowe* (London, New York: Longmans, Green).

Henslowe, R. A. and R. T. Rickert, eds.

1961　*Henslowe's Diary*（Cambridge: Cambridge UP）.

Hoffman, Calvin

1955　*The Murder of the Man Who Was Shakespeare*（New York: Grosset & Dunlap）.

Hogg, James ed.

1975　"Marlowe's Studies Tamburlaine Plays and *Edward II*," *Salzburg Studies in English Literature. Elizabethan* 43（Austria: Institut fur Englishe Sprache und Literatur Universitat Salzburg）.

Holinshed, Raphael, et al.

1587　*The Chronicles of England, Scotland, and Ireland*（2nd ed. 3vols in 2. London: Lucas Harison）, Vol. III.

Homer

1951　The *Iliad*. Trans. Richard Lattimore（Chicago: The U of Chicago P）.

1958　The *Odyssey; A Modern Sequel*. Trans. Kimon Friar（New York: Simon and Schuster）.

Hotson, J. Leslie

1925　*The Death of Christopher Marlowe*（London: The Nonsuch P）.

Kirschbaum, Leo, ed.

1962　*The Plays of Christopher Marlowe*（New York: The World Publishing Company. Meridian Books）.

Knights, L. C.

1965　*Further Explorations*（Stanford, Calif: Stanford UP）.

Knoll, Robert E.

1969   *Christopher Marlowe* (New York: Twayne Publishers, Inc.).

Kocher, Paul H.

1946   *Christopher Marlowe: A Study of His Thought, Learning and Character* (Chapel Hill, N. C.: U of North Carolina P).

Kuriyama, Constance Brown

1980   *Hammer or Anvil: Psychological Patterns in Christopher Marlowe's Plays* (New Brunswick, NJ: Rutgers UP).

Laboulle, Louis J.

1959   "A Note on Bertolt Brecht's Adaptation of Marlowe's *Edward II*," *Modern Language Review* 54: 214-220.

Leech, Clifford

1959   "Marlowe's *Edward II*: Power and Suffering," *Critical Quarterly* 1: 181-196.

1964   ed. *Marlowe: A Collection of Critical Essays* (Englewood Cliffs, NJ: Prentice-Hall, Inc.).

1986   *Christopher Marlowe: Poet for the Stage* (New York: AMS Press).

Levin, Harry

1974   *The Overreacher: A Study of Christopher Marlowe* (Gloucester: Smith).

Lodge, Thomas

1969   *The Wounds of Civil War*, ed. Joseph W. Houppert (Lincoln: U of Nebraska P).

Maclure, Miller, ed.

1979   *Marlowe: The Critical Heritage, 1888-1896* (London: Routledge
        & Kegan).

Manheim, Michael

1969   "The Weak King History Play of the Early 1590s," *Renaissance
        Drama* n.s. 2: 71-80.

Meehan, Virginia Mary

1974   *Christopher Marlowe: Poet and Playwright: Studies in Poetical
        Method* (Hague: Mouton).

Miller, M. L.

1956   "The Relation Between Submission and Aggression in Male
        Homosexual," in Perversions. *Psychodynamics and Therapy*,
        eds. S. Lorand and M. Balint (New York: Random House), PP.
        160-179.

Mills, Laurens J.

1934   "The Meaning of *Edward II, " Modern Philology* 33: 11-31.

Morris, Harry

1964   "Marlowe's Poetry," *Tulane Drama Review* 8: 134-154.

Muir, Kenneth

1938-1943   "The Chronology of Marlowe's Plays," *Proceedings of
                the Leeds Philosophical and Literary Society* 5: 345-356.

Ovid

1995   *Ovid's Metamorphoses.* Trans. Michael Simpson (Amherst: U of
        Massachusetts P).

Pistotnik, Vesna

1983 "Marlowe in Performance: Professional Productions on the British Stage: 1960-1982" (Unversity of Birmingham thesis).

Poirier, Michel

1968 *Christopher Marlowe* (Hamden, Conn.: Archon).

Princehouse, Virginia F.

1930 "A Comparison of Marlowe's Treatment of History in *Edward II* with Shakespeare's Treatment of History in *Richard II*" (M. A Thesis, Clairmont College).

Proser, Matthew N.

1955 "Marlowe's *Edward II* and the Tudor History Play," *Journal of English Literary History* 22: 123-130.

1995 *The Gift of Fire: Aggression and the Plays of Christopher Marlowe* (New York: P. Lang).

Raab, Felix

1964 *The English Face of Machiavelli* (London: Routledge & Kegan Paul).

Ribner, Irving

1954 "Marlowe and Machiavelli," *Comparative Literature* 6: 348-356.

1955 "Marlowe's *Edward II* and the Tudor History Paly," *Journal of English Literary History* 22: 102-121.

1957 *The English History Paly in the Age of Shakespeare* (Princeton: Prinseton UP).

Robertson, Toby

1964 "Directing *Edward II*," *Tulane Drama Review* 8: 102-123.

Robertson, J. M.

1931 *Marlowe: A Conspectus* (London: George Routledge & Sons, Ltd.)

Rossiter, A. P., ed.

1946 *Woodstock: A Moral History* (rpt. Manchest: Manchester UP, 2002).

Rowse, A. L.

1964 *Christopher Marlowe, His Life and Work* (New York: Harper & Row).

Sales, Roger

1991 *Christopher Marlowe* (NewYork: St. Martin's).

Sanders, Wilbur

1968 *The Dramatist and the Received Idea: Studies in the Plays of Marlowe and Shakespeare* (Cambridge: Cambridge UP).

Schelling, F. E.

1902 *The English Chronicle Play* (New York: Macmillan).

Sharma, Ghanshiam

1983 *Christopher Marlowe: A Study in the Structure of the Major Plays* (Amritsar: Guru Nanak Dev U).

Shumake, J. S.

1984 "The Sources of Marlowe's *Edward II*" (Diss UP of South Carolina).

Smith, Bruce R.

1991 *Homosexual Desire in Shakespeare's England: A Cultural*

Poetics (Chicago: The U of Chicago P).

Steane, J. B.

1965   *Marlowe: A Critical Study* (Cambridge: Cambridge UP).

Stowe, John

1580   *The Chronicles of England from Brute unto this Present Yeare* (London: Camden Society).

Stubbs, William

1903-1906   *The Constitutional History of England* (4th ed. 2 vols. Oxford: Clarendon Press).

Sunesen, Bent

1954   "Marlowe and the Dumb Show," *English Studies* 35: 241-253.

Styan, J. L.

1996   *The English Stage: A History of Drama and Performance* (Cambridge: Cambridge UP).

Tannenbaum, S. A.

1962   *The Assassination of Christopher Marlowe* (Hamden, CT: Shoe String P).

Tatlock, John Strong Perry, and the Late R. G. Martin, ed.

1938   *Representative English Palys, from the Miracle Plays to Pinero* (London: Appleton-Century).

Thurn, David H.

1990   "Sovereignty, Disorder, and Fetishism in Marlowe's *Edward II*," *Renaissance Drama* 21: 115-141.

Tilley, M. P.

1950   *A Dictionary of the Proverbs in England in the Sixteenth and Seventeenth Centuries* (Ann Arbor: The U of Michigan P).

Tomas, Vivien, and William Tydeman, eds.

1994   *Christopher Marlowe: the Plays and Their Sources* (New York: Routledge).

Tromly, Fred B.

1998   *Playing with Desire: Christopher Marlowe and the Art of Tantalization* (Toronto: U of Toronto P).

Virgil

1982   *The Aeneid.* Trans. Allen Mandelbaum (Berkeley: U of California P).

Waith, Eugene M.

1964   "*Edward II:* The Shadow of an Action," *Tulane Drama Review* 8: 112-120.

Ward, Adolphus William.

1899   *A History of Dramatic Literature* to *the Death of Queen Anne*(London: Macmillan).

Well, Judith

1977   *Christopher Marlowe: Merlin's Prophet* (New York: Cambridge UP).

Welsh, Robert Ford,

1964   "The Printer of the 1594 Octavo of Marlowe's *Edward II,*" *Studies in Bibliography* 17: 197-198.

Wickham, Glynne

1971 "Shakespeare's 'King Richard II' and Marlowe's 'King Edward II.'" *Shakespeare's Dramatic Heritage* (New York: Tavistock/ Routledge), pp. 165-179.

Wilson, F. P.

1969 *The English Drama 1485-1585*, ed. G. K. Hunter, *Oxford History of Englsih Literature* (Oxford: Clarendon Press).

Wraight, A. D.

1965 *In Search of Christopher Marlowe: A Pictorial Biography* (Chichester, Sussex: Adam Hart [Publishers], Ltd.)

馬森

1985 〈真假莎士比亞〉,《聯合文學》第1卷第8期(6月)。

梁實秋

1978 《梁實秋論文學‧莎翁之謎》(臺北:時報文化事業公司)。

黎耀華

1955 〈介紹一位天才戲劇家〉,《中華日報》6月16日第12版(中華副刊)。

趙志美

1984 〈馬羅四劇中的馬其維利主義〉(輔大英語研究所碩士論文)。

聯經經典

愛德華二世

2005年3月初版　　　　　　　　　　　　　　　定價：新臺幣280元
有著作權・翻印必究
Printed in Taiwan.

著　　者	Christopher Marlowe	
譯　　注	張　靜	二
發 行 人	林　載	爵

出 版 者　聯 經 出 版 事 業 股 份 有 限 公 司　　叢書主編　邱　靖　絨
台 北 市 忠 孝 東 路 四 段 5 5 5 號　　校　　對　蟻　美　琴
台北發行所地址：台北縣汐止市大同路一段367號　　　　　　　陳　奕　文
　　　　　電話：(0 2) 2 6 4 1 8 6 6 1　　封面設計　沈　志　豪
台北忠孝門市地址：台北市忠孝東路四段561號1-2樓
　　　　　電話：(0 2) 2 7 6 8 3 7 0 8
台北新生門市地址：台 北 市 新 生 南 路 三 段 9 4 號
　　　　　電話：(0 2) 2 3 6 2 0 3 0 8
台 中 門 市 地 址：台 中 市 健 行 路 3 2 1 號
台 中 分 公 司 電 話：(0 4) 2 2 3 1 2 0 2 3
高 雄 門 市 地 址：高 雄 市 成 功 一 路 3 6 3 號
　　　　　電話：(0 7) 2 4 1 2 8 0 2
郵 政 劃 撥 帳 戶 第 0 1 0 0 5 5 9 - 3 號
郵　　撥　　電　　話：2 6 4 1 8 6 6 2
印 刷 者　世 和 印 製 企 業 有 限 公 司

行政院新聞局出版事業登記證局版臺業字第0130號

國家圖書館出版品預行編目資料

愛德華二世 / Christopher Marlowe 原著.
張靜二譯注 . --初版 . --臺北市
聯經，2005 年（民 94）
320 面；14.8×21 公分 . （聯經經典）
參考書目：17 面
譯自：Edward II
ISBN　957-08-2827-7(平裝)

855　　　　　　　　　　　　　94004334

亞理斯多德 (Aristotle)◎著
王士儀◎譯注

亞理斯多德《創作學》譯疏
Poetics

亞氏最精闢的譯本：內附導論、希臘原文、最詳實的中譯文、釋義與注釋。

亞理斯多德《創作學》是第一部審美原理的哲學經典，公認具有普世的學術價值。其主要對象是悲劇與敘事體創作，雖然喜劇等部分失傳，但無損於理性歸納，成為所有文藝創作結構的普遍規律。自文藝復興迄今五百年來，無不奉為圭臬，影響所及無有出其右者。

本譯文是最新的一種譯文。實係王士儀教授對原著瞭如指掌，凡對原文歷來眾議未準者，逐一刨根剖柢，審定明晦，始而能在譯文上創立新的專業化術語，界定亞氏概念內涵，呈現戲劇溝通的明確化基礎。

亞理斯多德

384-322 BC，出生於Stageira，父Nikomachos為馬其頓王Amyntas二世御醫，因而自小即學習解剖。十七歲赴雅典從Plato問學，長達20年；於此期間在學說上與其師或已有所不同。Plato歿，亞氏前往Assos講學；繼受聘為亞歷山大太子師，對其人格影響深遠，及嗣王位後，亞氏返回其母故里Calcis，二人漸交惡。335 BC，亞氏重返雅典創立Lyceum與Plato學院對立。323 BC亞歷山大驟崩，雅典人再反馬其頓，以宗教罪名控訴亞氏，被迫反Calcis，次年病逝於此。亞氏平生著述至豐，開創理性治學之門，極大多數科學知識領域自亞氏始，為哲學史上集大成的大哲學家。

王士儀

政大西洋語文學系畢業，文化學院藝術研究所及美國聖若望大學東亞研究所碩士。1969年入希臘雅典大學博士班，1972年英國牛津大學博士生。現任文化大學中國戲劇學系主任。曾任文大英文系、戲劇系主任、藝術研究所所長、藝術學院院長。著有《戲劇論文集：議題與爭議》、《論亞氏「創作學」》。

聯經經典

出版日期：2003年10月
價格：550元
ISBN：957-08-2633-9
類別：【國科會經典譯注計畫】
規格：25開橫排 528頁　21×14.8 cm

尤瑞皮底斯(Euripides)◎著
胡耀恆、胡宗文◎譯注

戴神的女信徒
The Bacchae

祂回到故鄉，目的在展現祂是一位眞神，並且招收信徒，建立自己的新教。……爲了報復，祂來到希臘後誘迫婦女們離開家庭，到郊外上山歌舞狂歡——

　　本劇劇名一般譯爲《酒神的女信徒》，現在根據希臘原文，譯爲《戴神的女信徒》。基本上此劇刻畫政治與宗教的衝突。但因爲在所有希臘神祇中，戴歐尼色斯最爲複雜又最多層面，劇情隨之顯得浩瀚深邃。它一方面回映著希臘的歷史與傳說：戴神來到希臘要建立自己的新教，遭到國王彭休斯的強烈反對。另一方面，它也是人類政治與宗教發展的縮影，其前瞻性至今仍可成爲處理類似衝突的南針。

尤瑞皮底斯

約公元前480-406，希臘悲劇家。25歲左右就開始寫作，終生完成了90個以上的劇本。他的作品在當時評價不高，只有四次獲得首獎，但後世卻受到熱情歡迎：在現存的31本悲劇中，他一人就獨占17本。他長年隱居，博覽群書，獨立特行。他懷疑傳統的信仰，攻擊當代的文化，挑戰戲劇的成規。最近幾十年歐美批評界流行「女性主義」、「後現代主義」或「後殖民主義」等，尤瑞皮底斯可說是這些主義的始祖。

譯者

　　胡耀恆，台灣大學外文系學士，美國印地安那大學戲劇系及比較文學博士。現爲台灣大學外文系及戲劇系榮譽教授，世新大學英語系客座教授。先後任教美國密西根大學、夏威夷大學及澳洲墨爾本大學。

　　胡宗文，美國瑞德學院（Reed College）古典文學學士，加州大學Santa Barbara 分部古典文學碩士，現在該校攻讀博士學位，兼任助教。譯注《伊底帕斯王》。

聯經經典

出版日期：2003年6月
價格：160元
ISBN：957-08-2594-4
類別：戲劇【國科會經典譯注計畫】
規格：25開橫排136頁　21×14.8cm

翁托南·阿鐸 (Antonin Artaud) ◎著
劉俐◎譯注

劇場及其複象

Le Théâtre et son Double

阿鐸戲劇文集

本書蒐集了阿鐸1931至1937年間發表有關劇場的論述、宣言及書信。它不是系統性的理論著述，也不是一本劇場教戰手冊，而是一個生命宣言，一個投向西方傳統文化的挑戰書。

阿鐸反對以模仿與再現為目的的寫實劇場，主張找回原始儀式和神話的生命力；他破除語言的獨霸，提倡一種直接敲打感官的舞台語言；他追求巫術、超感世界，撼動了西方理性和人本傳統。本書中所揭櫫的劇場觀，啟發了無數當代最傑出的劇場工作者，是當代劇場重要文獻。

翁托南·阿鐸

1896-1948，當代劇場先知，也是詩人、畫家、全方位的劇場人。終生被精神病症糾纏，一生創作不輟，作品包括詩、書信和劇場論文。他對劇場本質的深刻思考，影響了五十年來的劇場走向；他痙攣的文體、聳動的類比、對純度的嚴峻要求和對神秘主義的嚮往，使他成為法國文學史上廣受推崇，卻不被了解的一則傳奇。

譯者

劉俐，東海大學外文系畢業、巴黎第七大學博士、巴黎第三大學影劇學院研究。現任淡江大學法文系副教授。譯有《電影美學》、《趙無極自畫像》、《攝影大師對話錄》等。

聯經經典

出版日期：2003年1月
作者：翁托南·阿鐸
價格：250元
ISBN：957-08-2546-4
類別：戲劇—論文、講詞
　　　【國科會經典譯注計畫】
規格：25開橫排204頁
　　　21×14.8cm

湯馬斯・摩爾（Thomas More）◎著，
宋美璍◎譯注

烏托邦

Utopia

摩爾以柏拉圖的《理想國》為雛形，取其
小國寡民、階級分工和公有財產的理念，
在《烏托邦》中構築一個非基督教的、共
產的城邦國，以理性為治國的上綱原則。
除了哲學與政治學的思辯，《烏托邦》亦
藉文學性的虛構，將抽象的理念納入當時
盛行的旅行文學的敘事框架中。
摩爾筆下的烏托邦強調教育，用以培養公
民道德，以今天的說法就是利用國家機器
來鞏固群體意識，這正是傅柯等人所要顛
覆的權力宰制。因此烏托邦揭櫫的理想對
二十一世紀的多元讀者有何啟示，必然是
一則弔詭的習題。

湯瑪斯・摩爾

　　1478年生，1535年被國君亨利八世下
令處死，近60年的人生學仕兩順，不僅
是傑出的律師、也是當時英國人文主義
學者的領袖。他曾多次出任公職，官拜
宰相，但因拒絕承認亨利八世為「教會
之至尊」而去宰相職，遭囚禁於倫敦
塔，終以身殉教。1935年受羅馬天主教
會尊為聖徒。摩爾著作多以拉丁文寫
成，尤以《烏托邦》一書傳世。

譯者

　　宋美璍，台灣大學外文系學
士、碩士，美國布朗大學英美文
學博士，主修十八世紀英國文
學。曾任臺灣大學外文系教授兼
系主任，現任淡江大學英文系教
授。

聯經經典

出版日期：2003年2月
作者：湯馬斯・摩爾
價格：200元
ISBN：957-08-2545-6
類別：烏托邦社會主義【國科會經典
譯注計畫】
規格：25開橫排256頁
　　　21×14.8cm

杜思妥也夫斯基◎著
臧仲倫◎譯

卡拉馬助夫兄弟們

《卡拉馬助夫兄弟們》是杜思妥也夫斯基所創作的最後一部長篇小說，其醞釀過程歷時多年，更成為他一生中最重要的經典代表作之一。作品深刻刻畫人性暗處的掙扎，與在善惡鬥決之中的痛苦世界，呈現出人性中病態、分裂的心理狀態。作者不僅擅長反映苦難社會所引發的道德危機，藉由對人性透徹而清楚的觀察，以及對動盪時代畸形、醜惡現象的悲憫，成就了這部劃時代的經典。茨威格曾稱他為「被侮辱和病態心靈的解剖學家」。

杜思妥也夫斯基

1821年生於莫斯科，1881年卒於聖彼得堡。1845年完稿的第一部作品《窮人》即以市井小民為描寫對象，1847年曾參與平民知識分子的進步組織，並表達對俄國專制農奴制度的抨擊。1849年被捕入獄、被判死刑，臨刑前才獲沙皇寬宥改判苦役，流放西伯利亞，刑滿後就地充軍。在刑場上面臨死亡的經歷讓他受到極大的震撼，而流放西伯利亞期間，他不僅遭到沙皇政權的迫害，更目擊下層百姓的悲慘遭遇，對被侮辱與被損害者產生強烈的共鳴。1860年以後的作品有《罪與罰》、《被侮辱與被損害的人》、《白痴》以及《卡拉馬助夫兄弟們》等。

臧仲倫

北京大學俄文系教授，長期從事俄羅斯語言和翻譯理論教學與研究的學者。翻譯作品包括《死屋手記》、《被侮辱與被損害的人》、《罪與罰》、《白痴》等，並應巴金之邀校定其所譯赫爾岑的《往事與隨想》。

聯經經典

出版日期：2004年2月
作者：杜思妥也夫斯基
價格：平裝（上下合售）750；
　　　精裝（上下合售）850元
ISBN：957-08-2681-9
規格：25開直排1160頁
　　　21×14.8cm

聯經出版公司信用卡訂購單

信用卡別：   ☐VISA CARD ☐MASTER CARD ☐聯合信用卡

訂購人姓名： _____

訂購日期： _____年_____月_____日

信用卡號： _____ - _____ - _____ - _____

信用卡簽名： _____(與信用卡上簽名同)

信用卡有效期限： _____年_____月止

聯絡電話： 日(O)_____夜(H)_____

聯絡地址： ☐ ☐☐_____

訂購金額： 新台幣_____元整
（訂購金額 500 元以下，請加付掛號郵資 50 元）

發票： ☐二聯式   ☐三聯式

發票抬頭： _____

統一編號： _____

發票地址： _____

如收件人或收件地址不同時，請填：

收件人姓名：   ☐先生

_____ ☐小姐

聯絡電話： 日(O)_____夜(H)_____

收貨地址： _____

· 茲訂購下列書種‧帳款由本人信用卡帳戶支付 ·

書名	數量	單價	合計
		總計	

訂購辦法填妥後

直接傳真 FAX：(02)8692-1268 或(02)2648-7859

洽詢專線：(02)26418662 或(02)26422629 轉 241

網上訂購，請上聯經網站：http://www.linkingbooks.com.tw